水無月忍 着艦せよ

新・天空の女王蜂Ⅱ

夏見正隆

Natsumi Masataka

文芸社文庫

目　次

各機種転換過程

F/A18J

シーハリアー FRS

AF2J・MファルコンJ

採用後のながれ

採用者は、飛行幹部候補生として帝国海軍に入隊し、入隊と同時に少尉候補生の階級が与えられます。訓練過程は、３ヵ月の基礎士官教育（隊列を組んで行進しながら歌を歌ったりします）、３ヵ月の飛行訓練投入前地上教育（航空搭乗者としての基礎知識教育）、T3練習機での初等操縦課程、T4練習機での中等操縦課程と進み、T4を修了すると憧れのウイングマークが授与されます（国土交通省認定の事業用操縦士免許も与えられます）。ここでは戦闘機コースの訓練課程を説明しますが、ウイングマークを授与され戦闘操縦者に選抜された学生は、次にT2改練習機での戦闘機操縦課程へ進みます。ここまでがすべて静岡県浜松基地での訓練です。T2改を卒業すると、いよいよ戦闘機です。本人の適性と希望によって、帝国海軍主力艦上戦闘機F/A18Jホーネット（鹿屋基地）、シーハリアー FRS（岩国基地）、AF2J・MファルコンJ（訓練基地未定）の各機種に振り分けられ、最終的に入隊してから約2年半後に、晴れて帝国の護りに就く若き海鷲となってゆくのです。

西日本帝国海軍広報部雑広課募集係　西日本帝国海軍印刷補給大隊

西日本帝国海軍―飛行幹部候補生―

募集要項

西日本帝国海軍では、防衛大学卒業生とは別に、一般大学／短大卒者からもパイロットを募集しています。
応募資格は、大学2年修了以上もしくは短大卒以上（卒業見込み含む）で、年1回、全国各地で採用試験が行われます。
試験は1次（学科・ペーパー適正試験）、2次（身体検査）、3次（練習機搭乗による飛行適正検査および面接）の各段階を経て、合格者が採用されます。例年、応募者は3000名程度で、採用者は80名程度（女子若干名含む）です。

合格 → 入隊　静岡県浜松基地

↓

基礎士官教育（3ヵ月）

↓

飛行訓練投入前地上教育（3ヵ月）

↓

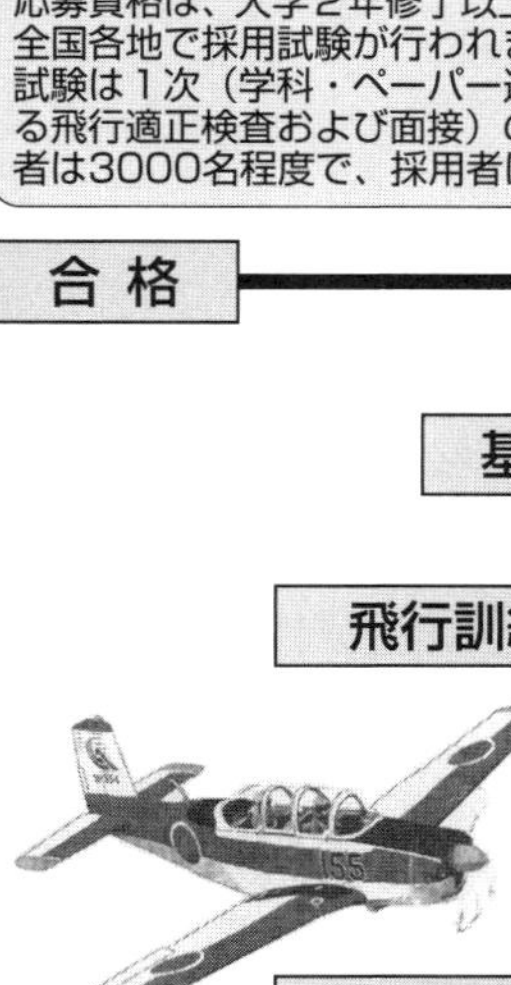

初等操縦課程
T3初等練習機　90時間

↓

中等操縦課程　T4中等練習機 140時間

↓

ウイングマーク取得!!

↓

戦闘機操縦課程　T2改練習機 75時間

↓

そして!! ―――

イラスト／大藤玲一郎

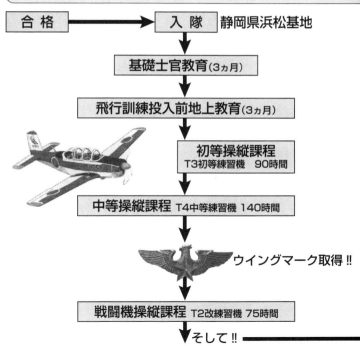

■登場人物紹介

水無月《みなづき》忍《しのぶ》（21）
睦月《むつき》里緒菜《りおな》（20）
森高《もりたか》美月《みづき》（25）
川西《かわにし》正俊《まさとし》（24）
カモフ博士《はかせ》（50）
郷《ごう》　秀樹《ひでき》（42）
魚住《うおずみ》渚佐《なぎさ》（27）

元アイドル歌手。芸能活動で壁にぶつかっていたため、思い切って戦闘機パイロットを目指す。

総理大臣命令で短大2年の十月に学校を卒業させられ、忍とともに戦闘機のパイロットを目指す。

海軍中尉で、忍と里緒奈の教官。二人を三カ月で戦闘機パイロットに育て上げろと命令されている。

ネオ・ソビエトの作戦少尉。消息を絶った調査船の捜索を押しつけられ、〈北のフィヨルド〉へ向かう。

ロシア人。旧ソ連の宇宙船技術者で、〈アイアンホエール新世紀一號《ごう》〉の設計者の一人。

海軍大佐で、空母〈翔鶴〉航空団司令。忍と里緒奈を飛行幹部候補生試験に無理やり合格させた。

核融合の専門家。葉狩真一《はかりしんいち》の失踪後、〈究極戦機〉の開発主任となる。昔、モデルのバイトをしていた。

episode 07
どんなときも

●アムール川源流地域　十一月二日　16：00

キィイイイン
『ネオ・ソビエト発掘中継キャンプ、応答してください。こちらは〈アルバトロス1《ワン》〉』

ＶＨＦ無線機で呼びかけながら、大型攻撃ヘリコプター・ミル24ハインドＤは水面すれすれを空中停止《ホバリング》する。

『発掘中継キャンプ、こちらは調査船捜索隊のヘリコプターです。視界不良でキャンプの位置がわかりません。聞こえていたら誘導電波を発信してヘリポートの灯火を点《つ》けてください。繰り返します――』

ザー
しかしヘルメットのイヤフォンには、雑音が入ってくるばかりだ。

（もう、日が暮れるぞ――）

機首最前部の砲手席《ガンナーズ》で、川西《かわにし》少尉は腕時計を見た。

（――基地を出てもうだいぶになる。燃料も残り少ない）

キィイイン

ミル24は前進をやめて、アムール川の水面の上にホバリングしていた。周囲三六〇度を濃密な雲に囲まれ、ほとんど身動きが取れなくなっていた。

カモフ博士が『ひかる』と呼んだ女の子のパイロットは、攻撃ヘリコプターを空中に止めながら発掘中継キャンプをコールし続けたが、まったく応答はなかった。〈アイアンホエール新世紀《しんせいき》一號《いちごう》〉の三重水素プラズマ砲を修理するのには、星間文明の星間飛翔体に使われていた純正のエネルギー伝導チューブが一メートル必要だった。『至急、発掘せよ』との指令を受けたネオ・ソビエトの調査船が、飛翔体の残骸《ざんがい》が眠る〈北のフィヨルド〉へ入ったのが昨夜《さくや》のこと。ところが調査船は急に連絡を絶《た》って、ネオ・ソビエト基地からの呼びかけに答えなくなってしまった。捜索に派遣《はけん》されたのが川西たちのミル24だったが、アムール川の源流地域まで一日かけて飛んできてみると、今度は谷《フィヨルド》を発掘するための中継補給キャンプまで応答しなくなっていた。

『ひかる』

後部兵員輸送キャビンから、カモフ博士がインターフォンで言った。

『ひかる、中継キャンプが応答しないのでは、仕方がない。引き返して、どこか川岸で着陸できそうなところを探そう』

『そうですねおじさま……』

女の子のパイロットも、インターフォンに答えた。

『ホバリングしていられる時間は、あと十五分もありません』

声を聞いていると、彼女は川西と同い年か、それよりも若く感じる。

(この女の子、何者なんだろう――?)

ネオ・ソビエトに女性パイロットというのは、極めて珍しい。ロシア人の科学者・カモフ博士を『おじさま』と呼ぶのだから、旧東日本共和国でも、かなり身分の高い家系だったのだろう。

キィイイイン
ヘリコプターを包む周囲の霧《ガス》は、黄色いような乳白色から、次第に濃い灰色へと変わっていく。日が暮れかけているのだ。北緯六五度を越える高緯度地方で、しかも冬になりかけているのだ。

(もう夜になる)

川西は、機首最前部の砲手席風防《キャノピー》から、視界の利《き》かない機の周囲を見回した。

「ひかるさん」

川西はインターフォンに言った。

「ひかるさん、でしたよね。着陸できそうな川岸は、かなり下流へ戻らないとありそうにないですよ。ここへ来るまで、針葉樹の密林みたいな状態がかなり続きましたから」

『ご忠告、ありがと』

川西の背中、一段高いところにある操縦席からひかるが答えた。

『言われなくても、急いで五〇キロ引き返すわ』

キィイイイン！

ミル24は双発のイゾトフTV3―117タービンエンジンを全開して、機首を右へ振り旋回する。

「あわわっ」

縦に長いミル24の機首先端に近い川西の席は、乱暴にヘリが機首を振ると、ジェットコースターのように振り回されるのだ。

がつん
川西は赤外線暗視装置《ノクトビジョン》付きの砲手用ヘルメットを、またキャノピーにぶっつけた。

「あいたたっ」

ほんとにもう、とつぶやきながら川西はショルダーハーネスを締《し》め直す。

（どういう家系のお嬢さんか知らないけど、もっと丁寧《ていねい》に操縦してほしいよな――）

ネオ・ソビエト所属のミル24は、夕闇迫る濃い霧の中を、アムール川の水面すれすれに引き返し始めた。

1

●浜松沖《はままつ》　海軍演習空域R《レンジ》144　初等練習機T3コクピット

「きゃあああああああああああ」

たったの2.5Gかけて垂直旋回しただけなのに、前席で悲鳴を上げ始めた睦月里緒菜《むつきりおな》に美月《みづき》は困ってしまった。

(しょうがないなあ)

森高《もりたか》美月はいったん、T3を四〇〇〇フィートで水平飛行に戻す。

ブァアアン
「こわいよーこわいよー」

オレンジ色の訓練用フライトスーツにパラシュートを背負って、T3の前部操縦席にショルダーハーネスでくくりつけられている睦月里緒菜は、ヘルメットの顔に革手袋の両手をあてて目をつぶっていた。

「ひっく、ひっく」

何かが怖《こわ》い、というのは、怖いと思っている対象の、本質がよく見えていない時である。

「こわいよう、こわいよう」

「睦月候補生、怖いかっ」

美月は後ろの教官席から怒鳴った。

「ひっく、こわくて死んじゃうよう」

ひっくひっく、と里緒菜は泣き始めた。

「そうか。死んじゃうくらい怖いか」

人間は、恐れている対象から目をそらして逃げている時が、一番、怖く感じるものだ。

「じゃあ睦月候補生、しっかり目を開けてごらん」

ハリアーのパイロットとして何度も実際に死ぬような目に遭《あ》ってきた美月は、人間が感じる〈恐怖〉というものについて、普通の人よりよく知っていた。

「目を開けてるんだ、里緒菜」

「えっ」

「今から一番怖いやつをやる」

「ええっ？」

美月は、Ｔ３の四〇〇馬力ライカミング単発エンジンをオーバーブーストにぶち込んだ。

ブァアアアン
ぐいっ
同時に機首を引き起こす。

ブァアアアアン！

Ｔ３は機首を天に向けて、急上昇し始めた。

「きゃああっ」

里緒菜が悲鳴を上げる。

水無月忍《みなづきしのぶ》と睦月里緒菜が、帝国海軍・飛行幹部候補生として入隊したその日。

二人の教育係を押しつけられた森高美月は、『三カ月で忍と里緒菜を〈ファルコンＪ〉に乗せろ』という無茶苦茶な任務を言いつけられていた。美月はいやがったが、大尉昇進をエサに、言いくるめられてしまった。

すべての根源は〈究極戦機〉である。

何しろ星間文明から供与された超《オーバー》テクノロジーで建造された〈究極戦機〉ＵＦＣ

1001は、設計者の葉狩真一《はかりしんいち》が水無月忍の歌うCDを起動システムロジックに組み込んだまま失踪《しっそう》してしまったため、当の忍が肉声で命じなければ動かなくなってしまっていた。ネオ・ソビエトの〈アイアンホエール〉が再び襲ってきたら、忍が〈究極戦機〉に搭乗して立ち向かわない限り、帝国海軍に勝ち目はないのである。

〈究極戦機〉に乗るためには、最低限、超音速戦闘機が操縦できるくらいのパイロット技能が、どうしても必要なのであった。しかも〈究極戦機〉は単独では戦えない。それ専用に改造されたE767空中管制機と、〈究極戦機〉についていけるくらいの高速性能を持った随行支援戦闘機《サポート・ファイター》がバックアップしなければ、作戦の中で運用することができないのだ。随行支援戦闘機には今までF18Jが使われてきたが、これからはAF2J・M――すなわち〈ファルコンJ〉が使用されることに決まっている。この〈ファルコン〉には、忍と最も心の通じ合った、精神的にもバックアップしてやれるパイロットを僚機《ウイングマン》として乗せなくてはならなかった。

（だけどなー）

T3を急上昇に入れながら、森高美月は思った。

（水無月忍はともかくとして、こっちは無理だよ、戦闘機なんて）

「きゃーっ、きゃーっ」

ブンブンブンブン
天に向かってどんどん機首を上げていくT3練習機。

推力／重量比が1を超えるようなジェット戦闘機ではないので、プロペラ単発のT3は上昇角を取るにつれどんどん速度を落としていく。

ブンブンブン——

二人の教官役を押しつけられた美月は、仕方なく『天才教官による一〇〇パーセント自己流の戦闘機パイロット養成訓練』を始めた。赤ん坊が文法も何も知らないで口《くち》真似《まね》から会話を覚えていくように、飛行機の飛ぶ理屈も何も知らない忍と里緒菜をいきなり練習機に乗せたのである。乗せたばかりか、忍には操縦まで全部やらせた。カンのいい忍に対しては、この〈いきなり初フライト〉は成功した。だが里緒菜は——

ピピピピピッ
失速《ストール》警報機が鳴った。

「きゃあーっ！」

飛行機が天を向いて、そのまま空中に止まりそうになる。里緒菜はおしっこが漏《も》れそうな悲鳴を上げた。

「怖いのはこれからよ、里緒菜」

美月は言いながら、空中で止まりかけたT3の右方向舵《ラダー》を、思いっきり踏み込んだ。

「しっかり目を開けていろ！　それっ」

グルンッ
失速寸前のT3は空中でひっくり返ると、斜めに旋転しながら、くるんくるんと落下し始めた。いわゆるきり揉《も》みである。

ウァンウァンウァン——

「きゃあぁーっ！」

里緒菜は泣き叫んだ。

空も海もいっしょくたになってぐるぐる回転する。自分が上を向いているのか下を向いて落ちているのかも、わからない。

ウァンウァンウァンウァン
「死ぬっ死ぬっ、死ぬーっ！」

●浜松基地　エプロン

バルルルル——
キュンキュン、キュン
帰投したT3が着陸停止《ランプ・イン》してエンジンを止めた時、涙も汗も涸《か》れ果てた里緒菜は、前部操縦席から自分で這《は》い出すことができなかった。

「里緒菜、大丈夫?」

二人の整備員に抱《かか》えられて、パラシュートを外《はず》されてやっとのことでT3から降りてきた里緒菜を、忍が迎える。

「ひ～ん。ひ、ひ～ん……」

里緒菜は歩けなくて、へなへなと倒れ込んでしまった。

「里緒菜」

大丈夫? と忍は抱き起こす。

「睦月候補生」

ヘルメット片手に後席からスタッと降りてきた美月が、列線《エプロン》に仰向《あおむ》けにひっくり返った里緒菜に言う。

「死ぬ死ぬって泣きわめいてたけど、死ななかったじゃないか?」

ふひ～ん、というか弱い悲鳴でしか、里緒菜は答えられない。

「まあいいわ、睦月候補生。あたしは、一度引き受けたからには、あんたのことを見捨てないよ。あんたが自分の意志でついてくる限りはね」

言い残すと、美月はすたすたと司令部のほうへ歩いていく。

「あ、教官」

忍が背中に声をかけると、美月は思い出したように振り向いた。

「そうだった、水無月忍。あんたはこれからすぐ教材課へ行って、T3のマニュアルと教科書一式をもらっておいで。里緒菜がこんなだから、二人ぶんだ。明日は早朝からフライト、この次はエンジンスタートから全部やらすから、今夜中に操作手順を全部覚えるんだ。いいね？」

「は、はい」

忍は、汗をかいたフライトスーツの胸のジッパーを少し開けて、管制塔のある司令部の建物へ歩いていく美月の後ろ姿を見送った。

●浜松基地　司令部

「どうだった、あの二人は」

「どうだった」

待ちかねたように訊《き》いてくる郷《ごう》大佐と雁谷《かりや》准将《じゅんしょう》に構わず、美月は司令官室の来客用ソファにどすんと腰かけると、フライトスーツの胸をさらに開けて、団扇《うちわ》でばたばたあおぎ始めた。

「あー疲れた。考えたらあたし、昨夜《ゆうべ》からぜんぜん寝てないのよね」

「森高」

「森高」

「あふぁふぁ――」

美月があくびした時、
カチャッ
「森高中尉」

ドアを開けて、井出《いで》少尉がお盆《ぼん》を持って入ってきた。

「中尉、言われたとおり、ポカリスエットを一リットル作ってお持ちしましたが」

「あ、サンキュー」

美月は白い円筒ポリ容器を受け取って、チューチューと吸い始める。

「森高、いったいどうなのだ」

郷大佐が両手を握り締めて訊く。

「どうなのだ、って？」

「あの二人の、見込みだ。スジはいいのか？」

「そうだ森高中尉、三カ月でなんとかなりそうか？」

郷と雁谷を見上げて、ストローをくわえた美月はうーんと唸って天井を見る。

「ねえ郷大佐、雁谷准将」

「うむ」

「うむ」

「誰だって、パイロットにはなれるんですよ。ただの、パイロットには」

美月はポカリスエットのポリ容器をとんとテーブルに置く。

「どんな鈍《にぶ》い人間でも、時間さえいくらでもかけていいのなら、セスナの単独飛行くらいは、できるようになりますよ。あたしでなく、普通のパイロット教官が教えてもね。でも、戦闘機パイロットは別です」

「む」

「どういうことだ」

美月は、郷と雁谷を見る。

「大佐も准将も、現役退《しりぞ》いたとはいえ戦闘機パイロットでしょう？　戦闘機パイロットの仕事は、飛行機を飛ばすことですか？　それが仕事なのですか？」

「い、いや」

郷は頭を振る。

「ただ飛ばすだけなら、ただのパイロットだ」

雁谷も言う。

「戦闘機パイロットの仕事とは、戦いに勝って、生き残ることだ」

「そのとおりです」

美月はうなずく。

「ただ飛行機を飛ばすだけなら、あの二人についてくる根性さえあれば、三カ月で〈ファルコン〉に乗れるようにすることは、不可能ではありません。里緒菜はちょっと大変だけど」

「本当か」

「本当か、森高」

「里緒菜のほうはかなり、教えるほうも本人も苦労すると思うけど、あたしは二人とも、根性次第で〈ファルコン〉には乗れると思います。でも、AF2Jはスポーツ機じゃない」

美月は、真剣な顔で二人の高級将校に言った。

「AF2Jは、戦闘機です。兵器です。海軍があの二人に期待しているのは、女の子のブルーインパルスをつくることじゃない。〈究極戦機〉と随行支援機にあの二人を乗せて、地球征服を狙う核テロリストの巨大メカと命がけで戦わそうっていうんでしょう？　〈究極戦機〉のことや、放射性物質満載の〈アイアンホエール〉のこと、いつあの二人に話すんです？」

「ううむ――」

「う、ううむ……」

郷と雁谷は、腕組みをして黙ってしまった。

「三カ月で仕上げろっていう技術的な無理は、あたしっていう天才の手で克服できたとしても、地球のために命を捨てて戦うっていう決心は、いったい誰がさせるんです？あの元アイドル歌手と女子大生が、自《みずか》ら進んで地球のために命を投げ出すと、思いますか？」

「い、いや森高、せっかくあの二人がパイロットになる気になって、この基地に来たのだから今はとにかく――」

「あの二人は、まるでジェット戦闘機を輝かしい未来の象徴みたいに感じて、ここへ来てるんですよ。就職だと思って来てるんです。確かに戦争さえなければ、こんなに面白い仕事はないけれど、あの二人にはもう戦う相手も決まっていて、それが地球の命運を左右するような命がけの戦闘になることもわかっているんです！　就職のひとつみたいに考えてる女の子に向かって、『君、地球のために命を捨てて戦ってくれないか？　あの異星の超兵器は、実は君の声でなければ動かないんだよ、ははは』なんて言ってごらんなさい」

ううむ――

郷も雁谷も井出も、考え込んでしまった。

「逃げ出すに、決まっているわ。知りませんよ、操縦訓練のほうはあたしが引き受けるけど、そのほかのことまで面倒は見きれませんからねっ」

　そう言うと、美月はヘルメットを持ってシャワー室へ引き揚げていった。

●呉《くれ》海軍工廠《こうしょう》　空母〈翔鶴《しょうかく》〉特殊大格納庫

「出港が明日に繰り上がったわ」

　魚住渚佐《うおずみなぎさ》が、ＵＦＣ整備オフィスに戻ってくるなりそう言った。

「えっ」

　日高紀江《ひだかのりえ》は顔を上げた。紀江は整備オフィスのＯＡデスクで、葉狩真一手製の〈究極戦機〉整備マニュアルをめくっているところだった。

「もう、出港するんですか？　この航空母艦」

　紀江はデスクの上でかけていた水無月美帆《みなづきみほ》のＣＤを止めて、訊き返した。六本木《ろっぽんぎ》で聞いたところでは、〈翔鶴〉はまだ数日、呉で整備と補修工事を受けるはずだった。

「機関の整備が、スケジュールよりも早く上がったらしいの」

　渚佐は黒いニットのワンピースの上に白衣をはおって、腕に大きな紙袋を抱えていた。呉の街へ買い出しに行ってきたらしい。

「日高さんあなた、下着類とか身の回りで足《た》らないものはない？　艦がテスト航海に出ると、ひと月くらい海の上よ。言ってくれたら分けてあげる」

「あ、どうも」

〈翔鶴〉に赴任《ふにん》してきたばかりの紀江は、海軍中尉の陸上勤務用の制服を着たままだった。私物はピンクとブルーのサムソナイトに詰め込んだままで、まだ開けてもいない。そういえば自分用の個室はもらえるのだろうか？　これだけ大きい空母なのだから、士官には個室があてがわれるはずなのだが。

「魚住――博士」

「なあに」

渚佐はオフィスの真ん中で白衣を肩から脱《ぬ》ぐと、ついでに黒のニットのワンピースも脱いで、その下の下着も脱いで、紙袋から出した新しい服に着替え始めた。

「あ――あ」

個室のことを訊こうとした紀江は、ブラまで取ってオールヌードになりかけている渚佐に驚き、言葉が出なくなった。渚佐は白いほっそりした裸身からショーツを脱ぎかけたところで、紀江があっけに取られて見ているのに気づいた。

「あぁ、ごめん」

渚佐は笑った。

「わたし、ショーモデルをしていたの。気をつけないとつい、人前でぽいぽい脱いでしまうのよ。ファッションショーの楽屋って戦場みたいで、人目なんか気にしていられないでしょう」

「そ、そうなんですか」

「いっぱい買ってきたから、気に入ったのがあったら使っていいわよ」

渚佐は新品の下着がたくさん入ったブティックの紙袋を指さすが、モデル体形の渚佐のブラが自分の胸に合うとは、紀江にはとても思えなかった。

「ど、どうも」

紀江は、威勢よく脱ぎ散らかしながら紺《こん》のロングパンツとオフホワイトのブラウスに着替えていく魚住渚佐に、あきれながらも見とれていた。

(か、かっこいいなあ……あたしも明日からダイエットしよう)

この贅肉《ぜいにく》ひとつない白いボディの持ち主が、〈究極戦機〉の核融合炉の専門家で理学博士だなんて信じられない。葉狩真一が失踪したあと、事実上UFCの開発主任を引き継いでいる魚住渚佐は、核融合学者では食えなくて、一時期、本当にモデルを本業にしていたのだという。

「日高さん」

ショーモデルの早変わりのように、あっという間に着替え終わった渚佐が言う。

「お部屋、まだだったわね」

渚佐の着替えシーンを見た紀江は、まるでブティックの奥の別室で個人《プライベート》ファッションショーを開いてもらっている大金持ちの愛人みたいな気分だった。見とれてしまって、声をかけられて二秒もしてから「あ、はい？」と答える。

「日高さん、まだ荷物を整理していないんでしょう？」

「あ、はい。個室をもらえるんでしょうか」

「あとで案内するわ」

「すいません」

「パンツルックは持ってきたかしら？　航海中は、ヒールを履かなくてすむファッションにしたほうが楽よ」

「は、はい」

「それから」

渚佐は紀江が見つけてきてデスクに置いた、黒い大型のＣＤラジカセを指さした。ラジカセの横に、葉狩の私物らしいＣＤが十枚ほど入ったケースもある。

「葉狩博士のＣＤ、かけるのはいいけど」

「はい？」

「デスクの引き出しに密封してある、〈取扱注意《CAUTION》〉と表示された一枚だけは、決してかけては駄目よ」

「は、はぁ」

紀江は渚佐の脚《あし》のラインに見とれながら、生返事《なまへんじ》をした。

●赤坂《あかさか　国家安全保障局　地下三階　主任分析官オフィス**

「なんだ――この光は⁉」

波頭《はとう》中佐は、公家《くげ》のような髭《ひげ》を生《は》やした顔を、衛星写真の一枚に近づけた。

「これは――？」

「どうしました中佐」

水無月是清《みなづきこれきよ》が、入れかけたコーヒーのポットを置く。

「見てみろ、是清」

波頭中佐は、アームバンドをしたワイシャツの腕を伸ばして、ワイヤーで吊ってあったプリントアウトしたての衛星写真を何枚もテーブルに並べた。

「ライトを」

赤坂の国家安全保障局、地下三階の情報分析課。ここの主任分析官である波頭中佐のオフィスには、帝国空軍の偵察衛星からの情報がリアルタイムで入電してくる。特に最近、波頭が神経を尖らせているのは、シベリアでのネオ・ソビエトの動きである。〈アイアンホエール〉のテスト航海や仕上がり状況も、波頭が逐一《ちくいち》モニターして、国防総省へ報告を上げている。

「ライト点《つ》けます」

是清がスイッチを入れると、分析用のテーブルが下から照明される。

パッ

「シベリアの、北のほうですか？」

「うむ」

手術の前にレントゲン写真を並べて患部を検討する外科医みたいに、二人は横一列に並べたモノクロの衛星写真を覗き込む。

「昨日の夜の写真だ。撮影時刻を見てくれ」

「はい」

ロシア人の血が半分混じった水無月是清は、縦に長い分析オフィスの一方へ金髪をなびかせて歩いていき、コンピュータの端末で、写真を撮影した衛星と、撮影時刻、位置、高度などをリストにしてプリントするよう、キイボードを操作した。

カチャカチャッ

「十秒待ってください」

「いやな予感がする。是清、今日は晩めし、家では食えそうにないぞ」

「牛丼の出前を取りましょう」

プリンターを動かしながら長身の是清は言う。

「牛丼さえあれば、僕は大丈夫です」

是清は、二年前に東日本共和国から亡命してきて以来、このオフィスで世話になっている。波頭中佐は身元引受人だ。

びりびりっ
「見てください、中佐」

「おう」

ばさばさっ
是清の差し出したプリントアウトと、並べた衛星写真を、波頭は急いで比較チェックした。

「昨日の、深夜か……場所は――」

●世田谷区駒沢《せたがやくこまざわ》　メゾン・ド・ソレイユ501号室

リーン！

マンションのリビングに、電話のベルが鳴る。

リリーン！

今時、珍しい色気《いろけ》も何もない黒の電話機を見ながら、キッチンに立とうとしていたボブヘアの女が、奥の寝室を呼ぶ。

「剛之介《ごうのすけ》さん」

返事がない。

女は、ため息をつく。

「わたしが出るわけには、いかないし」

紺のタイトスカートのスーツの上にエプロンを着けたアラフォーの美女は、もう一度、奥を呼ぶ。

「剛之介さん、起きてください」

峰《みね》剛之介は、ひどい風邪《かぜ》にかかって、国防総省を休んでいた。

「出てくれたっていいんだよ、恵《めぐみ》」

ごほごほ言いながらガウン姿で起きてきた峰剛之介は、もう十回も鳴っている黒い受話器に手を伸ばす。

「掃除のヘルパーに時々、来てもらっている。電話にも出てもらってるんだ」

「あなたがよくても、わたしがよくないわ」

国防総省を退勤してまっすぐやってきた羽生恵《はにゅう》は、エプロンの上で腕組みをする。

「いいですか？　ごはん作ってあげるのは、統幕議長が風邪を治さないと国の安全にかかわるからです」

「わかってるよ」

峰は、受話器を取る。

「私だ」

取るなり電話の相手は怒鳴った。

『統幕議長！』

「波頭か。どうした？」

電話の向こうの波頭中佐は怒鳴った。

『統幕議長、〈究極戦機〉は、すぐ発進できますかっ？』

また単刀直入《たんとうちょくにゅう》だこいつは、と峰は顔をしかめる。

「波頭中佐、最初から説明しろ」

峰はタオルで顔を拭《ふ》きながら、ソファに腰かける。煙草《タバコ》に手を伸ばそうとすると、羽生恵が『駄目』と掻っさらってしまう。

「ごほん。波頭、〈究極戦機〉が今日明日中に動けるはずがないだろう？　やっと新しいパイロット候補が見つかって、今日から訓練に入ったばかりだぞ」

『そこをなんとか、なりませんか?』

「おまえ、新しいパイロットは、元アイドル歌手なんだぞ。最低限ジェット機を乗りこなせる腕になるまでは、〈究極戦機〉への搭乗なんて無理だ。そんなことはおまえのほうがよく知っとるだろう?」

『大変なのです、議長』

「何が、どこで、大変なのだ?」

『シベリアで異変が起きています!』

2

●国道246号線　駒沢交差点付近

「峰議長、シベリアの北極圏に近いアムール川源流フィヨルドで、昨夜遅くに〈正体不明の閃光《せんこう》〉が観測されました。安全保障局の中央コンピュータが現在、分析していますが――」

波頭中佐は、愛車のジャガーXJ―Sの運転席で、軍用携帯電話を肩とあごに挟みながらハンドルを回した。

キキキキキ

ブロロォォッ

十二気筒を唸らせながら、XJ―Sは住宅街の横道に入っていく。

「――議長、私の見た感じでは、その閃光はやつのものに似ています！」

『やつとは――』

　風邪をひいて自宅にいる峰剛之介が、電話の向こうで考え込む。

『――〈アイアンホエール〉のことか？』

「違います。ネオ・ソビエトの鉄クジラは、アムール川中流の秘密基地ドックにつながれたままです。位置は確認できています。昨夜の閃光は、ネオ・ソビエト基地よりも五〇〇キロも上流の未開の奥地で発生。アムール川源流のフィヨルドが一本、まるまる一秒間にわたって谷ごと青白く発光していたのです！」

　キキキッ
　幼稚園児の三輪車を避《よ》けながら、幅広の英国製クーペは駒沢の住宅街へ分け入っていく。

「そ、その閃光はどう見ても、核プラズマの光です！」

『何っ』

　峰が絶句した。

「もちろん付近に、ロシアの核施設など何もありません。未開の渓谷《けいこく》地帯なのです。峰議長、今から一世紀前にシベリアへ不時着した星間文明の星間飛翔体が何を曳航《えいこう》していたのかは、まだわかっていません。ロシアでも掴めていないのです。アムール川源流での異変が、一世紀前の不時着飛翔体と関係していることは、明らかです」

『ううむ』

峰は唸った。

『詳しい説明を、聞かせてもらわねばならんな……』

「はい議長、そう思いまして、資料を持参してすぐ近くまで来ています」

キキッ
波頭は車をマンションの前に停めると、助手席からアタッシェケースを取り上げた。

「これからすぐに、説明をします」

『何？』

電話の向こうで、峰がまた絶句した。

『お、おい波頭、今なんと言った？』

「議長のマンションのすぐ下まで来ていますから、これからすぐ、説明に上がります！」

波頭はXJ―Sのエンジンを止め、キイを抜いた。グローブボックスから、〈陸軍特別駐車許可証〉を取り出して運転席の前に置く。

「風邪をおひきのところ申し訳ありません。しかし状況によっては〈究極戦機〉搭乗員の養成計画を、全面的に前倒ししなくてはならないので――」

『わあっ、ちょっ、ちょっと待て。下まで来てるって？』

「はい、そうです。素早い行動が、国家安全保障局のモットーです」

波頭は電話を切ろうとするが、

『は、波頭中佐。ちょっと待て。すまないが私は今、非常に風邪をひいている。おまえが来たら、感染《うつ》してしまうぞ。説明は明日にしよう』

「何をおっしゃいます議長。この一刻に地球の運命がかかっているのですよ！」

『し、しかしおまえまで風邪をひいたら、国防総省はどうなるのだ』

「何を水くさい峰議長、この波頭、地球のためなら、風邪のひとつやふたつ平気です！」

ピッ

波頭は電話を切ると、XJ—Sのドアを開けて〈メゾン・ド・ソレイユ〉と銅版の表札が出たマンションのエントランスへカツカツと歩いていく。

●メゾン・ド・ソレイユ501号室

「わあっ、大変だ」

峰剛之介は、切られた電話を置くと、毛むくじゃらの腕を伸ばしてクロゼットを指さした。

「恵、波頭が来る。とりあえずあそこに隠れろ」

「え？」

紺のスーツの上にエプロンをして、キッチンでお米からおかゆを作っていた羽生恵は、おたまじゃくしを手に持って振り向いた。

「どういうことですの？」

剛之介はガウンのままでリビングの真ん中に立ち上がり、

「国家安全保障局の、波頭が来る。すぐあそこへ隠れてくれ！」

だが恵は、

「いやですわたし」

あわてた風もなく、土鍋《どなべ》の蓋《ふた》を持ち上げて眺める。

「こそこそ隠れるなんて、いやだわ」

「恵」

「わたしは、空軍中佐ですよ。どこかの愛人みたいに、クロゼットに隠れるなんてできるもんですか」

「さっきはおまえ、電話に出たくないとか」

「必要もないのにあなたの部屋にいることを人に知られたくはないけど、クロゼットに隠れるなんて、いやです」

「しかし恵、統幕議長のマンションの台所で空軍作戦部長がエプロンしてめしを作ってたなんて知れ渡ったら、国防総省で示しがつかなくなるじゃないか！」

「だからといって、こそこそ隠れるのは、いやよ」

「国防総省の士気が乱れたら、地球の防衛にかかわるのだぞ」

「そんなこと言ったって、どうしてこの羽生恵が、人目を気にしてこそこそクロゼットに隠れなきゃいけないんです」

アラフォーの麗人は、スーツの腰に手をあてて、美しい眉をきっと上げた。

「いやよ」

ピンポーン
「ほ、ほら波頭が来てしまった」

峰は両手を握り締めて、エプロン姿の恵に懇願《こんがん》した。

「恵、頼む。地球のためだ。そこのクロゼットに、ちょっとの間、隠れてくれ、頼む！」

「地球のためでも、いや」

ピンポーン
ピンポーン
「あーあああ」

統幕議長峰剛之介（50歳）は、頭を抱えた。

●赤坂　国家安全保障局

「こんな未開の氷河みたいなところで、どうして核プラズマの閃光が――」

水無月是清は、問題の衛星写真の部分拡大図をコンピュータのディスプレイに表示させた。

カチャカチャッ
「三〇〇倍」

ブーン
「画像補正」

荒い画面がパッ、パッと明るくなっていく。

偵察衛星は、可視光線のほかにも赤外線など波長の違う光で地上を撮影する。地球の夜の側にある部分は、赤外線写真で分析するのが常だったが、そのアムール川源流のフィヨルドだけは可視光線写真でも十分に目視観察することができた。フィヨルドの谷間の蒼白い閃光が、ストロボのように周囲を照らしているのだ。

（長さ一〇キロの、氷河が削り取った大地の裂け目――この谷《フィヨルド》の中で一秒間にわたり、強力な閃光が現れている……）

カチャカチャッ

是清はキイボードを操作して、もう一度、閃光のスペクトル分析をコンピュータに命じた。

パパッ

拡大された静止画像に重なって、閃光の分析結果がメッセージで表示される。

「核融合反応に伴う、三重水素のプラズマ光――」

何度、分析させても、答えは同じだ。

「――だがこの地球上で、これと同じ三重水素プラズマを発生させられるものはごく限られている。地球の材料技術が追いつかなくて星間文明のボトム粒子型核融合炉が複製できずにいる現在、稼動可能な核融合炉を持っているのは帝国海軍の〈究極戦機〉かネオ・ソビエトの〈アイアンホエール新世紀一號〉、そして滅び去ったはずの核生命体〈レヴァイアサン〉……」

まさか、と是清はつぶやいた。

是清は、かつて〈レヴァイアサン〉が最初に日本に上陸した時、その姿を目撃している。

二年前、独裁者の率いる東日本共和国軍が西日本帝国へ侵攻を企《くわだ》てた時、ちょうど利根川《とねがわ》渡河《とか》作戦へ向かうべく常磐《じょうばん》海岸で補給中だった是清の所属する戦車隊は、突如、海から上がってきた大怪獣にことごとく踏み潰されたのだ。

「そればかりか、やつの体表面の穴から這《は》い出してきた無数の巨大なナメクジ芋虫《いもむし》によって、戦車隊の兵士たちは残らず頭から丸呑みされ、やっとのことで逃げ延びられたのは俺の指揮する1号戦車だけだった……」

　是清はため息をつく。

（今でも俺は、悪夢を見る……霧に包まれた動く岩山のような怪物が、海岸から上がってくる光景を——やつは体内に核融合炉を持っているから、海水を大量に蒸発させて、いつも海霧に隠れていたんだ……）

　あたりも見えないような霧の中から襲ってくる大怪獣。腹を空《す》かせた〈捕食体《プレデター》〉と呼ばれる体長五メートルのピルピルと鳴くナメクジ芋虫の大群。よほど運がよくなければ、あの怪獣の姿を生《なま》で見て生きて帰れる人間はいない。

「しかし……やつは〈究極戦機〉の捨て身の攻撃で、この世から滅び去ったはずだぞ——」

　是清は、フィヨルドの衛星写真を、さらに一〇倍に拡大してみることにした。

　カチャカチャッ
「——波頭中佐は、この閃光を見るなり緊急事態の報告に飛んでいっちゃったけど、俺はやつがもう一匹この世に存在するなんて、想像したくもないよ」

パッ
「ん？」
是清はコンピュータのディスプレイを思わず覗き込んだ。
「なんだ、これは――？」

●アムール川源流域

キィイイイン
（すっかり暗くなってしまったぞ――）
川西少尉は、ミル24最前部砲手席《ガンナーズ》であたりを見回した。
ゴォオオオ
真っ暗な空間を、灰色の濃い霧が猛烈なスピードで前方から流れてくるばかりだ。ミル24の強力なランディング・ライトも、ほんの三〇メートル先までを照らす役にしか立たない。姿勢を指示する計器と、電波高度計だけが頼りだ。川西の席にも操縦桿と基本的な飛行計器はついていて、このヘリコプターが水平を保って南へ向かっていることを示している。
（――それにしても、ひどい霧だ）

キィイイン
乏《とぼ》しくなってきた燃料で、ハインド攻撃ヘリコプターは南下する。

川の水面上数メートルの低空飛行である。上昇すれば何かにぶつかる心配はなくなるが、今は着陸できそうな川岸を探さなくてはならない。高度を上げたら、水面も地面もぜんぜん見えなくなってしまうのだ。

(電波高度計が水面との間隔を表示してくれるから、川に突っ込む心配はないんだろうけれど……)

でも、計器のほかに機体の姿勢《バーティゴ》を示す目視目標《ビジュアル・リファレンス》が何もないと、人間はたとえ姿勢指示計器があっても姿勢錯誤におちいってしまう。計器は水平だと示していても、どうしても傾いているような気がして、自分から機体をひっくり返してしまうことがあるのだ。どんなに優秀なパイロットでも、計器だけに頼った飛行が長く続くとそうなるという。

ましてや——

(だ、大丈夫かなあ、後ろのひかるちゃん……)

まだ顔も見ていないけど、川西のすぐ後ろの操縦席でこのヘリコプターを操っている女の子のパイロットは、優秀な腕前だとはとても思えなかった。

『ひかる』

後部兵員輸送キャビンから、カモフ博士がインターフォンで呼んだ。

『あと燃料は、どのくらい保《も》つ？』

『五分です』

ひかるは答える。

『さっきから、だいぶ南下しました。来た時には、このあたりは霧に覆《おお》われてはいなかったはずなんですが……』

『霧が南へ移動しているのかもしれん』

博士は推測した。

『こういう水面の霧は、川から大量の水蒸気が立ちのぼって、それが冷たい大気に冷やされてできるのだ。川の水温が、何かの原因で異常に高くなっているらしい』

それを聞いて、川西ははっとする。

「アムール川の水温が――？」

思わず川西は振り向いて訊く。

「博士、そういえば、北緯六五度ならもう今の時季は、真っ白に凍りついていてもおかしくないはずですよ。それが――」

濃密な霧の下に、ヘリのライトに照らされかすかに見える水面は、濃い緑色をして波打っていた。

「——ぜんぜん凍ってない！」

『おそらく、温泉並みの高温の水が、アムール川源流のフィヨルドから流れ出ているのだ』

「温泉並みの？」

『そうだ川西くん。〈北のフィヨルド〉で、何かが起きたのだ』

アムール川の水を、温泉に変えてしまうような何かだって——？

『お話中、悪いけれど』

ひかるが割り込んだ。

『地形捜索レーダーに反応。前方の水面の上に、何かいるわ』

「何かって？」

『わからないわ。大きな物体。距離八〇〇メートル。このヘリのまっすぐ前方』

「川の中に、小島が飛び出しているんじゃないですか？」

『川西くん、アムール川のこのあたりに島はないはずだ。ひかる、気をつけろ』

『六〇〇メートル。近づくわ。速度を落とします』

キュウウウウン
ローターの迎え角がひかるの操作で増加され、爆音が加わった。

ミル24は心持ち機首を上げて、速度を減じた。

キィイイン

双発のタービンエンジンは、回転を上げてやらなくてはならない。ヘリは遅く飛ぶほどパワーが要《い》る。車でいうローギアの状態である。

『川西くん、君の射撃管制パネルには、赤外線スキャナーがついとるだろう。前方を見てくれ』

「あ、そうでした」

川西の席の右手には、ハインドの固定武装である23ミリガトリング砲や、主翼の懸垂支柱《パイロン》に吊るしている対地／対戦車用ＡＴ６レーザー誘導ミサイルの照準をするためのハンドスティックが装備されている。ヘルメットの赤外線暗視ゴーグルを顔に下ろし、操縦桿に似たハンドスティックを握って右の人差し指で赤外線スキャナーのスイッチを入れると、川西の目の前に赤と緑と黒のバーチャル視界が広がった。

（なんだ、最初からこれで見ればよかったな）

川西はヘリの左右を見回す。進行方向の水面も、霧にさえぎられることなく赤黒のコントラストでくっきりと見える。

『川西少尉』

ヘリを一定の速度で飛ばしながら、ひかるが訊く。

『川西少尉、レーダーの反応は五〇〇メートル前方よ。見える？』

その声に、川西はヘリの進行方向へ目を凝《こ》らす。

「遠くてよく見えないけど……」

水面の上に、確かに何かが飛び出して見える。

「……なんだろう、黒くて大きなものだ」

赤外線スキャナーは、物体の出す熱を見るので、霧にさえぎられる心配がない代わりに遠くの物の形をはっきりと識別することができなかった。

「大きな影のようなものが、水面から飛び出して見える。ひかるさん、もっとスピード落とせませんか？」

『駄目よ。これ以上減速すると、燃料を食ってしまうわ。わたしたちは——あと四分以内に、着陸できる川岸を見つけないといけないのよ』

『川西くん、赤外線の視野なら、着陸できそうな岸辺が見つけられるだろう？』

「はい博士」

川西はうなずく。

「もう少し飛べば、針葉樹林の切れている開けた岸辺があるようです。でも——」

川西の視野に、水面の黒い大きな何か《ヽヽ》は、確実に近づいている。

「——あの浮かんでいる大きな物体の上を通過しないと、岸辺には行けません」

キイイン
燃料も残り少ないハインドは、アムール川の水面すれすれを飛翔していった。

●アムール川上流　ネオ・ソビエト基地　司令部作戦室

「電波障害？」

加藤田要《かとうだかなめ》は通信士官に訊き返した。

「アムール川源流地域一帯に、電波障害が起きているというのか？」

「はい第一書記」

若い通信士官は、HF通信装置のコンソールに向かいながら、何度も発掘中継キャンプを呼び出していた。

「消息を絶った調査船の捜索に向かったヘリコプターが、もう中継キャンプに着く頃なのですが、連絡がないので――呼んでみたら中継キャンプもヘリコプターも応答しないばかりか、電波障害のため北極を越えてくるヨーロッパの短波放送も聴こえない状況です」

予定では、捜索隊ヘリコプターは中継キャンプに到着していなければならない時刻である。

「ううむ――」

山多田大三《やまただだいぞう》の片腕として、実質上、作戦室の指揮官をしている平等党《びょうどうとう》第一書記の加藤田要は、腕組みをして考え込んでしまった。

「だから俺は、カモフ博士を捜索に出すのには反対しておったんだ。われわれの大事な頭脳なんだぞ」

「確か、鷹西《たかにし》ひかるさんも一緒でしたね」

通信士官は言う。

要はうなずく。

「うむ。旧ソ連共産党幹部の血縁にあるお嬢様だ。博士のヘリを操縦していくとか言いだして……言いだしたら聞かないんだよなあ、あの娘は」

「第一書記、僕たち若い士官の間での噂なのですが」

「なんだ？」

通信士官は、要に耳打ちする。

「〈北のフィィヨルド〉調査船には、ひかるさんの高校時代の同級生が乗っていたらしいのですよ。仲のいい女の子の友達で」

「そんなこと、よく知ってるな」

若い通信士官は、平等党高級幹部の息子だ。

「僕たち〈青年平等クラブ〉のメンバーの間では、昔からアイドルだったんです。鷹西ひかるちゃんと、垣之内《かきのうち》涼子《りょうこ》ちゃん。新潟《にいがた》平等女子高校のナンバー1《ワン》とナンバー2《ツー》ですよ」

〈青年平等クラブ〉とは、旧東日本共和国の平等党高級幹部の息子たちでつくっている、お坊ちゃん社交クラブである。一口に平等党員といっても、頂点は独裁者山多田大三から下は地方農村の地区役員に至るまで、カーストのように階級が決まっている。西日本帝国が帝国とは名ばかりで階級も身分もなくなっているのに、みんなが平等のはずの東日本共和国では、細かい階級が厳しく決められていて、平等党員の家に生まれても、身分が低いと寒いところや危険なところで働かなくてはならなかった。それはシベリアへ逃げてきてもあまり変わらなくて、〈青年平等クラブ〉のメンバーになれるようなお坊ちゃんたちは、暖かい司令部の作戦室で、ヨーロッパの短波放送なんかを聴きながら日がなのんびり過ごせるのであった。かつて司令部で水無月是清のアシスタントをした川西正俊《まさとし》少尉などは、家柄は大したことないのに学業成績がよかったから司令部の作戦将校になれたのである。そうでなければ、陸軍の歩兵の隊長なんかにされて戦場を走り回らなければならないところだ。

お坊ちゃんの通信士官は、得意そうに言った。

「第一書記、ひかるちゃんは、垣之内涼子ちゃんが調査船とともに行方不明になったので、叔父《おじ》さんのカモフ博士におねだりして、捜索隊を仕立てたらしいんですよ」

「なんだと？」

要は、そんな話は初めて聞いた。

「あのヘリの捜索隊は、鷹西ひかるが言いだしたのか？」

どうりで。エネルギー伝導チューブを持ち帰るのなら発掘スタッフをたくさん連れていくべきなのに、調査船の乗員を乗せて帰るためにハインドの兵員輸送キャビンを空《から》にして飛び立ったわけがやっとわかった。

「じゃあひかるは、友達を連れて帰るのが目的で、エネルギー伝導チューブなんか最初からどうでもいいわけなのか」

「どうもそうみたいですよ」

どうでもいいが第一書記に向かってなれなれしい口をきく若造だ。こいつは誰の息子だったかな――通産大臣か？

まったくしょうがない、とつぶやきながら要は通信コンソールを離れると、基地の内線電話を取った。

「技術部を頼む」

『お待ちください』

電話が、基地の川に面したドックの内部につながれる。

要は、「二度手間になるなあ」とため息をつく。

『お話しください』

「技術部か――？　加藤田だ。〈ホエール〉の責任者を頼む」

3

●メゾン・ド・ソレイユ501号室

「一九〇八年、夏。早朝のことです。シベリアのバイカル湖の北西約五〇〇キロの地点に、宇宙空間から何物かが落下。大爆発を起こしました」

波頭中佐は、アタッシェケースから古い白黒写真のコピーを取り出した。

「帝政ロシア時代の、科学アカデミーの調査隊が撮った爆発の跡です」

「まあー」

羽生恵が、ソファの後ろから覗き込んで声を上げる。

「すごいわ。木が放射状になぎ倒されて、一面、真っ黒いコールタールみたいになってる」

ごほん、峰が咳払いした。

「羽生作戦部長。君は、国防総省の福利厚生施設の改装のことで報告に来ていたんだろう。もう報告はすんだのだから、帰ってよろしい」

「あら、わたし」

恵はエプロンにおたまを持ったまま、平然と、

「業務報告に来たんじゃありません。おかゆを作りに来たんです」

うぉほん、ごほん、と峰が咳をする。

「あ、ああ統幕議長」

波頭は、困り果てている峰を見て、どういう態度をしたらいいのかわからなくなってしまった。

「統幕議長、ちょうどいいではありませんか。空軍作戦部長にも、いずれ状況説明《ブリーフィング》しなければならなかったのです。いらしていたのなら、手間がはぶけます」

波頭はA型だったので、困っている峰よりももっと気を遣《つか》ってしまった。

「いや、地球の防衛は効率第一ですからな。ははは」

ううう、峰は腕組みをして、渋面《じゅうめん》を作った。

「わあ、すごいわこれ」

一番、気を遣っていない恵（もちろんO型）が、エプロン姿の腕を伸ばしてテーブルの上から古い写真のコピーを取り上げ、しきりに感心する。

「今から一世紀以上も前に、こんな大爆発が起きたんですの？」

「は、はい」

　波頭は説明する。

「いわゆる〈一九〇八年のツングース大隕石〉と俗称されるこの大爆発は、推定四〇メガトンの核融合爆発であったといわれています」

「四〇メガトンの、核融合爆発——？　水爆だったのですか？」

　怖いわぁ、と峰なんかそっちのけにして恵が訊く。

「いえ、爆弾ではありません。当初われわれは、星間文明の星間飛翔体——つまりわれわれの〈究極戦機〉の母体ともなった、あの飛翔体と同じ種類のものですが——その飛翔体が、地球のそばを航行中にトラブルを起こし、緊急着陸しようとしてシベリアの空中で爆発した、と推測していたのです。しかし」

「しかし？」

「その時の飛翔体の本体は、ツングースよりもやや東方の、アムール川源流の氷河が削《けず》ったフィヨルドの底に不時着しています。ネオ・ソビエトの〈アイアンホエール新世紀1号〉がその核融合エンジンをそっくりいただいて動いていることから、その事実は確かです。つまりツングースの空中で爆発したのは、飛翔体の本体ではなかったのです」

「本体ではなかった、というと——？」

爆発したのはなんだったのかしら、と恵はエプロンの胸におたまを握り締めて尋《たず》ねた。

ぶしゅううう
キッチンの中で蒸気が上がった。

「あっ、大変。おかゆが吹きこぼれているわ。剛之介さん、早く」

「あ、う、うん」

ガウンを着た剛之介は、条件反射のように立ち上がって、すね毛の見える足で対面式キッチンへ走っていく。

「波頭中佐、それで、爆発したのはなんだったの？」

「は、はい。われわれの調べたところでは、星間文明の星間飛翔体という輸送システムは、小型超高性能の無人宇宙艇をたくさん造り、操縦は人工知性体に行わせ、運びたいものは別に球形のカプセルに詰め込んで飛翔体に曳航《えいこう》させる、という仕組みを取っているようです。のちに〈究極戦機〉に改造されたあの飛翔体も、太陽に投棄《とうき》する予定の〈レヴァイアサン〉を黒い球体カプセルに封じ込めて曳航し、地球のそばを通ったのです」

「それでは、ツングース上空で爆発したのも、飛翔体が曳航していたカプセルのほうだったと」

「そのとおりです」

　がちゃんっ
「あつつつっ」

「駄目よ剛之介さん、火を止めたら蒸《む》らさなくちゃ」

「あ、うう」

　恵は波頭に向き直り、

「それで波頭中佐」

「はい」

「では一世紀前の大爆発を起こしたのは、カプセルに封じ込められていた〈レヴァイアサン〉と同類の、巨大な核生命体だったというのですね？」

「そう考えるのが、妥当《だとう》なのかもしれません。しかし、シベリアで今起こっている〈異変〉を分析すると、飛翔体がエンジントラブル➡不時着前にカプセルを切り離す➡カプセルの中身が空中で爆発、という簡単な事件ではなかったという気がしてくるのです。これを見てください」

　波頭はアタッシェケースからプリントしたばかりの衛星写真を取り出した。

「超拡大分析については、今、保障局で私の部下が取りかかっています。これはとりあえず、アムール川源流のフィヨルドを一〇倍に拡大したものです」

「撮影時刻は？」

「昨夜、二三時三二分。高度は一八八キロの低高度周回軌道からの撮影です」

「谷が——光ってる？」

恵はおたまをテーブルに置いて、その衛星写真を手に取って眺めた。

「ねえ剛之介さん」

恵は写真に目を向けたまま、キッチンの剛之介を呼んだ。

「ねえ剛之介さん、大変よ。この閃光、〈レヴァイアサン〉の三重水素プラズマにそっくりな色をしているわ」

かちゃかちゃ
剛之介は返事をしないで、茶碗によそった湯気《ゆげ》の立つおかゆに塩とカツオ節を振りかけて、はふはふと立ったまま食べ始めた。

「ねえ剛之介さん？」

「はふはふ」

「あーあ、すねちゃった」

恵は肩をすくめる。

「駄目なのよ、いっぺんああなると。国防総省じゃ『統幕議長だ』っていばってるけど、中身は子供と一緒なんだから」

「は、はあ」

恵は、「あとでわたしからよく説明しておくから」と波頭に続きを促《うなが》した。

波頭は、一世紀前の大爆発事件についての自分の見解を話す。

「羽生中佐。一世紀前の不時着は、飛翔体のエンジントラブルが原因だと長いこと信じられてきました。しかし、飛翔体は本当に機械的故障で不時着に至ったのか？　ひょっとしたらそうではなくて、何かほかの突発的トラブルのために不時着を余儀なくされたのではないのか？」

「突発的トラブル――？」

「一世紀前の飛翔体が、機械の故障で地球に降りてきた、という証拠はどこにもないのです。推測にすぎません、羽生中佐」

波頭は大爆発の跡の写真を見ながら、真剣な目で言った。

「二年前、私たちは、のちに〈究極戦機〉の頭脳となった星間飛翔体の人工知性体とコミュニケーションを取ることができました。天才・葉狩博士の力によってね。

それによると、人工知性体というものは航行中にほかの星の高等生命体に危害を及ぼさない、というポリシーをかたくなに貫くのです。〈レヴァイアサン〉を倒すために、自分の星へ帰るのをあきらめて進んで戦闘マシーンへの改造を受けるくらいです。もし一世紀前の不時着飛翔体をコントロールしていた人工知性体にも同じ性格が付与されていたとすれば、飛翔体に故障が生じた時、原住民の住む地球に迷惑を及ぼさないよう、何もない宇宙空間の方向へ曳航していたカプセルをリリースするはずなのではないですか？　そう考えるのが妥当だ。だが飛翔体はそうしなかった。いや、できなかった」

「――できなかった？」

恵は目を上げて、訊き返した。

「そうです中佐。できなかったのです」

波頭がうなずいた時、

ブーン

波頭の携帯が振動した。

●国家安全保障局

「波頭中佐、衛星写真の拡大映像に、こんなものが写っています。転送します」

是清は、電話に出た波頭に報告しながら、コンピュータ画面の拡大静止映像を軍用携帯電話回線に流すよう操作した。

カチャカチャッ

蒼白《あおじろ》い閃光がフラッシュのように瞬く、凍った谷間の衛星拡大写真。そこに写っている鋭い影のようなものが、スクランブル回路を通って信号に変換され、峰のマンションにいる波頭のノートパソコンへ送られる。

「中佐、届きますか?」

是清は電話に訊いた。

『ああ。画面に出てきた。電話回線だと遅くていかんな』

だが数秒もしないうちに、電話の向こうで波頭が叫んだ。

『こ、是清、なんだこれは!』

「わかりません中佐」

是清は受話器をあごに挟んでキイボードを操作しながら、頭を振った。

「蒼白い閃光を放っている中心に、それがいるんです」

『なんだ……』

波頭が息を呑《の》んだ。

『なんなのだ、この黒い影は――』

「もっと拡大します」

カチャカチャッ

キイボードを操作すると、閃光の中心にいる何かの黒い影が、四角い線で囲われてパッ、パッと画面に拡大される。

（六〇〇〇倍か――）

是清は画面を見ながらボールペンを噛《か》んだ。

（――いくら閃光がストロボの働きをしても、夜間に撮った可視光線写真じゃ、このあたりが限界だな……）

「送ります、中佐。何に見えますか？」

『駄目だな、これではなんの形なのかさっぱりわからん』

黒い影は、確かに何かのシルエットなのだが、コンピュータがいくら画像を補正しても是清にも波頭にも、その黒いぎざぎざした形の意味はわからなかった。

●メゾン・ド・ソレイユ501号室

「何かしら――？　この黒い影」

脇からノートパソコンの画面を覗き込んで、恵が言う。

「鳥じゃないか？」

「え」

「議長――」

ガウンに茶碗と箸《はし》を持った峰剛之介が、いつの間にか後ろに立って画面を見ていた。

「私には羽根を広げた大きな黒い鳥のように見えるぞ」

「でも鳥にしてはおかしいわ」

恵が拡大された黒いシルエットを指さす。

「ほら見て、右上よ。これトカゲのような長い尻尾《しっぽ》に見えない？」

「この影が、生き物だとでも？」

波頭が訊く。

「たとえよ。形としての。でも〈レヴァイアサン〉でないことは確かよ。あの気色悪いクラゲの化け物じゃないわ」

『中佐』

スピーカーフォンにした携帯電話から是清が割って入った。

『中佐。それとは別に、写真の左下を見てください』

「左下？」

●国家安全保障局

「倍率を戻します。ここに、船らしきものが写っているんです」

是清は自分のディスプレイの上を、ボールペンで叩いた。デスクの上の大盛り牛丼弁当がすっかり冷《さ》めてしまっている。

「見てください。左の下、フィヨルドの入り口付近です」

『うむ……船らしいものが見える』

「僕が見たところでは、この画面の左下で閃光を浴びているのは、船――おそらく三〇〇トンクラスの小型船です。アンテナがたくさん見える。漁船ではありません」

『ううむ――』

「この蒼白い閃光の中心から、フィヨルドの入り口方向へ、約二〇〇メートル。この小型船は、フィヨルドに入ってきたところを――」

何かの目的でフィヨルドを訪れたその船は、谷の中央へ進入しようとした時、この強烈な閃光を浴びたらしいと是清は考えた。核プラズマの閃光である。この船はこのあと――

『いや、待て是清』

電話の向こうで波頭が制した。

『確かにこれは、船だ。だが舳《へ》先《さき》の方向を見ろ。どっちを向いている?』

ディスプレイに拡大された、フィヨルドに浮かぶ白い小さな船。船体は白く塗った木製か、あるいはファイバー製だろう。それが蒼白い閃光を受けて、水面に濃い影を落としている。

『この小さな船の舳先は、左下、フィヨルドの出口のほうを向いているぞ。よく注意すると、船尾《せんび》にスクリューの泡が見える』

「あっ」

是清は声を上げた。

「スクリューの泡か。気がつきませんでした。この船はなんなのでしょう? 漁船でないのならロシアの科学調査船か――」

『ネオ・ソビエトに決まっている。おおかた飛翔体の残骸まで、〈アイアンホエール〉の部品を取りに来ていたのだ。しかしこの写真では、ネオ・ソビエトの調査船はフィヨルドの出口へ向かって、全速力で走っているぞ』

「出口へ、全速力で――?」

『そうだ是清。この船はフィヨルドを出ようとしてて、谷の出口へ向け全速で走っているんだ』

●アムール川源流

「うわーっ！」

突然、ヘリの目の前にぬーっと現れた黒い物体に、一番前に座っていた川西少尉は悲鳴を上げた。

ぬううっ
「うわっうわっ！」

キュィインッ
ミル24は、機体をひねった。すんでのところで黒い大きな物体をかわす。

パリパリパリパリ
「なっ、なんだこれは！」

霧の中から現れた、水面上の黒い物体。

それは、あっという間に霧の中へ姿を消して見えなくなった。

『ひかる、一瞬見えたが、何かの構造物らしい。近寄って確かめよう』

『はいおじさま』

キイイイン

ひかるの操縦でミル24は機首を巡らせ、反転して物体に近づく。
『ライトを下に向けるわ』
パッ
『川西少尉、赤外線でよく見て』

パリパリパリパリ
ライトをすべて水面に向けた攻撃ヘリコプターは、ホバリングしながらゆっくりと水面上の物体に近づく。
パリパリパリ

女の子のパイロットが物体に近づこうとしているのに、川西が「怖いから早く行きましょうよ」とは言えなかった。

(なんなんだ、あれは――?)

物体は、赤外線の視野で黒いシルエットに見えたのだから、少なくとも身体から熱を発する生き物ではないはずだ。

川西は、赤外線暗視ゴーグルを水面のほうへ向けて、黒い物体の正体を見ようとした。

『川西少尉、何が見える？』

「もう少し、近づいてください」

『燃料がないわ。ホバリングはせいぜい一分よ』

「わかってます」

残りわずかな燃料で、川西たちのミル24は樹木のない開けた川岸へ降りなくてはならない。

灰色の濃い霧の中を、着陸灯をいっぱいに点《つ》けたミル24は、水面上の黒い物体に近づいていく。

キィイイイン
『川西くん、武装を準作動《アーム》したまえ』

インターフォンでカモフ博士が言った。

『万一のためだ』

「はっ、はい」

でも川西は、怖くて上がってしまい、ガトリング砲をどうやって発射態勢にすればいいのか操作手順が出てこなかった。

（ぼ、僕はもともと、情報将校なんだ……ええと、アームスイッチは――）

五秒もかかって、川西はやっとのことで機首の23ミリガトリング砲を視線追従モードにセットする。
（――安全装置《セイフティ》は、これか）
カチリ
安全装置を外す。
あとは右手のハンドスティックで人差し指を握れば、機関砲が作動するだろう。
パリパリパリ
その間にミル24は行きすぎた距離をほとんど戻って、物体まで三〇メートルに接近していた。
パリパリ
超低空で接近するローターの風圧で、アムール川の水面に波が立つ。
びゅおおお
川西は手に汗を握って、霧の中のシルエットに両目を凝らした。
「何か見える。尖ったシルエットの物体だ……大きさはこのヘリの倍か、それ以上――」
赤外線ビジョンを見ながらそう言いかけた時、

ザバザバッ！

水しぶきを上げて、
ぬううっ
「わあっ！」

水中から、何か黒い鎌首《かまくび》のようなものがヘリの直前に突き出てきた。

「わっ、うわあっ！」

川西はまた悲鳴を上げた。

「で、出たぁっ！」

ザバザバザバッ
『戻るんだ、ひかる』

しかしヘリは位置を変えない。

「戻って、戻って！」

川西も叫ぶ。

だが、ひかるは冷静な声だ。

『よく見てください、おじさま。もう肉眼でも見えます』

『何？』

パリパリパリパリ
ミル24は、ローターの風圧で水面に波を立てながら、黒い物体のすぐそばにホバリングしていた。

ぎしっぎしっ
サバザバ――

黒い物体は、ミル24の四枚ローターの強力な吹き下ろし風《ダウンウオッシュ》が立てた風圧と波で、水中に転覆した状態から、起き上がったのである。

『見て』

ライトに照らされて浮かんでいるのは、大量の水をマストから滴《したた》らせた、焼け焦げた船体だった。

「船？」

川西は、赤外線ゴーグルをおでこに跳《は》ね上げて身を乗り出すと、すぐ目の前で転覆状態から復元してゆらゆら揺れている船体を眺めた。

「船だ！　水面に黒く見えたのは、横倒しになって漂流していた船だったのか！」

水中からぬーっと現れたのは、この船のメインマストだったのだ。

ぎしっ

ぎしっ
その三〇〇トンの小型調査船の船体は、一面に真っ黒く焼け焦げていた。水底で引っかけた藻《も》をマストにからみつかせて、黒い水面の上でゆらゆらと揺れていた。

ぎききききき――

パリパリパリパリ
ホバリングしながら、ひかるの操縦するミル24は、サーチライトをあちこちに向けてこの焼け焦げた船の素性を確かめようとした。

『行方不明になった調査船かもしれないわ』

ひかるが言う。

「でも、これ黒いですよ？」

『ひかる、川西くん。調査船は船火事を起こしたのかもしれん。船体が一面黒く焦げている』

「これじゃ生存者は、いそうにないですね」

『わからないわ』

『ひかる、燃料はあと三分だ。開けた川岸はすぐそこだが、どうするね？』

『曳航しますわ、おじさま。三分あればこの船体をロープで岸まで曳《ひ》けます』

『よし、川西くんに牽引ロープをかけにいってもらおう』

「えっ？」

　川西は思わず振り向いた。

「牽引ロープをかけにいくって——？」

『降りるのよ、船の上に』

「ええっ！」

　ここから？

『早くして。燃料がないわ』

「どうやって降りるんです！」

『キャノピー開けて、飛び降りればいいでしょう？』

「そ、そんな」

『兵員輸送キャビンから、博士がロープを垂《た》らすわ。先をマストに縛《しば》りつけて』

『ああそれから、ヘリで曳航する間に船内も見ておいてくれ。水密区画に生存者がおらんとも限らん』

　ひかると博士は、気安く川西に指示をした。

「こういう役目は、全部、僕ですかっ？」

『早くして！　二分三十秒しかないわっ』

4

●ネオ・ソビエト秘密基地 〈アイアンホエール新世紀一號〉専用ドック

カーン
カーン
ジジジジジジ
「押川《おしかわ》博士！」
ドックの奥まで歩いてきた加藤田要は、黄色いヘルメットの頭を上げて、巨大な青黒い金属の塊《かたまり》を見上げた。
『主機関出力上昇試験、三分前。一般作業員はメインエンジンブロックから退避せよ。繰り返す――』
カーン

カーン

「押川博士！」

巨大な流線形の頭部に組まれた足場の上に、白衣を着た白髪の老博士が見える。白髪を肩まで垂らした白衣の科学者は、要の呼ぶ声にようやく振り向いた。

「押川博士、今そっちへ行きます」

要は木製階段に足をかけて、仮設の足場をのぼっていく。

『主機関出力上昇試験、二分前。メインエンジンルーム、水密隔壁を閉鎖せよ』

「何か用か？」

ヘルメットをかぶった白衣の老科学者は、〈ホエール〉の船体に組まれた足場の頂上に立っていた。ひょろりと痩《や》せた身体の前に大きな図面を新聞のように広げ、斜めに目を走らせる。老眼なのだろうが、鋭い目の光だ。

「博士」

要は歩み寄る。

「〈ホエール〉の出港のことで。先ほども電話しましたが」

「世界を征服にゆくのなら、こんな状態では駄目だ」

押川博士は、要のほうを見もしないで答えた。そばに立っている若い技術者に、「あれをああしてこれをこうしろ」としわがれた声で指示を出す。

「博士、世界を征服にゆくのではありません、ちょっとやぼ用での出動です」

「出力上昇試験を始めるぞっ！」

老博士は、ドック中に響くような大声で怒鳴った。ネオ・ソビエト科学班のロシア人と旧東日本平等党員の技術者たちが、駆け足で持ち場についていく。

「博士」

「君もブリッジに入れ、第一書記」

要にそう言うと、白衣をひるがえして押川博士は〈ホエール〉の耳の部分にあたる整備用ハッチから艦内へ入っていく。

「博士」

取り巻きの若い技術者たちに続いて、加藤田要は博士を追いかける。

●〈アイアンホエール〉ブリッジ

「〈アイアンホエール〉メインエンジン、出力上昇開始」

〈ホエール〉のブリッジでは、防火作業服を着た操縦士一名とシステムオペレーター五名が各自のコンソールに着いて、主機関の核融合エンジンを恒常アイドリング状態から出港出力へ上昇させる手順を開始した。

「核融合炉水素流入量、手動切り替え」

動力オペレーターがコールする。まだコントロールパネルの半分は蓋が開けられたままで、配線のワイヤーがそうめんのように垂れ下がって床にのたくっている。

「手動切り替え了解。水素流入量を1ポンド／秒に」

操縦士が、大型航空機の四連スロットルのような水素流入量制御レバーを右手で前方へ推し進める。

核融合炉へ流入する水素の量が、レバーのコントロールで増加されていく。

インインイン――

「ボトム粒子安定確認せよ」

操縦士がコールする。

「ボトム粒子安定確認」

動力オペレーターが答える。機関部コントロールパネルの核融合炉出力モニターが、緑から青緑へ替わっていく。

「融合反応、上昇」

インインインイン

インインインインイン

要は技術者たちの操作を後ろに立って見ながら、背中のほうから核融合エンジンの回転する響きが伝わってくるのを感じていた。

　グォォォォ――

「エネルギー上昇」

「出力、出港レベルへ上昇」

　機関部コントロールパネルの色が、完全にブルーになった。

「電気系統、異常なし」

「油圧系統、異常なし」

「酸素系統、異常なし」

　操縦士が振り向いた。

「押川博士、〈ホエール〉のメインエンジンは、調整完了です」

　うむ、と押川博士は尖ったあごでうなずく。

「出力を戻せ。試験は終了」

●〈アイアンホエール〉機関ブロック

　かつん
　かつん

足音を響かせながら、機械の内臓のような〈アイアンホエール〉機関ブロックを要と押川博士が歩いていく。

「ボトム粒子を反応触媒に使った、常温核融合炉か――星間文明も大したものを発明したもんだの」

かつん
かつん
「博士、機関の調整が仕上がったのなら、早いうちに出港は可能ですか？」

「あわてるな、加藤田くん」

老科学者は白衣の後ろで手を組みながら歩く。

「機関に付随する各サブシステムの整備がある。エンジンを回すじゃろ？　そうしたら次は、その回転出力を取り出して発電機を回す。油圧ポンプを回す。高圧空気ポンプを回す。空気製造装置を回す。そしたら次に電力を使って電子頭脳と航法装置を動かす。油圧で舵《かじ》を動かす。高圧空気は潜航のために必要じゃ。艦内で吸う空気も作らないかん。そう簡単に、出港準備はでき上がらんよ」

「はぁ、しかし――」

変わり者でネオ・ソビエトの定例作戦会議にも滅多に顔を出さない押川博士は、ロシア人のカモフ博士と共同で〈アイアンホエール新世紀一號〉を設計した、この基地の頭脳である。

「加藤田くん、それに第一、武装が手つかずじゃ。肝心《かんじん》の三重水素プラズマ砲、これは星間文明の純正部品がなければどうにもならん」

来てみるか？　と要を促し、押川博士は機関ブロックの一番前から、断面が円形のプラズマ砲シャフトに入っていく。核融合炉でつくったエネルギー体を〈ホエール〉艦首の砲口へ導く太さ一メートルのチューブが真ん中を通り、その周囲《まわり》を電磁誘導加速装置が囲っている。一種の巨大なリニアレールガンの内部だ。整備用のスペースは狭いので、かがんで歩かなくてはならない。

細い手すりに摑まって、金属のパイプ製通路を二人は前後して進んでいった。

カン
カン
「カモフの馬鹿もんが、姪《めい》っ子《こ》にそそのかされて〈北のフィヨルド〉へ出かけてしまったもんだから、わし一人で〈ホエール〉の面倒を見にゃあならん」

暗い下水管のようなシャフトは、のぼりスロープではるか前方まで続き、その向こうに小さくアムール川の星が覗いている。〈アイアンホエール〉は鼻先をアムール川の上に突き出した格好で、ドックに寝そべっているのだ。

「ほら、あの箇所じゃ」

いいかげん進んだところで、博士がシャフトの天井を指さした。

「電磁加速導管《ソレノイド》のつなぎ目が、あそこだけ切れとるだろう?」

「はあ」

要が見上げると、天井近い位置で、黒くてごつい超伝導ソレノイドのつなぎ目が一カ所、欠損している。

「空母〈翔鶴〉を撃とうとした時に、あそこのエネルギー伝導チューブが、吹っ飛びおった。地球製のチューブでつないでも、発射出力まで圧力を上げるとやはり吹っ飛んでしまう。あそこへ純正のエネルギー伝導チューブをはめ込んでやらなくては、三重水素プラズマ砲は、撃てんのだよ」

「博士、純正の伝導チューブさえあれば、問題は解決するのですね?」

「そうだ。星間飛翔体の残骸からチューブを見つけたら、あそこに手ではめればいい。それでプラズマ砲はすぐにでも使えるよ」

ひゅうううう
プラズマ砲のシャフトを艦首の砲口までたどると、そこは大河の上に突き出した、〈アイアンホエール〉の鼻先だった。
冬に向かうアムール川上空の風が、ナガスクジラに似た〈ホエール〉の鼻先を吹き過ぎていく。

　ひゅううう
「今年は川の凍りだすのが遅いな」

「確かにそうですが……間もなく上流の北極圏から流氷がやってきますよ」

「加藤田第一書記」

「は」

「次に〈アイアンホエール〉が出撃する時――その時は西日本の連合艦隊がこの地球の海から消し飛ぶ時だ。わしの造ったこの海底超兵器が、必ずそれを成し遂《と》げるだろう」

「そう願いたいものです」

「必ずそうなる。この押川は、そのために〈アイアンホエール〉の建造に心血《しんけつ》を注いだのだ。わしの造った海底超兵器が、あの連合艦隊を倒す。特に空母〈翔鶴〉は必ず沈めねばならん。必ずだ」

　プラズマ砲の砲口から、星空に覆われたシベリアの大地を見はるかして、要と押川博士は風に吹かれた。目の届く限り、針葉樹の原生林だ。アムール川はその奥の奥から、うねりながら流れてくるのだ。

「加藤田くん」

「は」

「やぼ用の出撃とは、調査船の捜索かね？」

要はうなずいた。

「お察しのとおりです、博士」

「どうしたんだ」

「連絡を絶った調査船に加え、発掘中継キャンプの補給部隊、そしてカモフ博士のヘリまでが応答しなくなったのです。間もなく川も凍ります。これならいっそのこと、〈ホエール〉で出かけて行方不明者の救出や、部品の発掘にあたりたいと」

「ふうむ」

博士は腕組みをした。

考え込む博士に、要は尋ねた。

「博士、ただ出航するだけなら、わずかな準備で可能なのでは——？」

だが博士はそれには答えず、

「加藤田くん。最近、川の水温を測《はか》ってみたか？」

「川の、水温——ですか？」

「そうだ。水温だ」

老博士は、あごで大河の上流を指さした。

「加藤田くん。わしは毎日、一度はこうしてここへ来てアムール川を眺《なが》める。こんな辺境へ来てまる二年だが、新潟よりも自然の眺めはよほど素晴らしい」

「はあ」

「今年は変だ」

「何が――ですか？」

要は、アムール川が流れてくるはるかな上流へ視線を向ける押川博士の横顔を見た。

「川がだよ。流氷の来る気配も見せん。それに見ろ」

博士は白衣の腕を上げて、上流を指さす。

「上流の北極圏を見ろ。シベリア高気圧に覆われて冬の間は晴天が続く源流地帯に、大きな雲が出ておる。しかもあれは、冬のシベリアに出る雲ではない。まるで夏の入道雲だ」

地平線の上に、黒い巨大なシルエットが、夜だというのにもくもくと湧き上がって見えていた。

「あんな雲は、見たことがないぞ」

●アムール川　源流に近い岸

パリパリパリパリ

燃料の尽きかけたミル24は、兵員輸送キャビンからロープを垂らして調査船のマストに巻きつけ、巻き上げ機《ウィンチ》で牽引しながらゆっくりと岸辺へ向かった。

キィイイイン

猛烈なダウンウォッシュを頭上から浴びながら、川西少尉は痛む腰をさすってマストに摑まっていた。

ぎしぎしっ

黒焦げの船体が、ヘリに曳かれて動き始める。

『川西くん、聞こえるか』

腰に差したトランシーバーが、カモフ博士の声で言った。

「はい。どうやらずぶ濡れにはならずにすみました」

『ははは。お尻が痛むかね?』

「そんなところです」

『ひかるの話では燃料はあと一分しかないそうだ。岸に向けて速度をつけたら、ウインチをリリースするぞ。君はロープの端《はし》を拾い上げろ』
「了解です」
川西は腰のベルトにトランシーバーをしまう。
「やれやれ、みっともないったらないぜ」
さっきミル24の前部砲手席《ガンナーズ》からキャノピーを開けて飛び降りた時、川には落ちずにすんだものの、着地しそこねてしたたかに尻餅《しりもち》をついたのだ。
「ああ、いてて」
キィイイイン
ミル24は岸へ向けて半分ほど行ったところで、兵員輸送キャビンのウインチからロープをぽろりと切り離した。
パリパリパリパリ
そのまま大型攻撃ヘリコプターは灰色の霧の中にかろうじて見えている岸辺に飛んでいき、ひかるも一日操縦して慣れたのだろう、場所を決めるのに大して迷いもせずに、草地の真ん中へ着陸した。
ドスン
キュンキュンキュンキュンキュン

黒焦げになった三〇〇トンの調査船の船体は、惰性《だせい》で川岸へ進む。

川西はふと背中を振り返ったが、川の中央部はもう霧に隠れてぜんぜん見えない。

「川西くん、ロープを放れ！」

岸でカモフ博士が怒鳴った。

川西は「はい」と返事をすると、マストに縛りつけたロープの端を水中から拾い上げて、岸で待つ博士に放り投げた。

がつん、がつん
船体は浅瀬に乗り上げて止まった。

博士はロープを受け取り、岸に生えているヒマラヤ杉の大木にくくりつける。

キュンキュンキュン――

ヘリのエンジン音が、やんだ。燃料が尽きたのだ。

(やれやれ。燃料切れじゃ、どっちにしろ相当歩かなければならないぞ)

黒焦げの調査船の舳先に立って、川西は静まり返った霧の中を見回した。

しーん……

物音が、何もしない。動物の鳴き声も、鳥の声もしない。

「川西くん、船内を調べよう。ひかるには外で見張ってもらう。ひかる！」

博士が振り向いて呼ぶと、エンジンの停止したミル24の操縦席キャノピーが開いた。

「川西くん、先に船室へ下りててくれ。私はブリッジを見る」

「あ、はい」

川西は腰の防水ライトを点《つ》けると、少し傾いて座礁《ざしょう》している調査船の、船内へ下りる防水扉を探した。

（これか――）

あらためて、黒焦げになった船体を見回す川西。

（――黒焦げになった、調査船……元は白い船だったはずだ。火事が起きたにしては、こんなに一様に黒く焦げるなんて、おかしいぞ）

いったいこの船に、何が起きたのだろう？

ガチン
防水扉のハンドルを回し、川西はゆっくり手前に開く。

ギギギギギ
（黒焦げになって転覆し、まる一日漂流していたんだ……生存者がいるのかどうか）

川西は息を吸い込んで、狭い階段の下を呼んだ。

「もしもし！　誰か、いますかっ？」

しーん
（やだなあ）

川西は、暗い甲板下の船室へ、ゆっくりと下りていった。
ぎしっ
ぎしっ

●西東京　国道246号線　渋谷《しぶや》付近

「大丈夫ですか、議長？」

ＸＪ―Ｓの運転席から、波頭が振り向いて訊いた。

「風邪などひいておる場合ではないよ」

ごほんごほん、と後席で峰が咳《せき》をする。

「国防総省へ急いでくれ」

「はい」

波頭のジャガーＸＪ―Ｓは通行パスを出して首都高速《しゅとこうそく》へ上がる。木谷《きたに》首相の政策で、西東京の首都高速道路は公用車と公共交通機関のバス、それに消防車などの緊急車両以外、通行禁止である。

ブォロロロロ
十二気筒の排気音を響かせ、ＸＪ―Ｓは飯倉《いいくら》へと急ぐ。

「波頭、わが海軍の原潜を一隻、極秘偵察任務でアムール川にのぼらせていたな？」

「はい。〈さつましらなみⅡ〉、山津波《やまつなみ》少佐の艦です」

「至急アムール川源流へ向かわせよう。ネオ・ソビエト基地の偵察は帰りでいいだろう。どうせあの鉄クジラは、当分直って出てきそうにないからな」

「はい議長、確かに、ネオ・ソビエトの科学調査船が飛翔体不時着現場のフィヨルドにいたということは、〈アイアンホエール〉に部品――それも地球製でなく、星間文明の純正な部品が不足しているのだ、と推測できます。おそらく二カ月前の海戦で、〈ホエール〉はプラズマ砲の内部に重大なトラブルを起こしてしまったのです」

「うむ」

峰は、うなずいた。

「できれば〈さつましらなみ〉に、飛翔体の残骸を残らず破壊させられれば心配の種《たね》も減るのだが……」

「それは無理ですよ議長」

波頭は頭を振る。

「飛翔体を構成する構造材料は、地球の兵器では破壊できません。例えばエネルギーの伝導チューブ一本取ってみても、材質はアルミ箔のように薄くて軽いのに、地球上に存在する最大級の高出力レーザーでも焼き切れないのです。材料工学では、地球は星間文明に十世紀くらい遅れているのですよ。ボトム粒子型核融合炉の作動原理がわかっても炉の複製ができないでいるのは、地球製の構造材料が炉の運転に耐えられないからなのです」

「ううむ」

「例えば、〈さつましらなみⅡ〉に不時着現場へトマホークを撃ち込ませても、残骸は四方に飛び散るだけで、再利用不可能なくらいまでに破壊することはできません」

「ううむ、困ったもんだ――げほげほ」

「剛之介さん、あんまりしゃべっちゃ駄目よ」

横から羽生恵が、ひざに置いた洗面器からタオルをしぼって剛之介の額にかける。

「羽生中佐。君はもう、帰ってよろしい」

「あら。総省に忘れ物したって、さっき言わなかったかしら？　一緒に参ります」

恵は運転席の波頭の背中へ話しかけた。

「波頭中佐、その後、昼間撮影したフィヨルドの写真はないのかしら？」

波頭は頭を振った。

「それが、今朝方《けさがた》からアムール川源流地域には濃密な雲がかかり、可視光線でも赤外線でも、撮影できないのです」

「赤外線でも？」

「はい」

波頭はうなずく。

「地表付近からの上昇気流による、活発な積乱雲ができています」

「積乱雲って——今は冬でしょう？」

「だからおかしいのですよ」

「あのフィヨルドの中心にいた黒い影——気になるわ」

恵は水の入った洗面器を脇に置いて、波頭のアタッシェケースからもう一度プリントした超拡大写真を取り出した。

「ものすごくぶれて不鮮明な、ビデオ画面みたいね、これ……」

「それで六〇〇〇倍ですから」

「するとこの中心の黒い影の、大きさは？」

「峰議長がおっしゃった、広げた黒い翼のように見える部分が、差し渡し約五〇メートル、羽生中佐の言われたトカゲの尻尾のような部分が、約四〇メートルです」

「この黒い影が、三重水素プラズマを吐いいたのかしら——」

「そのようにしか、見えませんな」

波頭はハンドルを切りながら、

「とにかく雲が晴れて衛星で撮影するか、山津波少佐の潜水艦に見てきてもらうかしなければ、〈異変〉の正体は、わからないのです」

恵は「そう」とため息をついた。紙袋から出した何枚もの写真を、交互に眺める。

「このネオ・ソビエトの白い小型船だけど——やっぱりわたしには、必死で逃げているように見えるわ。この黒い影から」

●アムール川　源流に近い岸

ぎしっ
ぎしっ
川西は、野戦用のブーツの足で、調査船のキャビンへの狭い階段を下りていった。
三〇〇トンの調査船は、甲板より上が航海に必要なブリッジ、甲板から下が居住区と船倉になっていて、簡単な研究設備もついている。
ガチャッ
居住用キャビンのドアを開けて、ライトで照らす。
「誰かいますか?」
しーん
二段ベッドが三組作り付けられたキャビンは、物音ひとつしない。

ザー
『川西くん、カモフだ』

「はい、川西です」

『上の航海ブリッジには誰もおらん。下はどうだ？』

「居住用キャビンには誰もいません」

『船倉と、研究ブロックも見てくれ。私は航海日誌を探してみる』

「はい」

冗談じゃないよ、と川西はため息をつく。

〈アイアンホエール〉が魚を獲《と》ってきてくれたから、今夜は塩じゃけが食べられるはずだったのに——

川西はお腹《なか》が空《す》いてきた。ヘリコプターには、どのくらい食糧が積んであるのだろう？　燃料切れで不時着することまで、考えてあるのだろうか？

「船倉か。開けてみよう」

だが小さな船倉は真っ暗で、中には何も入っていなかった。

「次は、研究ブロックか——」

静まり返った船内を、川西は奥へ進んだ。

ザー

『おじさま、ひかるです』

『どうした？』

『ヘリの放射線警告ランプが、点滅しています。その調査船の船体は、放射能を浴びているようです』

えっ？

川西はぶったまげた。

（放射能？）

ひょっとして、ではこの船が黒焦げなのは――

『放射能か。迂闊《うかつ》だったな、乗り込む前に調べるんだった』

『それほど強くはありません、おじさま。でも長い時間、船内にはいないほうがよさそうです』

『うむ』

カモフ博士が無線でうなずいた。

『川西くん、聞いたか？』

「はい博士、すぐに船を下ります」

『研究ブロックだけ、ちゃんと見てきてくれよ』

「は、はい」

川西はいやいや、船室の奥に進んだ。

「放射線遮蔽《しゃへい》実験区画か……」

ぴかぴかのスチール製ドアに、黄色と黒の放射線施設のマークがついている。この小型船の船体の最も奥にある区画である。

「密閉式だ。ドアを開けるキイは？」

ライトを振り回して探すと、ドアの脇《わき》に数字のついたパネルがある。区画はロックされているらしく、赤いランプが点いている。

「駄目だ、暗証がわからないと、開かないよ」

あきらめて行こうとすると、

カチ

ドアの向こうで物音がした。

「え？」

ピピピピピ

数字のついた小さなキイパネルで、赤いランプが消えてグリーンが点滅し始めた。
ガシュンッ
ぴかぴかの頑丈《がんじょう》なスチールドアが浮き上がり、
プシューッ
蒸気を上げながら勢いよく左右にオープンした。
「わっ」
思わず後ずさる川西に向かって、
どさっ
何かが密閉区画の中から飛び出して、覆いかぶさってきた。
「うわっ、わーっ！」

●アムール川　河口から四〇〇キロ上流の水中

クォオオオ——

重く濁った真っ暗な水中を、黒い原子力潜水艦が航行している。西日本帝国海軍の最新鋭攻撃型原潜〈さつましらなみⅡ〉だ。

すでにアムール川に潜入して、河口からさかのぼること四〇〇キロ。瀬戸内海《せとないかい》よりも少し狭いくらいのシベリアの大河を、攻撃型潜水艦は二〇ノットで進んでいく。

クォオオオオ

「何もない。両側の川岸は、真っ暗だ」

帽子をあみだにかぶって、潜望鏡を覗いていた山津波艦長はつぶやいた。

「人の住んでいる灯《あかり》もない。こんなに暗い景色、見たこともないぞ」

「ハバロフスクから北へ上がると、未開の原野と密林ですからね」

副長の福岡《ふくおか》大尉がうなずく。

ロシアの警備艇も、ハバロフスクのあたりにちょっといただけで、それからは船らしい船にも出合っていなかった。〈さつましらなみⅡ〉は誰にも発見されず、アムール川を順調にさかのぼっていた。

「よし、潜望鏡下ろせ。また二〇メートルまで潜航だ」

「了解しました」

上下《ピッチ》の舵と左右《ヨー》の舵が別になった原子力潜水艦は、上下舵操舵員の操作でゆっくりと下降トリムを取り、メインタンクにほんの少し注水して、静かに潜航した。このあたりはまだ、四〇メートル以上の水深がある。

「艦長、六本木から指令です」

通信士官が、超長波通信回線のプリントアウト・メッセージを届けにきた。

「ん」

潜望鏡に寄りかかって、煙草を吸っていた山津波少佐は帽子を脱いで海図テーブルに置き、メッセージを受け取った。

「副長」

眺めながら、そばに立つ福岡大尉を呼ぶ。

「通信士官も航海長も、みんな見ろ」

「いいんですか？　艦長」

指令電文は、艦長だけが読むことを許されている。通信士官も、中身を読んではいけないとされているのだ。

「かまわんさ。潜水艦は、一蓮托生《いちれんたくしょう》だ。隠してどうなる」

赤い戦闘照明に照らされた〈さつましらなみⅡ〉の発令所で、主《おも》だった士官たちが指令電文を覗き込む。

「発、国防総省。宛《あて》、帝国海軍潜水艦〈さつましらなみⅡ〉――」

山津波は、電文を小さな声で読む。

命令の出所が連合艦隊でなく国防総省なのは、〈さつましらなみⅡ〉の今回の任務が、非合法な秘密潜入任務だからだ。

「――ネオ・ソビエト基地の偵察任務は、延期……〈さつましらなみⅡ〉は、そのまま上流へ進み、アムール川源流のフィヨルドを偵察せよ」

ううむ、と士官たちが唸った。

「艦長、データを伝送するから、アンテナを水面に出すようにと、六本木からの指示です」

通信士官が言った。

水中の潜水艦へ連絡する超長波通信は、送れるデータの量が極端に少なくて、短い電報程度の役にしか立たない。写真などを電送したい時は、衛星通信を利用するのだ。

「俺たちに、何をさせようというんだ――？」

山津波は、再び潜望鏡深度へ浮上するよう、操舵員に命じた。

〈episode 08につづく〉

episode 08
つらいことがあっても

●アムール川　源流に近い岸

「うわあっ！」

放射線遮蔽区画のスチールドアが蒸気とともにいきなり開くと、中から何かが飛び出してきて川西に覆いかぶさった。

どさっ
川西は避《よ》けきれず、押し倒されるように調査船の通路の床に倒れた。

「うわっ、わっ」

「――助けて」

「えっ？」

「たす、け、て……」

川西に覆いかぶさった何かは、口をきいた。そして動かなくなった。

な、なんだ？

川西はどきどきしながら、手に持った防水ライトを向けた。

「お――」

びっくりした。

「女の子だ――」

仰向けに倒れた川西の胸の上で、黒い髪の女の子は、気を失ってしまった。

川西はトランシーバーでカモフ博士を呼ぶと、女の子の腕を首に回し、担ぎながら階段をのぼった。

甲板へ出ないうちに、頭の上から声がした。

「涼子！」

川西は顔を上げる。

「わっ、まぶしい」

頭上の甲板から、誰かがライトで照らしたのだ。

見上げると、長い髪のシルエットが、甲板にひざをついてこちらを見下ろしている。

「涼子、わたしよ！」

シルエットが、すでに聞き慣れた声で叫んだ。

「ひかるよ！」

ぱちぱち、ぱち
枯れ枝を集めた焚《た》き火が、音を立てている。

ぱちぱち
「緊張と疲労で、気を失っているだけだ。いずれ目覚めるよ」

カモフ博士が言った。

火のそばに寝かせた女の子は、白い顔に少しずつ血の色を回復している。閉じられた両目は切れ長で、スキーの時に使うようなワンピースの白い防寒服を着ている。

「涼子——よかった。生きていて……」

ひかるが言った。

ひかるはネオ・ソビエトの飛行服のひざを抱えて、両手でコーヒーのカップを持っている。

う、うーん
『涼子』と呼ばれた女の子は、唇を開いて身じろぎした。

「気がついたわ！」

ひかるはカップを置き、涼子の肩を摑んで、抱き起こした。

「涼子、わかる？　ひかるよ。迎えにきたのよ！」

「——ひかる？」

色の白い、切れ長の目の女の子は、ひかるのひざの上でまばたきをした。

そういう光景を、川西少尉は焚き火のこちら側で何もできずに眺めていた。

（ま、まいったなあ――）

川西は、心の中でつぶやいていた。

（――二人とも、すっごく可愛《かわい》いんだもんなあ……）

――『はじめまして。わたし、鷹西ひかる』

涼子という、気を失った女の子を助け上げた時、調査船の甲板で初めて顔を見せたひかるは、川西に言ったのだ。

――『ありがとう、涼子を助けてくれて』

『あ、いや。どうも――』

川西は、ヘルメットを脱《ぬ》いだひかるの素顔を見て、言葉も出なくなってしまった。

無茶苦茶、可愛いのである。

――『あ、僕が、彼女運びます。浅瀬は転びやすいから』

『そう？　ありがと』

『ひ、ひかるさん、操縦うまいですね。最近ライセンス取ったんですか?』

なんだか情けないなあ、と思いながらもどぎまぎしていた。

本当は『君のヘリコプターに乗ったら、命がいくつあっても足りないぜ』と言ってやる予定だったのである。でもひかるの顔を見たら、『操縦うまいですね』なんていう台詞《セリフ》しか、出てこなかった。ひかるは大陸との混血らしく、浅黒い肌と濃いめのきつい眉、ブルーがかった瞳を持つ黒い髪の女の子だ。

「涼子、涼子」

「ひかる——?」

抱き起こされた色白の女の子は、目を開けた。

「そうよ。よかった、気がついた」

「わあ、ひかる」

二人の可愛い女の子は、満面の笑顔で、抱き合って喜び始めた。

「よかった」

「よかったわ」

銀髪のカモフ博士も、うん、うんと喜んでいる。そりゃあこんなに可愛い姪っ子がいれば、なんでも言うことを聞いてやりたくなるだろう。

「ひかる、大変だったの。調査船がいきなり転覆して──」

「うん。行方不明の知らせを聞いてすぐに飛んできたのよ。おじさまにお願いして」

涼子はカモフ博士に、「ありがとうございます」とお辞儀をした。

「彼は？」

涼子は焚き火の向こうから、川西を見た。

どきっ
川西は涼子と目が合って心臓が高鳴り、「やあ」と笑おうとしたが顔がひきつって、

「あ、どうも」

ぺこりと頭を下げることしかできなかった。

「彼は川西少尉よ。あなたを船底から担ぎ上げてくれたの」

ひかるが言うと、

「どうもありがとう少尉さん。わたし、垣之内涼子です」

白い、切れ長の目が涼しい女の子は、自分の胸に手をあてて会釈《えしゃく》した。

「ど、どうも。川西です」

『どうも』とか『はい』としか言えないのではあまりに情けないので、質問した。

「あの、ひかるさんと涼子さん、お友達なんですか？」

「そうよ」

ひかるがうなずく。

「わたしたち、新潟平等女子高校で、クラスメートだったの。ね」

「ねー」

はー
川西は思わずため息をついた。

「新潟平等大学でも、一緒だったわよね」

「ね」

二人は顔を見合わせて、おかしそうに笑った。

はー
（に、新潟平等女子か……）

かつて、東日本共和国の暫定《ざんてい》首都新潟に存在した、新潟平等女子高校。それは、西日本帝国でたとえれば慶應《けいおう》女子高校と青山学院《あおやまがくいん》高等部と東京《とうきょう》女学館《じょがくかん》を足して三で割ったような、あか抜けたお嬢さんばっかりが集《つど》う美少女の花園であった。

（確かに、あか抜けてるなあ……毛並みが違うっていうか——）

川西は、自分が口を半開きにしているのにも気づかず、西日本帝国でたとえれば県立千葉《ちば》高校の男子生徒が初めて夏期講習で代《よ》ゼミの教室へ入ってみたら、そこに青山女学館の超可愛い女の子が二人で座っておしゃべりしているのを目撃して、まるで森の中で妖精に出合ったみたいな気分になってびっくりしている時のようにひかると涼子を眺めていた。

(か、可愛いなあ……)

川西は出身地の燕三条《つばめさんじょう》高校に通ったので、暫定首都新潟へ出たのは新潟平等大学に合格してからだった。しかも専攻は情報工学だったから男ばかりで、新潟平等女子を出た可愛いお嬢様なんて間近《まぢか》で見るのは、これが初めてだった。

「ところで、ひかる。涼子さんを救出できたのはよかったが、調査船のほかの乗組員たちは、どうなってしまったのだろう」

カモフ博士が言った。

「涼子さん。あの黒焦げの船体は、どういうわけなのかね?」

ひかるもひざを打って、

「そうだわ、涼子。あなたの調査船で、何が起きたの?」

川西もハッとわれに返って、涼子に注目した。

(そうだ――あの調査船に、何が起きたんだ……?)

1

●アムール川　源流に近い岸

「船が転覆した時、わたしは一人で、放射線遮蔽研究ブロックで発掘した部品の放射線検査をしていました――」

垣之内涼子は、ゆっくりと思い出しながら、話し始めた。

「――星間文明の飛翔体の残骸から掘り出した部品は、宇宙空間の放射線を浴びているので、必ずすぐに残留放射線検査をすることになっているのです。わたしは調査船でその役目をしていました」

「うむ」

カモフ博士がうなずいた。

「それでは君は、船に何かが起きた時、あの放射線遮蔽ブロックにいたというのだな」

「そうです」

涼子はうなずく。

「一人で発掘した部品の検査をしていたので、船の外の様子は、まったくわかりません。フィヨルドに停泊していた船が突然、向きを変えると、全速力で走り始めて――激しく揺れて、ひどく暑くなったことまでは憶《おぼ》えています。そのあと船が猛烈な勢いでひっくり返って、わたしは研究ブロックの床に、投げ出されました。憶えているのは、そこまでです」

「それで気を失ってしまったのね？」

ひかるが訊く。

「そうよ」

涼子は、その時のことを思い出そうと、真剣な目で焚き火を見つめた。

ぱちぱち
ぱち
「――調査船の研究ブロックは、放射線遮蔽構造です。それ自体が独立したユニットカプセルになっていて、鉛《なまり》を仕込んだステンレススチールで頑丈にできています。船が転覆するような緊急事態をセンサーが感知すると、扉が閉まって、自動的にエマージェンシー・ロックがかかるのです。わたしは――船が転覆して扉がロックしてから、ヘリコプターの近づいてくる音が聞こえるまで、ずっと気を失っていたのです」

「ヘリのローターの風圧で、水面に転覆していた船体が復元して、姿勢を感知したセンサーがロックを解除したんだな。涼子さん、あなたが助かったのは、調査船が事故で沈没しても無傷で残るように造られた、研究ブロックの中にいたからだろう。ほかの乗組員たちは、船が黒焦げになって転覆した時、助からなかった。いったい何が起きたんだろう」

「わかりません」

涼子は頭を振った。

「涼子、初めから、話してくれないかしら」

ひかるが言った。


ひかるに促されて、涼子はとつとつと話し始めた。

調査船がネオ・ソビエト基地を出港したのは一週間前だった。調査船は五日間かかってアムール川を源流までさかのぼった。発掘中継キャンプに到着したのは二日前の夕方のこと。予定では中継キャンプに補給物資を下ろして、次の朝にフィヨルドへ向かい、水面の凍っていないところを探しながらできるだけ前進し、氷で船が進めなくなったらそこから氷上を徒歩でフィヨルドへ入っていく計画であった。

「そういえば、中継キャンプに着いた夕方、いつもと違うことがありました。五キロほど北にあるモンゴル系先住民の村から長老が来ていて、補給部隊の指揮官に抗議していたのです」

「抗議？」

「獲物が、獲《と》れなくなったと」

「獲物って、熊とか——？」

「ええ。熊、鹿、タヌキやウサギなどの小動物も……そればかりか狼すら最近は姿を見せなくなった、これはネオ・ソビエトが〈北のフィヨルド〉を荒らしてからだと」

補給部隊の指揮官は「またチョコレートが欲しくてそんなことを言いにきたのだろう」と取り合わなかった。箱入りのチョコレートや煙草をくれてやり、なだめて帰したのだという。

「ふうむ——」

カモフ博士がつぶやいた。

「環境の変化かな……そういえばみんな、不思議に、暖かくないか？　ここは北極圏に近い。しかしあんまり、寒くないぞ」

「そうですね」

川西はうなずいた。

「今の季節なら、雪に閉ざされていてもおかしくありませんよ」

「そうなんです」

涼子も言った。

「今の季節なら、フィヨルドは氷に閉ざされ、船で入っていくことはできないはずなのです。それがぜんぜん水面は凍っていなかった」

「さっきの長老の話だが、気候が暖かくなったのなら、動物たちの活動はかえって活発になるはずだ。それが熊も鹿も、ぜんぜん姿が見えないというのかね？」

「そうなのです」

「おかしいな」

「おかしいですね」

「とにかくだ」

カモフ博士は言った。

「ヘリコプターには、われわれ四人でせいぜい一週間分の食糧しか積んでいない。ネオ・ソビエト基地に連絡して、応援のヘリを呼ぼう」

ミル24は燃料がなくなっていたが、バッテリーで無線機くらいは働かせることができた。

しかし――

「おじさま」

キャノピーを開けたコクピットから、ひかるが呼んだ。

「ネオ・ソビエト基地に通じません」

「バッテリーが上がったのか、ひかる？」

「いいえ」

ひかるは頭を振る。

「電波障害が、ひどすぎるんです」

結局、いくら試しても下流のネオ・ソビエト基地に連絡することはできなかった。

カモフ博士もコクピットに上がって、自分で無線機を操作してみたが、結果は同じだった。

「このひどい雑音は、まるで旧ソ連時代に核実験をばかすかやっていた頃の電磁干渉のようだ。これはひどい」

仕方がないので、とりあえずヘリの兵員輸送キャビンで一夜を明かし、翌朝もう一度、無線を試して、それでも駄目だったら発掘中継キャンプへ徒歩で向かおう、ということになった。

焚き火で温めた缶詰を食べて、四人は動かなくなった攻撃ヘリコプターのキャビンで寝袋にくるまった。

●ネオ・ソビエト基地　〈アイアンホエール新世紀一號〉専用ドック

「三日？」

加藤田要は、訊き返した。

「〈ホエール〉の出港準備に、三日もかかるのですか？」

「そうだ」

整備オフィスのデスクに向かった白髪の科学者は、分厚いマニュアルに忙しく書き込みをしながらうなずいた。

「加藤田くん、君の要請で〈アイアンホエール〉を調査船救出任務に向かわせることにしたが、〈ホエール〉は今朝テスト航海から戻って、調整のため艦内各システムをばらし終えたばかりだ。また元どおり組み立てて、出港できるようにするにはどんなに急いでも三昼夜かかる。それくらいは、待ってくれ」

「そこをなんとか」

要は、アムール川源流地域が原因《もと》になっているとみられる強力な電波障害が、気になっていた。分析させてみると、水爆実験にともない発生する電磁干渉にそっくりだという。しかし、ロシア共和国が北極圏で水爆実験をしたという事実は、ない。

「押川博士、調査船救出だけではありません。異常現象の調査も、急がなければ。今夜一晩くらいで、なんとかなりませんか？」

「加藤田くん」

押川博士は図面をめくりながら苛立《いらだ》たしげに、

「〈アイアンホエール新世紀一號〉は、修理に三日かかるところをカーク船長が『一晩でなんとかしろ』と命令したらそのとおりに直ってしまう〈USSエンタープライズ〉ではない」

「は、はあ」

専門の技術者がそう言うのだから、仕方がない。

「ついでに言うなら加藤田くん、今度の救出作戦は君が指揮を執《と》るそうだが、くれぐれも機関部の責任者が『これ以上パワーは出ません』と言っているのに『フルパワーだ！』とか無理やり命令するなよ。〈ホエール〉の核融合炉は容器にクラックが入っていて、フル出力の八パーセント以上にパワーを上げると、亀裂が広がってしまうのだからな」

「は、はあ。気をつけます」

要は押川博士のオフィスを出ると、基地の廊下を歩きながら暗算してみた。〈ホエール〉の修復に三昼夜。四日後の朝に出発するとして、〈北のフィヨルド〉へは〈ホエール〉の速度で三日かかる。アムール川は上流に行くに従い川幅が狭くなり水深も浅くなり左右にのたくって直線コースがほとんどなくなる。全長一五〇メートルの小型空母に匹敵《ひってき》する〈アイアンホエール〉は、大海原《おおうなばら》を進撃する時のように高速を出すことができない。

「中継キャンプへ到達できるのは、一週間後か——」

2

●西日本帝国　帝国海軍浜松基地　士官候補生宿舎

「エンジンスタート手順」

川西少尉たちがシベリアの奥地で図らずも野営することになった同じ深夜。

ここ西日本帝国の浜松基地では、今日パイロット訓練コースに入ったばかりの女の子が二人、初等練習機Ｔ３のエアクラフト・オペレイティングマニュアルを支給されて、猛烈な詰め込み勉強に突入していた。

「ブーストポンプ・オン、スロットル½インチ、ミクスチャー・プライム、アンチコリジョンライト・オン、イグニションスイッチ――ええと……」

「イグニションスイッチ〈BOTH《ボース》〉よ、里緒菜」

「あ、そうか――」

士官候補生宿舎にそれぞれ個室をもらった二人は、忍の部屋に操作手順練習用の紙製のコクピットパネルを貼《は》りつけて、並んで壁に向かってT３のエンジンスタート手順を練習していた。ポスターのようなパネルには、T３の計器類とスイッチ類の配置が、実物大に描かれている。

「憶えられないよう、忍」

チェックリストを団扇《うちわ》のようにあおぎながら、里緒菜が音《ね》を上げた。

「どうしてエンジン一個かけるのに、こんなに手順がいっぱいあるのよ」

昼間のフライトがすんだあと、二人は帝国海軍の戦闘機パイロット養成コースの教材を山のように渡され、教官の森高美月から明日までにT３の離陸前操作手順をすべて完全に暗記して、できるようにしてこいと命じられた。

――『え？　な、何を暗記するんですか？』

『離陸前手順を、全部って――』

『エンジンスタートからテイクオフまでの、操作手順を全部だよ。渡したマニュアルに書いてあるから』

確かに、T３の諸元から具体的な飛ばし方、性能、機体各システムの構造などが解説された三冊の分厚いマニュアルには、エンジンをかけるにはこれをこうしてああしてこうしろという懇切丁寧《こんせつていねい》な説明がついている。

――『で、でもそんな』

『教官、本当に、明日までに全部憶えるのですか？』

『里緒菜、忍。簡単だよ。ほら、このポスターみたいなコクピットパネルを部屋の壁に貼ってさ、椅子に座って、コクピットにいるつもりになって、マニュアルどおりに手を動かして声に出して練習して、身体に覚えこませればいいんだよ』

美月はごく簡単そうに言ったのだが、

「里緒菜、もういっぺん、初めからやろう」

「もういいわ忍、あたし疲れた。眠い。死にそう」

「がんばろうよ里緒菜。明日までに、憶えていかなくちゃ」

マニュアルとチェックリストを片手に、T３を始動させる操作手順をパネルに描かれたスイッチやレバー、計器などを手でたどりながら練習していく。それはお坊さんがお経を暗記するのより、もっとずっとはるかに大変な作業であった。

「里緒菜、まずエンジンスタート前のセッティングから」

「ふぁい」

忍に促されて、里緒菜も目をこすりながら座り直してパネルに向かう。二人とも、少し陽灼《ひや》けしている。

昼間のフライト訓練がすんだあと、略式制服に着替えた二人は教室に座らされ、気象や航法や航空力学など、山のような教材の一冊一冊について美月から説明を受けたのだった。

――『飛行機っていうのは空を飛ぶから、一応、天気がこれからどうなるのかくらい、わからないと困るわよね。そいだから気象を勉強するわけだ。なあに、高気圧が右巻きで低気圧が左巻き、積乱雲は入ると怖い、これくらい知っときゃ大丈夫大丈夫』
教科書はどれも分厚くて、全部いっぺんに持ったら腕が抜けそうに重かった。
――『空で迷子になったらみっともないので、航法を勉強する。なあにこれも、お日さまの出てるほうが南だって覚えときゃいいんだよ。太平洋で迷子になったらお日さまと逆の方向へ飛べば、とにかく日本のどこかに着くから』

教科書が分厚いのだからもっといろいろいっぱい書いてあるような気もしたが、美月が『大丈夫だ気にするな』と笑い飛ばすので、忍と里緒菜は本当にそんなものなのかなあと思った。実際〈ファルコンＪ〉まで進めば、航法などは機のフライト《F》・マネジメント《M》・システム《S》に出発飛行場の位置を記憶させておくだけで、目的地へのコースは全部人工《A》知能《I》が計算してくれるわけだが。

――『航空力学なんてものは、鳥が飛んでるのにあとから理屈をくっつけただけで、こんなもの知らなくたって、空は飛べるんだよ。スズメは揚力《ようりょく》係数の公式を知ってるか？　知らない。知らなくても、ほらあそこを立派に飛んでいる。大丈夫大丈夫』

本当に大丈夫なのだろうか。

美月が最後に説明したのが、Ｔ３初等練習機のマニュアルだった。

――『Ｔ３のマニュアル。これだけは、ちゃんと憶えなくちゃ駄目だ。どの装置がなんの役割をしているか。手順に従ってスイッチ操作をしたら何が動いて、飛行機がどうなるのか。全部憶えて、頭と身体に叩き込むんだ』

そして美月は、訓練生が夜部屋でフライトのイメージトレーニングをする時のための、紙製コクピットパネルを二人に渡したのだった。

――『このパネルを使って、コクピットでの離陸前手順を全部、明日までに憶えておいで』

これだけは、まじであった。

「さあ、スタート前のセッティング、初めから」

忍の合図で、二人は一緒に、憶えかけの操作手順を手を動かしながらたどっていく。

「シートベルト・アジャスト、パーキングブレーキ・セット、イグニションスイッチ・オフ、マスタースイッチ・オフ、オールエレクトリックスイッチ・オフ、レバーフリクション・アジャスト、スロットル・クローズ、プロペラ・ハイRPM、ミクスチャー・カットオフ、レディオ・オフ、オルターネイトエア・プッシュアンドロック、サーキットブレーカー・オールオン、フラップ・ゼロ、トリム・ニュートラル、フライトコントロール・フリー、マスタースイッチ・オン、ここで整備員に『マスタースイッチＯＮ！』と叫ぶ」

「マスタースイッチＯＮ！」

「これで機のメインバッテリーが、電気系統につながれたわ」

「眠いよー」

「続けてやろう」

　二人はスイッチやレバーが目の前にあるつもりになって、手を動かしながら操作手順を練習していく。

「防・除氷装置《ピトー・ヒーター》チェックアンドオフ、ランディング・ギア・ダウンアンドグリーン、燃料搭載量《フューエルクオンティティ》チェック、フューエルタンクセレクター〈LEFT〉。さあエンジンスタートの準備ができたわ」

　スタート前のセッティングだけで、十七項目ある。

「疲れたよう」

「もう一度、今のところやろう」

　目を輝かせている忍とは反対に、里緒菜は今にも赤ん坊のように眠り込みそうだった。前夜は忍と東京から徹夜でドライブして、そのまま海軍に入隊してしまって、いきなり練習機に乗せられて美月に死ぬほどしごかれたのだ。

「忍は、元気ねぇ」

里緒菜は、椅子にへたり込みながら忍を見上げた。いくら女優は体力だとかいっても、忍がこんなに元気なのは、不思議だった。少し陽灼けした白い顔が、疲れと眠気どころか、かえっていきいきしているのだ。

「さあ、もう一度」

「もう、無理よ。明日までに全部憶えるなんて——」

「そんなことないよ。ほら、こうするの。パネルに向かって、背筋を伸ばして息を吐《は》いて、お腹《なか》を引っ込めるのよ」

「え？」

「お姉ちゃんにね、教わったの。スケジュールが詰まって、忙しくて死にそうな時にドラマの長ゼリフを頭に入れるには、こうして気功みたいにして呼吸と一緒に頭のてっぺんから入れちゃうんだって」

「な、長ゼリフ？」

「だって、操縦の手順って、セリフと動作を身体に憶えさせていくことでしょう？わたし、舞台の稽古《けいこ》でいつもしていたわ。難しくなんかないのよ。回数をこなせば、身体が勝手に憶えていってくれるのよ。さあやろう」

忍は言い切って、さっさと壁のパネルに向かう。

「ふ、ふぁい」

忍の熱意に気圧《けお》されるように、里緒菜も並んでパネルに向かう。

「スタート前のセッティング、始め！」

忍のかけ声で、二人は同時に口と手を動かし始める。

「シートベルト・アジャスト、パーキングブレーキ・セット、イグニションスイッチ・オフ、マスタースイッチ・オフ、オールエレクトリックスイッチ・オフ、レバーフリクション・アジャスト、スロットル・クローズ、プロペラ・ハイRPM、ミクスチャー・カットオフ、レディオ・オフ、オルターネイトエア・プッシュアンドロック、サーキットブレーカー・オールオン、フラップ・ゼロ、トリム・ニュートラル、フライトコントロール・フリー、マスタースイッチ・オン、ここで整備員に『マスタースイッチON！』、防・除氷装置《ピトーヒーター》チェックアンドオフ、ランディング・ギア・ダウンアンドグリーン、燃料搭載量《フューエルクオンティティ》チェック、フューエルタンクセレクター〈LEFT〉」

「ひ、ひええ」

「もう一度！」

「シートベルト・アジャスト、パーキングブレーキ・セット、イグニションスイッチ・オフ、マスタースイッチ・オフ、オールエレクトリックスイッチ・オフ、レバーフリクション・アジャスト、スロットル・クローズ、プロペラ・ハイRPM、ミクスチャー・カットオフ、レディオ・オフ、オルターネイトエア・プッシュアンドロック、サーキットブレーカー・オールオン、フラップ・ゼロ、トリム・ニュートラル、フライトコントロール・フリー、マスタースイッチ・オン、ここで整備員に『マスタースイッチON!』、防・除氷装置《ピトーヒーター》チェックアンドオフ、ランディング・ギア・ダウンアンドグリーン、燃料搭載量《フューエルクオンティティ》チェック、フューエルタンクセレクター〈LEFT〉(作者がページを稼いでいるのではない)」

「もう一度!」

どたっ

「シートベルト——あれ、里緒菜? どうしたの」

くー

くー

里緒菜は椅子から転げ落ちて、部屋のタイル張りの床で寝息を立て始めた。

「里緒菜」

くー

くー

ぷひゅるるる——

蹴飛ばしても、起きそうになかった。

「しょうがないなあ」

里緒菜が死んでしまったあとも、忍は一人で、操作手順の練習を続けた。

「ようし次は、エンジンスタート手順だ」

エンジンスタート手順は、十項目。エンジンをかけてからのアフター・スタート手順と呼ばれるものが七項目。これでやっと地上滑走に移れる。T3を飛べるようにするには、それからさらに離陸前試運転《エンジンランナップ》十七項目を暗記して、そらでできるようにしなければならない。高校の数学がセンスで解くのではなく、実はひたすら解き方のパターンを憶える暗記ものであるように、飛行機の操縦というのも、実は暗記ものなのである。森高美月が『よけいな学科など勉強しなくてよい』と言ったのも、飛ばし方の手順を憶えるだけで訓練生は頭がパンクしそうになるので、忍と里緒菜に余分な過負荷《オーバーロード》をかけたくなかったのだ。

「ブーストポンプ・オン、スロットル½インチ、ミクスチャー・プライム、アンチコリジョンライト・オン、イグニションスイッチ〈BOTH〉、スターター・スタートプッシュ！」

忍は、左手に燃料流量をコントロールするミクスチャーレバーを握り、右手でスタータースイッチを押し込んで回す。

　バルルルッ
　目の前で、イメージのプロペラが、回り始める。

「ミクスチャー・フルリッチ！」

　忍は、左手で握っているつもりになっているミクスチャーレバーを一番前方へ叩き込み、半分開けてあったスロットルレバーに持ち替えてＲＰＭが一〇〇〇回転になるように調節をする。

「スロットル・セット。一〇〇〇ＲＰＭ」

　目で、パネルの上に油圧の計器を探す。エンジンが定常回転に入れば、油圧の針がグリーンを指すはずだ。

「オイルプレッシャー・チェック」

　汗が、目に入る。

「油圧がよければ、ブーストポンプＯＦＦだ」

　忍は目をこすらない。エンジンを始動したＴ３の前席コクピットの様子を、まるで自分が主演の舞台の一シーンのように、目の前に描いた。

　――ブァアーン

忍の耳に、昼間聞いたT３のエンジンの音が、響き始めている。

――ブァアーン

『どうだ忍！　面白いかっ！』

「アビオニクス・オンアンドセット、ジャイロ・セット、エンジン計器をすべてチェック、ライトシステム・チェック、イグニション・チェック、ここで整備員に『車輪止め《チョーク》外せ』、そしてアフタースタート・チェックリスト――」

忍は、手を動かし続ける。

体力がこんなに保《も》つのは、不思議だった。くたくたのはずだ。倒れて寝てしまった里緒菜のほうがノーマルなのだ。

でも――

（もう少しだ。明日は、わたしが全部、自分で動かすんだ――）

――ブァアアーン

『どうだ忍！　面白いかっ！』

『はいっ』

忍の右手に、九〇度バンクで五〇〇〇フィートからスパイラル・ディセントに入るT3の操縦桿の感触が、よみがえっていた。

目の前で回り続ける、プロペラ。

青い空を飛ぶ、銀色の翼。

まるで昔、歌手デビューしたばかりの頃に、一万人入る舞浜《まいはま》の帝都《ていと》東京《とうきょう》ベイNKホールのステージを『いつか立ってやろう』と憧《あこが》れの目で見つめた時と同じように、忍は頭の中で、飛翔するT3のイメージを追っていた。

●浜松基地　独身士官宿舎《BOQ》　翌十一月三日　05:30

ジリリリリーン

ぐー

ぐー

ジリリリリリリーン

ぐー

ぐー
ジリリリリリリーン
ニャー
「う、う～ん」
ニャア
「う～ん……むにゃ」
お腹《なか》を空《す》かせたちさとが、床で鳴いても埒《らち》があかないのでベッドの白いシーツにジャンプする。
どさっ
ニャア！

「ったく、もう――」

ちさとに鼻をひっかかれて目を覚ました美月は、女性士官用個室だけに備えつけられたユニットバスの洗面台で、鏡を覗き込んだ。

「――五時四〇分か……仕方ないよなあ、教官が訓練生よりあとに起きるわけにいかないし」

ぴちゃぴちゃ

る。

ぴちゃ
裸足《はだし》の美月の足元で、冷蔵庫から出してやったミルクを黒い小さな仔猫がなめている。

「ちさと」

ニャー
黒猫は、ミルクで白くした鼻先で新しい主人を見上げた。

「あたしは訓練生起こしてジョギングに出るから、ここでいい子にしてるんだよ」

ニャア

●浜松基地　滑走路脇場周道路

はっはっ
はっはっ
ネイビーブルーのスウェットの上下で、美月が早朝の飛行場の芝生《しばふ》を走っていく。
はっはっ、はっ
すれ違った警備員が次々に驚いて振り向き、互いに腕を、つつき合った。
「おい」

「おい――？」

朝の飛行訓練の準備のため格納庫《ハンガー》へ向かっていた早番の整備員や、司令部の気象班職員たちは、目をこすった。

「あれは――」

「なんかの、間違いじゃねえか……？」

美月は振り向いて驚く隊員たちを無視して、格納庫に近い士官候補生宿舎の木造二階建てに飛び込むように入ってゆく。

●士官候補生宿舎　女子棟

「睦月候補生！」

美月に耳元で怒鳴られ、シーツの中で丸くなって死んだように眠っていた里緒菜は、びくっと上半身を起こした。

「ふ、ふぁ？」

「睦月候補生、起床っ！」

「ふぁあ？」

一瞬、ここはどこ？　という顔であたりを見回した里緒菜は、また目の焦点を失い

かけるが、

「里緒菜っ、起きろ朝だっ！」

怒鳴られてびくっと目を開ける。

「ひ？」

顔を上げると、昨日、里緒菜をさんざんしごいた美月が、腰に手をあてて見下ろしていた。

「いつまで寝てるつもりだ睦月候補生、もう六時だよ。早く起きるんだ昼になっちまう！」

「ふぁ、ふぁい」

一昨日《おととい》まで短大生だった里緒菜は、この二年間、午前八時より早く起きたことがなかった。六時なんて、里緒菜にとってはまだ真夜中であった。

「海軍は、起きたら走る！　ジョギングの用意をしろ。一〇秒だ！」


忍は、隣室の怒鳴り声で、すでに目を覚ましていた。

美月がばたんとドアを開けると、支給されたばかりのスウェットを着て、運動靴《ぐつ》に紐《ひも》を通していた。

「おはようございます、教官」

「うん」

美月はうなずいた。

●Ｔ３格納庫

「班長、大変です」

若い整備員が、出勤するなり言った。

「どうしたんだ」

みんなより早く来て、すでにＴ３の一機の着陸脚《ランディング・ギア》の調子を見ていた中嶋《なかじま》整備班長は、作業の手を止めずに訊いた。

「班長、あの森高中尉が、ジョギングをしていました。まだ朝の六時なのに！」

「ふん」

中嶋班長は、目尻にいっぱいしわの寄った顔を前輪ショックアブソーバーのストラットに近づけて、窒素《ちっそ》ガスの封入されたシリンダーのオイルクリアランスを調整しながら、

「あのはねっ返りも人を教える立場になって、少しは目が覚めたんだろう。海軍にとってはいいことだ。それより、みんなでこの機体のランディング・ギアの特別整備だ。

午前のフライトが始まる前に仕上げるぞ」

「この機のランディング・ギアの特別整備、ですか?」

「そうだ。今日は、必要になる」

●浜松基地　エプロン

美月に叩き起こされて、朝露の光る飛行場の芝生を二キロ走らされ、大食堂で雁谷《かりや》司令が手塩にかけた自家農園無農薬有機野菜の朝ごはんを食べた忍と里緒菜は、長い髪を後ろで結んで訓練用フライトスーツに着替え、七時半にはエプロンのT3の機体の前に整列していた。

美月がヘルメットを脇《わき》に抱えて歩いていくと、

「気をつけ」

忍が号令する。

「敬礼」

さっ
さっ
忍は、目が少し赤かった。でも元気だった。

「よろしい」

二人に向き合って答礼しながら、美月は心の中で「ほう」とつぶやいた。

(朝、機体の前に整列した顔を見れば、訓練生の精神状態はひと目でわかるもんだけど――)

水無月忍は、銀色のＴ３の機体を前にしても、その目に少しもおびえた感じがなかった。昨日いきなり乗せてから、まだ二日目なのだ。

「水無月候補生」

「はい」

美月は自分が背にしているＴ３を指さして尋ねた。

「水無月忍、Ｔ３は大きく見えるか?」

白い顔が昨日よりほんの少し陽灼けした元女優は、頭を振った。

「いいえ」

忍は、ちょっと不思議そうに、

「教官、昨日よりも小さく見えます。気のせいでしょうか」

美月は笑った。

「よし、今日も先発は忍だ。パラシュートを背負って前席へ」

「はい!」

「睦月候補生」

「は、はい」

　里緒菜も、昨日いきなりフライトスーツを着せられてエプロンへひっぱり出された時よりはすっきりした顔をしている。でもそれは、叩き起こされて二キロも走らされて、朝ごはんをお腹いっぱい食べたおかげで便秘が解消したせいだった。里緒菜はここ一年間、朝ごはんというものを食べたことがなかった。忍が『T3が昨日より小さく見える』と言った感じも、里緒菜には理解できなかった。銀色の機体はそばに寄ると昨日と変わらず見上げるように大きかった。

「里緒菜、あんたは、忍のあとだ。あたしたちが戻ってくるまで、ブリーフィングルームで操作手順の練習をしておいで」

「は、はい」

　里緒菜はほっとしたようにうなずいた。

3

●T3コクピット

「忍、今日は〈千本タッチアンドゴー〉をやるよ」

前後になった複座のコクピットに座るなり、美月にそう言われた忍は思わず後席を振り向いた。

「〈千本タッチアンドゴー〉、ですか?」

「そうだ」

ヘルメットの美月がうなずく。

タッチアンドゴーというのは、飛行場の周囲を長方形のパターンを描いてくるくる周回しながら離着陸を繰り返す訓練課目だ。滑走路に着地《タッチダウン》しても止まらずにパワーを全開し、すぐに離陸していくことからこの名がついている。

「忍、タッチアンドゴーの離着陸訓練には、離陸、上昇、上昇旋回、水平飛行、水平旋回、水平直線飛行、進入準備、降下旋回、進入降下、着陸、着陸復行、およそフライトに必要なすべての操縦操作が入っているんだ。今日からこれを千回繰り返して、T3の操縦を徹底的に叩き込む。覚悟してついておいで！」

「はいっ」

「よし、エンジンスタートだ。自分でやってごらん」

「はい！」

忍はコンソールに向き直る。目の前には、昨夜《ゆうべ》イメージ練習に使ったパネルと同じ配置で計器盤と操縦桿があった。本物だ。忍は気持ちを落ち着かせるために、まずベルトを確認した。

（シートベルト、よし）

ショルダーハーネスと股下の固定ベルトまでついた、五点式シートベルトだ。しっかりと身体を固定する。飛行ヘルメットのストラップをもう一度締め直し、革の手袋を確かめた。

（セッティングを始めよう。昨夜憶えたとおりに、やればいいんだ）

忍は右手で、パーキングブレーキがかかっていることをチェックする。プロペラを回しても機体が勝手に動いたりしないように、用心のためだ。

（ブレーキはＯＫ。電気系統は――）

イグニションスイッチ、マスタースイッチ、その他《た》の電気系統スイッチはすべてオフだ。左手の指で、ひとつひとつスイッチをたどってオフ位置を確認していく。機体に電源をつないだ時に、不用意に何かが誤作動しないよう、電気系統は一度、全部オフにしておくのだ。

（次はエンジン系統）

続いてスロットルレバー、エンジンへ燃料を送る赤いミクスチャーレバーがカットオフ位置にあることを確認。プロペラピッチのコントロールレバーが最高回転数《ハイRPM》の位置にセットされているのを確認。自動車でいえば、ローギアの状態だ。さらにすべてのサーキットブレーカーがオンになっていて、飛んでいるブレーカーがないこと、フラップが上がっていること、エルロン、ラダー、エレベーターの各舵がフルトラベルまでスムーズに正しく動いて、微調整装置《トリム》が中立になっていること、その他、機体に電源を入れる前に確かめなければいけない事項を決められた手順でチェックしていく。

これまで女優として舞台の振り付けをトレーニングしてきた忍の両手は、スイッチやレバーの間をよどみなく動いて、一分ほどでこの確認作業をやり終えた。

「教官、マスタースイッチを入れます」

これでマスタースイッチを入れれば、機体に電源が入る。

「忍、レギュラーのパイロットは、今の作業を三十秒でやるんだ。明日からはもっとスピードアップ」

「は、はい」

「よし、電源を入れて」

「はい」

忍は飛行ヘルメットの頭を回すと、機体の横に付き添っているメカニックに叫んだ。

「マスタースイッチ、ＯＮ！」

消火器を持ったメカニックが走って機体右前方の定位置につき、準備ＯＫのサインを出す。忍はうなずく。白いあごから、汗の最初のひとしずくが滴《したた》り落ちる。

（よし、電源をつなごう）

カチッ
赤いスイッチを左の人差し指で入れた。

左下の電圧計が、ピンと立ち上がった。

メインバッテリーが機体システムに接続され、計器盤の奥で回転羅針盤《ジャイロコンパス》の回転するヒューンという音がし始めた。警報《ウォーニング》ライト群が目を覚まし、油圧、燃料圧力、ジェネレーター電力がまだゼロであることを赤いライトで表示した。エンジンが回っていないからだ。

忍は続ける。

「防・除氷装置《ピトーヒーター》チェックアンドオフ、ランディング・ギア・ダウンアンドグリーン、燃料搭載量《フューエルクオンティティ》チェック。教官、フューエルタンクセレクターは〈LEFT〉にします」

「よし」

足元のコックを左へ回し、左翼内燃料タンクを選択すると、エンジンスタート前のセッティングがすべて完了した。

「よし忍、エンジンをかけろ。行くぞ」

「はい！」


里緒菜はエプロンに立って、コクピットの忍を見ていた。

（すごいな忍——あたしが寝たあとで、ちゃんと手順を暗記したんだ……）

忍が大声で、「エンジンスタート！」とコールする。定位置に立ったメカニックが、周囲がクリアであることを確認して、親指を上げた。


「ブーストポンプ・オン」

忍は燃料をエンジンへ強制的に送り込むブーストポンプを作動させ、ミクスチャーレバーで六本のシリンダーへ適量の航空ガソリンを注入した。スロットルは½インチほど開いておく。衝突防止灯《アンチ・コリジョンライト》を点灯し、各シリンダーに二個ずついているイグニションプラグを両方ともオンにして、スターターを作動《エンゲージ》する。
「スターター・スタートプッシュ！」
右手でキイのついたスタータースイッチを、押し込んで回した。
キュンッ
風防ガラスの向こうで、三枚のプロペラが、バッテリー駆動のスターターモーターで回転を始めた。
キュンキュンッ
ライカミングエンジンの六本のシリンダーの内部で、注入されていたハイオクタンガソリンが圧縮され、磁力式イグニションの火花によって、点火した。
バルルッ
バルルルルルルッ
（今だ！）
忍はすかさず赤いミクスチャーレバーを流量最大《フルリッチ》に叩き込み、その左手をスロットルに持ち替える。
ブォオオオンッ
（回転計はどこだ――？　これだ、よし）

スロットルレバーを少ししぼって、回転数をアイドリングの一〇〇〇RPMに合わせる。

バルルルル

（油圧計は？　これだ）

油圧もいい。燃料の強制ブーストポンプはもう要《い》らない。左手でバチッとオフにする。

そこまでやって、忍はようやく大汗をかいているヘルメットの下の額を拭いた。

「教官、アフタースタート・チェックリストをやります」

「よし」

右の主翼の横に立って見ていると、前席でエンジンスタート操作をする忍の白い顔は、ヘルメットをかぶったままお風呂に入っているみたいだった。

バルルルルル

ものすごい音を立ててエンジンが回り始めると、里緒菜はお腹のあたりが痛くなった。

（あたし、今日もこれに乗るのかぁ――）

バルルルル

プロペラの風圧が、情け容赦なく里緒菜の髪をなぶってゆく。

コクピットの忍が、まるで服のままサウナに入っているような、汗で上気した顔をこちらに向けて、「里緒菜、行ってくるよ！」と叫んだが、エンジンの爆音でほとんど聞こえなかった。


「浜松管制塔《タワー》〈レディバード1《ワン》〉、リクエスト・タクシー」

タワーに地上滑走を要求すると、

『〈レディバード1〉、タクシー・トゥ・滑走路27《ランウェイ・ツーセブン》』

管制塔《ラジャー》の声が、すぐにヘルメットのレシーバーに返ってきた。

「了解」

忍は操縦桿についたマイク送信ボタンを押して、慣れない声でタワーに応える。

「よし忍、今日はこれから管制との交信はあたしがやる。あんたは操縦に専念するんだ」

「は、はい」

「明日からは交信も全部やらすからね。今夜、勉強しておいで」

「はい」

憶えても憶えても、次から次へとやることができてくる。

「よし、パーキングブレーキを外せ。イエローラインに乗って、滑走路へ走れ」

「はい！」

バルルルル！

忍の操るT3は、敬礼するメカニックたちに答礼して、軽く尻尾を振りながら誘導路のイエローラインの上をたどり、滑走路のほうへ走り始めた。

●浜松基地　管制塔

「忍のT3が始動《ランプ・アウト》します」

井出少尉がパノラミック・ウインドーの斜めガラスを通して、エプロンからタクシーウェイに出ていくT3の背中を双眼鏡で追った。

「貸せ」

雁谷准将《じゅんしょう》が、昨日に引き続き井出少尉から双眼鏡を引ったくった。

「准将、自分で買えばいいじゃないですか」

「うるさい」

「准将、操縦は水無月忍ですか？」

横で郷大佐が訊く。

「うむ」

あごに黒い鬚《ひげ》を蓄えた、ひょろりとした学者のような雁谷准将は、双眼鏡で、プロペラを回しながら走る銀色のT３を追って
「さっきのとろくさいエンジンスタートといい、あのイエローラインの左右を蛇行するたよりない走り方といい、まぎれもなく水無月忍が操縦しておるようだ」

「ちょっと待ってくださいさい准将、それではあの元アイドル歌手は、T３のエンジンスタート手順を一晩で憶えたというのですか？」

郷は唸った。

「待て、エンジンスタートだけではない」

雁谷は双眼鏡でT３を追い続ける。

小さな銀色のT３は、尻尾を小さく振るようにして蛇行しながら滑走路27《ランウェイ・ツーセブン》の離陸ポジションの手前まで走っていき、斜めに停止すると離陸前の離陸前試運転《エンジンランナップ》を始めた。パーキングブレーキで機体を止めたT３はプロペラをブンブンいわせ、エンジン各機能のチェックに入る。

「どうやらエンジンランナップまで、忍がやっているようだ」

「まさか」

郷が驚いて言った。

「私は自分が初級課程の訓練生の頃、Ｔ34メンターの離陸前操作手順を完全に暗記するのに、ぶっ続けで練習してまる三日かかったんですよ」

「わしなんか四日かかった」

「それを一晩で？　信じられん」

「しかし、ちゃんと手順どおりにやっているようだぞ」

「郷大佐、雁谷准将」

井出少尉が腰に手をあてて、得意そうに言った。

「忍は女優です。プロの女優なら、操作手順の台詞《セリフ》と振り付けを一晩で身体に叩き込むくらい、やってのけますよ。水無月姉妹は努力家だって、芸能界では評判なんです」

「素人《しろうと》だ！」

郷が唸った。

「素人のアイドル歌手に、飛行機のマニュアルが一晩で憶えられてたまるか。きっと、アンチョコでも見ながらやっておるんだ！」

「大佐、ご自分が若い頃に三日かかったことを、忍が一晩でやってしまったとは認めたくないでしょうけど、そういう頑固なのは老化の始まりで――わあっ」

郷が「黙れっ」と井出少尉の胸ぐらを摑んで締め上げた。

その時、

『浜松タワー』

Ｔ３が離陸準備をすべて終えたらしく、美月の声がＶＨＦ無線を通して管制塔をコールしてきた。

『浜松タワー、〈レディバード１《ワン》〉、レディ・フォー・テイクオフ』

「貸せ」

郷大佐が、離陸許可《クリアランス》を出そうとした若い管制官からマイクを引ったくった。

「森高中尉、郷だ。これまでの操作は、全部、水無月忍がやったのか？」

『そうですよ大佐。まだとろくさくて話になりませんけど。だからさっさと離陸許可くださいな、日が暮れちまう』

うううっと郷はうめいた。

「〈レディバード１《ワン》〉、クリアア・フォー・テイクオフだ。ウインドは二一〇度から八ノット！」

『ラジャー。クリア・フォー・テイクオフ』

滑走路に進入したＴ３は、いったん停止するとエンジンを最高回転に上げ、ブレーキをリリースして離陸滑走を開始した。

ブォオオオン――

「あーあー、ひどい離陸滑走だ。ちゃんとセンターラインの上を走れんのか！」
「しかし郷、滑走路からは、はみ出しておらん。初心者にしては上出来だぞ」

滑走路を四分の一ほど走った忍のT3は浮揚《ふよう》速度に達し、力加減《かげん》のわからないローテーション操作でいきなりぐいっと機首を上げると、テイルをこすりそうになりながら滑走路を離れ、左右にふらつきながら上昇を開始した。
そのまま、海からの風に流されて右へ偏向し始める。

ブァアアアーン

「わあっ、こっちに来るぞ！」

●T3コクピット

ブァアアアアーン

「忍！　左から横風が吹いているんだ！　コースを修正しろ、管制塔にぶつかる！」
「はいっ」

●管制塔

うわーっ！

郷、雁谷、井出、それに管制塔勤務の管制官たちが、悲鳴を上げてテーブルの下に隠れた。

ブォオオオオッ！

迫ってきたＴ３は、管制塔のパノラミック・ウインドーの一〇メートル手前で左へ傾斜《バンク》を取り、腹を見せながら目の前を擦り抜けた。

ギュンッ！

ぶわっ
風圧で強化ガラスがたわんで鳴いた。

きゅわんきゅわん
『すいません大佐』

天井スピーカーから美月の声がした。

『わざとじゃないですからねっ』

郷は管制卓の下から顔を出して、ヨーヨーのように揺れているマイクを引っ摑むと、怒鳴った。

「当たり前だっ！」

●T3コクピット

「ふーっ。よし忍、離陸上昇の目標は、浜名湖《はまなこ》の海側の岸だ。その延長線に乗るようにするんだ」

「はいっ」

忍は操縦桿をさらに左へ少し倒して、左へバンクを取り、離陸上昇中のT3の針路が浜名湖の海側の岸に沿うように修正した。基地の管制塔をすれすれでかすめたらしいのだが、横の景色なんか目に入ってこなかった。

「忍、ここで左へ九〇度旋回。機首方位180へ」

「はい」

「高度一〇〇〇フィート（三〇〇メートル）に達したら機首を下げて水平飛行に移れ」

「はい」

ブァアアーン

上昇旋回。銀色のT3は、快晴の太平洋に機首を向ける。タッチアンドゴーのための場周経路《トラフィックパターン》に入っていくのだ。

高度計が一〇〇〇フィートを指す寸前で、忍は操縦桿を前へ押して、機首を下げた。

ファアアン

「パワーをしぼれ、忍。トラフィックパターンを飛ぶ速度は、一二〇ノットだ。マニフォールドプレッシャーを17インチへ」

「はいっ」

「続いてまた左へ九〇度旋回、機首方位090へ。ダウンウインド・レグだ」

「はい！」

水平飛行に入れたと思ったら、すぐにまた旋回する。滑走路を長いほうの一辺とした、長方形のパターンを描いて飛ぶのだ。

「いいか忍。あたしたち海軍の戦闘機パイロットは、空母に着艦できてなんぼの商売だ。今、滑走路はどこにある？」

「はい――」

言われて忍は、ヘルメットの頭を回して機の両側を見た。翼の下で、地面と海面がゆっくり動いている。

「滑走路は、左の下——今ちょうど逆方向へ平行に飛んでいます」

「よし、あの滑走路を、母艦だと思うんだ。これから母艦の真横をいったん艦尾方向へ通過して向きを変え、艦尾から接近して飛行甲板に着艦する訓練をやる。この長方形を描いて滑走路に離着陸を繰り返すタッチアンドゴーは、艦載機が空母に着艦する訓練そのものなんだ。わかったか？」

「はい」

「では、母艦に見立てた滑走路の、艦尾を通過した瞬間から時間を計れ。三〇秒だ」

「はい」

忍は、Ｔ３が滑走路と平行に飛ぶように針路を修正し、自分の機と滑走路の幅が一定になるように操縦桿を操作した。

だが、

「忍、高度！」

「あ、はい」

美月に言われて高度計を見ると、八〇〇フィート。いつの間にか二〇〇フィートも下がっていた。

（しまった、方向にばかり注意していたから、知らないうちに機首が下がっていたんだわ）

急いでぐいっと機首を上げ、一〇〇〇フィートに戻す。

するとと、

「忍、スピード！」

「あ、はい」

一〇九ノットに落ちている。

機首を大きく上げて縦方向の運動をさせたから、速度エネルギーが位置エネルギーに食われて、スピードが減ったのだ。

（いけない。スピードが減ったら、失速しちゃうわ）

忍はスロットルでパワーを入れ、速度を一二〇ノットに戻す。

ブァアアアン
すると、

「こら忍、どっちを向いて飛んでいる？」

「えっ？　は、はい」

今度は機首が、ちょっと目を離した隙《すき》に左へ振れていた。エンジンのパワーを出すと、プロペラのジャイロ効果で機首は左へ偏向するのである。パイロットはパワーを増加させる時には、右足でラダーを踏まなくてはならないのだ。

「い、いけない」

「忍、〈母艦〉に近づきすぎだ」

「はい」

「滑走路はどこだ？」

「えっ？　はい、ええと」

忍は機首を右へ修正しながら、キャノピー越しに見回す。高度や速度や機首方位の修正にかかりきって、その間、外を見ていなかった。

（おかしいな、さっきまでわたしの左下に見えていたのに？）

忍はきょろきょろ見回した。

「ええと——教官、滑走路見えません。どこでしょう？」

「滑走路はここだ」

後席の美月がいきなり操縦桿を取ると、Ｔ３をぐいっとエルロン・ロールに入れた。

「きゃあ」

背面になるＴ３。

「忍、頭の上をごらん。見えないはずだよ、滑走路の真上に来ていたんだ」

「えっ？」

忍は驚いた。いつの間に、こんなにずれたのだろう。

「わかったか」

「はい」

美月は忍に滑走路の位置を教えると、正しいトラフィックパターンへT3をひねり込ませ、操縦桿を返してくれた。

「忍、飛行機は速いんだ。ひとつのことに注意を集中させてしまうと、その間に機体は、とんでもない方向へ行ってしまう。すべてのことに、一瞬ずつ、注意力を配分し続けろ。飛び上がってから、降りるまでだ。飛行機は一瞬も油断させてくれないぞ」

「は、はい」

「よし、今ちょうど〈母艦の艦尾〉、滑走路末端の真横を通過したところだ。ストップウォッチをスタートしろ。三十秒飛んだら降下しながら左旋回、向きを変えて着陸態勢だ」

「はい！」

●管制塔

「どうにか、タッチアンドゴーのトラフィックパターンを飛んでいるぞ」

雁谷がほっとした顔で双眼鏡を下ろした。

「なんとか、順調にうまくなってほしいものだ」

「准将」

郷は汗を拭きながら、

「確かに技量のほうは、森高がなんとかするかもしれません。井出に言わせれば、水無月忍は勉強も嫌いではないらしい。しかし、大きな問題がまだ、手つかずです」

雁谷はうなずいた。

「そうだな――〈究極戦機〉のことか。郷大佐、いつあの娘にばらすのだ？　あの娘が地球の未来を救える、ただ一人のパイロットであることを」

「他人事《ひとごと》みたいに言わないで、一緒に考えてください准将。いずれ何日もしないうちに、水無月忍と睦月里緒菜は不審に思い始めます。あの二人だけ、ほかに同期生のいない、期間三カ月限定の特別養成訓練なんですから。ただでさえしごいているのに、このうえ『異星の超兵器に乗り込んで、核テロリストの〈アイアンホエール〉と命がけで戦ってくれないか』なんて言ったら、二人揃ってこの基地から逃げ出してしまいますよ」

「ううむ――」

4

●呉　海軍工廠　空母〈翔鶴〉接岸岸壁

ジャアアアン
ドラが鳴り響いた。
フイッフイッフイーッ
フイッフイッ
巨大な七万トンの、通常動力型としては世界最大の航空母艦〈翔鶴〉が、すべてのオーバーホール作業を終了して岸壁を離れようとしていた。
フイッフイッフイーッ
ざざざざざざ
艦首のバウ・スラスターが横向き推力をつくり出し、〈翔鶴〉は自力で呉軍港の中央部へ移動し始める。
　ざばざばざばざば

●空母〈翔鶴〉　特殊大格納庫搬入デッキ

「あ〜あ、陸地とも当分、お別れか……」
　日高紀江は、飛行甲板から一層下の特殊大格納庫整備用搬入デッキで、泡立つ港の水面を見ながら手すりにもたれていた。
「日高さん」
　長い白衣を風になびかせて、魚住渚佐がぺたぺたとデッキをやってきた。
　デッキシューズの踵を履《は》き潰した女博士は、気《け》だるげに手すりにもたれると、紀江と並んで遠ざかる呉の軍港や街並みに目をやった。
「日高さん、しばらくは海の上の生活ね」
　フイーッ
　フイッ
　フイッ
　タグボートが離れ、航空母艦は艦首を軍港の出口に向ける。

ボォオオオ
白いカモメが二羽、二人の目の前をすれ違う。

「あの、魚住さん」

「ん？」

「どんなですか？　軍艦の暮らしって」

「あら、海軍士官のあなたのほうが、よく知ってらっしゃるんではなくて？」

「いえ、実は——」

紀江は、艦内用に着替えた制服の胸に手をあてた。

「実はあたし、国防総省の総合司令室で、電子戦オペレーターをしていたんです。地下の要塞の中で、スーパーコンピュータを相手にして。このマークは海軍中尉ですけれど、艦隊勤務なんて、士官候補生学校の練習航海しか経験がないんです」

「あら。じゃ、わたしのほうが、軍艦暮らしは長いかもしれないわね」

渚佐は笑った。

「わたし、空の上から〈レヴァイアサン〉が黒い球体に詰め込まれて落ちてきた頃から、巡洋艦や空母に乗っているの。もう二年になるかしら。あの頃はイージス艦〈群《ぐん》青《じょう》〉に乗っていたわ。そのあとで空母〈赤城《あかぎ》〉」

「〈赤城〉ですか——？　それじゃ魚住さん、怪獣と戦ったんだ」

「わたしは、〈究極戦機〉のサポートスタッフだもの。その意味では、いつも前線にいたわ。身分も士官待遇にしてもらっているし、お給料は大学からじゃなくて、政府直属のある機関からいただいているの。大学からはとうに、放り出されたわ」

「魚住さん京大なんでしょう？　すごい」

紀江がそう言うと、渚佐は水平線のほうを見て笑った。

「父の研究を、継《つ》ぎたかったから。——日高さんは、学校は？」

紀江は、頭を掻いた。

「はは。フェリスです、横浜《よこはま》の。丘の上からいつも船は見てたけど——卒業の時、大手の商社とか外資系航空会社の地上職とか生保とか証券とかいろいろ受けて、結局、採用してくれたのが帝国海軍。父が早くに死んで、コネがなかったから、どうしても上場企業は弱くって」

「そう」

「女子大生の頃、六本木で一緒に遊んでた子たちは成田《なりた》でグランドホステスとか丸《まる》の内《うち》でコピー取りとかしてるのに、あたしは海軍将校になっちゃった。こうして航空母艦に乗り組んで、宇宙から来た超兵器のお世話をしようだなんて、あの頃は想像もしてなかったなぁ……」

フイッフイーッ
空母〈翔鶴〉は、二五ノットの外洋巡航速度に増速して、江田島《えだじま》と倉橋島《くらはしじま》の間を通過し、広島湾《ひろしまわん》から瀬戸内海《せとないかい》へ出てゆく。これから九州《きゅうしゅう》と四国《しこく》の間の豊後水道《ぶんごすいどう》を抜けて、四国の沖から本州の南岸沿いに、テスト任務《ミッション》をこなしながら東進して横須賀《よこすか》へ帰港するのだ。

「ほら、護衛艦が来た」

渚佐が指さした。

「え」

紀江が指さされたほうを見ると、いつの間にか二隻の駆逐艦がどこからともなく現れ、空母の前後に合流しようとしている。

「あれが前方護衛艦、こっちが後方護衛艦。後ろにつくほうは駆逐艦〈若潮《わかしお》〉かしら」

「よく知ってますねえ」

紀江は感心した。

「魚住さん、これからこの空母、どんな仕事をするんです?」

紀江には、航空母艦が通常どんな仕事をしているのか、見当がつかなかった。〈翔鶴〉には〈究極戦機〉母艦としての役割のほかにも、連合艦隊所属・正規航空母艦としての任務があるのだ。

「まず岩国《いわくに》から艦載機が飛んでくるわ。空母が入港する時には、艦載機は近くの航空基地へ『上陸』して、母艦が出港すると帰艦してくるの。F18やS3を全機着艦させて収容するのが最初の仕事よ。それがすんだら新しく改修した装備のテストをして――あ、テストミッションの前に、パーティがあるわね」

「パーティ、ですか？」

紀江は訊き返した。軍艦は苦手だがパーティなら得意である。

「そうよ」

渚佐はうなずいた。

「オーバーホール竣工《しゅんこう》記念大パーティ。今夜、特殊大格納庫でやるの。そうだ、言うのを忘れてたわ。大格納庫のメカニックの人たちはパーティの準備で忙しくなるから、日高さん今日の午後は、一人でマニュアルの勉強とかしていてね」

「は、はあ」

「出航作業がすんだら、艦長に会いにいきましょう。着任の挨拶《あいさつ》、まだでしょう？」

「あ。そういえば、そうです」

●〈翔鶴〉アイランド

空母の右舷《うげん》に突き出した、『アイランド』と呼ばれる艦橋は、電子戦用のアンテナを鳥の巣のように頭に載《の》っけた四角い大きな塔だった。

「こんな狭い階段をくるくるのぼるのって、遠足で銚子《ちょうし》の灯台にのぼった時以来です」

「そのうちに慣れるわ。本当は、士官専用にエレベーターもあるの」

アイランドは五階建てで、三階から上には窓がつき、四階が航海ブリッジ、最上階の五階が航空指揮ブリッジになっている。艦長の部屋は三階にあった。

「日高さん」

通路を歩きながら、渚佐が振り向いて言う。

「〈翔鶴〉の艦長をご存じ?」

「ええと、押川《おしかわ》准将っていう人でしょう? どんな人だかは、知りません」

紀江は新しい赴任先の最高責任者の名前くらいは調べてきたが、連合艦隊とは縁のない職場にいたので、どんな人なのかは知らなかった。

「そう。じゃ、びっくりしないようにね」

は? 紀江は訊き返そうとしたが、渚佐はすたすたと歩いてゆき、ピストルを持った警備の下士官に通してもらうと、通路の奥のドアをこんこんとノックした。

「艦長、魚住です」

少し間《ま》があって、

「――入れ」

〈艦長室〉とプレートがついたドアの奥で、しわがれた声が応えた。

「失礼します」

ガチャ
渚佐がノブを回す。

艦内のドアはみなスチールなのに、なぜかこのドアだけは、真鍮《しんちゅう》の取っ手がついた、押すのに力がいるような分厚いマホガニー製であった。

ぎぎぎぎぎ
渚佐に続いて紀江がその部屋に足を踏み入れると、朝の瀬戸内海を眺望する窓を背にして、白髪の初老の男が巨大なデスクに座っていた。

（――？）

紀江は驚いた。白髪の男が座っているのは、航空母艦の中にあるようなデスクではない。マホガニーの木製で、畳一枚ぶんくらい大きく、ペン立てに立てた羽根のペンが何本も、朝日でデスクマットの上に影を落としているのだ。

「艦長、日高中尉をお連れしました」

渚佐に紹介してもらった紀江は、それでもカツッと踵を鳴らして、敬礼する。

「ご、ご挨拶が遅れました。昨日、国防総省より着任いたしました、日高紀江中尉です」

紀江は敬礼しながら、朝日で逆光になったその人物が何か言うのを待った。

「――」

デスクの人物は、両ひじをついたままギロリと紀江を見上げた。顔は逆光でよく見えない。目つきの鋭さだけ、伝わってくる。

「よ、よろしくお願いいたします」

敬礼したまま、紀江は言った。

「――ふん」

押川史郎《しろう》〈翔鶴〉艦長は、しわがれた声で言った。

「日高、中尉」

ゆっくりした、まるで舞台の劇みたいな声色《こわいろ》だった。

「は、はい」

「その場で回ってみろ」

「は？」

「その場でくるっと回ってみなさい」

「は、はい」

敬礼した手を下ろして、白いタイトスカートの制服の紀江が回ってみせると、

「――ふむ」

逆光の中の初老の艦長は、うなずいた。

「魚住くん」

紀江の隣で、渚佐が「はい」とうなずく。

「――いい尻だな？」

「はい。わたしもそう思います」

「うむ」

紀江は、へ？　と訳がわからない状態で、うなずき合う白髪の艦長と白衣の渚佐を見比べた。

（な、なんなのかしら……）

ついでに艦長室の内部を見回す。なんか薄暗いな、と思っていたが、艦の前方を向いた窓のほかは、壁という壁が、床から天井まで届く作り付けの書棚にされていて、書物がびっしりと詰め込まれて並んでいる。背表紙には茶色く変色したものも、少なくなかった。

（なんだろう、この部屋――）

紀江は異様な雰囲気に息を呑んだ。

（――航空母艦の艦長室っていうより、これじゃ怪奇幻想作家の書斎じゃないの）

押川史郎准将の経歴を、紀江は知らなかった。押川史郎はかつて独立前の大陸植民地に生まれ、東京帝国大学文学部卒、どうして帝国海軍に入ったのかは謎とされていたが、知る人は『押川は若い頃、〈地球空洞説〉を信じていて、いつか艦隊を率いて北極の大地軸孔《だいちじくこう》から地球内部の国を探検に行こうと考えていたのだ』と言う。

そういう動機で海軍に入る者は珍しいので、変わり者と呼ばれたが、航海士としての仕事は一応ちゃんとやっていたし帝大卒だったので順調に出世した。しかし、大佐の頃に書いた海洋科学冒険小説〈ムウ帝国対水中軍艦《ていこくたいすいちゅうぐんかん》〉が東宝《とうほう》映画化され大ヒットしたため、当時の国防総省のトップから睨まれ、せっかく少将に昇進して幕僚《ばくりょう》になれるところを准将に格下げされ、航空母艦の艦長で残りの人生を送ることにさせられたという個性の強い軍人が押川であった。そういうところは、ステーキと一緒に白ワインを飲もうとした国防次官に向かって『ワインの飲み方も知らんのか田舎者《いなかもの》め』と言ったために幕僚入りを逃《のが》した雁谷准将に、似ていなくもない。一説では、国防総省入りして六本木で役人の相手をしたくなかったから、押川はわざとやったんだ、とも言われている。押川史郎は、軍艦を下りるのがいやだったのである。

「艦長、日高中尉には、わたしのアシスタントとして〈究極戦機〉の整備保守にあたってもらいます」

「うむ」

押川艦長はうなずいた。

「日高中尉」

「は、はい」

「この〈翔鶴〉は地球の平和を守るため、最も重要な使命を背負った航空母艦だ。君の役割は大きい。がんばってくれ」

「はい」

やっと、まともなことを言われた。

「日高紀江、がんばります」

「よし」

ほっとして紀江が室内を見回すと、棚の上に置かれた三〇センチほどの彫像に目が行った。

（何かしら――？）

アカデミー賞のオスカー像のようなブロンズの人形だ。それは両手が大きなはさみになった、セミのような顔のスリムな宇宙人をかたどっていた。紀江は知らなかったが、それは空母〈翔鶴〉がある特撮映像会社の撮影に協力した時に、プロデューサーから艦長に贈られた記念の品であった。

そして、

「あ、あのう艦長」

「何かね」

「その、上のほうにかけてある額は、なんでしょうか?」

紀江が、艦長の頭の上にかけてある大きな額縁《がくぶち》に気づいて指さすと、

「うむ」

押川艦長は『よくぞ気がついた』というふうにうなずいた。

「日高中尉。これは、脚本家の上原正三《うえはらしょうぞう》先生に考えていただいた、〈翔鶴〉の乗組員の士気を向上させるための標語だ」

「は、はあ——」

その額縁には、見事な毛筆で、こう書いてあった。

空母〈翔鶴〉五つの誓い

一、毎朝勤務につく前に朝ごはんを食べよう
二、甲板を横切るときは艦載機に気をつけよう
三、天気のいい日には兵員室のふとんを干そう
四、非番の日は甲板を裸足で走って体を鍛えよう
五、地球の平和を守るため、一生懸命戦おう

「どうだ日高中尉。地球の平和を守ってやろうという決意が、ふつふつと湧《わ》いてくるだろう」

「は、はあ」

ピー
艦長のデスクの上で、インターカムが鳴った。

「押川だ」

『艦長、艦載機が到着します』

「よし」

押川艦長は、装飾のいっぱいついた将官用の帽子を目深《まぶか》にかぶり、北氷洋《ほっぴょうよう》を進撃する英国艦隊の艦長が着るような分厚いオーバーコートをはおると、立ち上がった。

「魚住くん、日高中尉。艦載機の着艦を見るかね？」

●〈翔鶴〉航海ブリッジ

「キャプテン・オン・ザ・ブリッジ！」

押川艦長がのっそりと入っていくと、航海ブリッジの入り口に立った警備の下士官が直立不動でそう怒鳴った。

「艦長」

「あ、艦長。おはようございます」

若い士官たちが、振り向いて敬礼する。

「うむ」

押川はオーバーコートを着て帽子を目深にかぶったまま、艦長専用の一段高くなったリクライニングシートに着いた。

「艦長、艦載機は五分前に岩国を離陸、編隊を組んで二〇マイル後方まで接近中です」

「うむ」

押川はうなずいてから、怒鳴った。

「艦首を風上に立ててよ。全速前進！」

「はっ」

「はっ」

「前進、全速！」

「前進、全速。ようそろ」

「飛行甲板、着艦作業にかかれ！」

「了解しました！」

サイレンが、鳴り響き始めた。

紀江がじゃまにならないように見下ろすと、長さ二五〇メートルの広大な〈翔鶴〉の飛行甲板に、甲板要員がぱらぱらと駆け散って配置についていく。

カラカラカラ
ブリッジの先頭で舵輪《だりん》が回され、七万トンの航空母艦は風上に針路を修正する。どこかはるか足の下の機関室で、一六基の航空用ガスタービンエンジンが全開される。

ぐぐっ
「きゃっ」

〈翔鶴〉は、一瞬モーターボートのように艦首を持ち上げ、急激な加速に入った。紀江と渚佐は、あわてて艦橋の空調パイプに摑まらなくてはならなかった。

ざざざざざ！

針路を風上に取った〈翔鶴〉は、三七ノットの最大戦速で豊後水道を突っ走る。横波を食らうまいと、針路から漁船やフェリーがあわてて逃げていく。

フイッフイーッ

「来たわ」

渚佐が指さす。

振り向くと、水平線から最初に現れたのは、F／A18Jホーネットの四機編隊だった。

キィイイン

背後から現れた四機のホーネットは、きれいなダイヤモンド編隊を組んで〈翔鶴〉右舷の上空を一〇〇〇フィートの低空で追い越《フライパス》した。

ビュンッ

ビュンッ

「わあ」

紀江の目には、三〇〇メートルの高度といっても、アイランドのアンテナにぶつかりそうな低さに見えた。先頭の艦長機が、帰艦の挨拶に主翼を振った。

キィイイン——

いったん右舷に沿って空母を追い越した編隊は、一マイル先で〈翔鶴〉の艦首を横切るように左旋回《レフトターン》して、今度は艦の左舷を一・五マイルの間隔で艦尾方向へすれ違っていく。着艦のためのトラフィックパターンに入ったのだ。

『〈キラービー・リーダー〉より〈翔鶴〉LSO。ダウンウインド・レグに入った』

艦橋の天井スピーカーに、ホーネット四機編隊の編隊長の声が入った。

『こちら〈翔鶴〉LSO。フライトデッキ・ステータスはグリーンだ』

無線で答えているのは、飛行甲板左舷艦尾に突き出した着艦管制指揮所に詰めている、着艦信号士官（ラ《L》ンディング・シ《S》グナル・オ《O》フィサー）だ。空港でいえば、管制官である。

『〈キラービー〉編隊、先頭機よりビジュアル・アプローチに入れ』

『ラジャー』

「わあ、すごい」

紀江は見晴らしのいい艦橋で、強化防弾ガラスの全周窓を通して編隊の機動を目で追った。

四機の編隊から隊長機が旋回《ブレーク》と、高度を下げながら左旋回に入った。双尾翼のホーネットは着陸脚と着艦フックを下ろし、バンクを調節しながら空母の真後ろにラインナップする。

「日高さん、ああやって一機ずつ編隊を解《と》いて着艦するのよ。ほかの機はトラフィックパターンを回りながら待つの」

隣で渚佐が解説してくれる。

「へえー」

紀江は、空母艦載機の着艦を見るのは、初めてだった。

「日高さん、飛行機は〈究極戦機〉みたいに重力を断《た》って浮いていられないから、大変なの。ジェット戦闘機はいつもぎりぎりの燃料でミッションから帰ってくるでしょう？　先に降りたパイロットがミスをして、甲板の真ん中で擱座《かくざ》してしまったら、周回して待っている後続機はパニックになるわ。甲板が片づけられるまで降りられなくなってしまうのよ」

「大変。時間との戦いですね」

「そうよ。パイロットも甲板要員も、みんな必死よ。誰かのミスで飛行甲板がふさがったら、上で待っている後続機は、海水浴をしなければならないかもしれない。だから常識と逆みたいだけど、編隊の中で一番、技量の高いパイロットから先に着艦する決まりになっているの」

渚佐は艦尾方向を指さした。

「ほら、降りてくるのは士郎《しろう》大尉。〈翔鶴〉の飛行隊長よ」

最初のホーネットはギアとフラップを下ろした着艦態勢で、〈翔鶴〉の着艦用飛行甲板目《アングルド・デッキ》がけて降下してくる。

『〈キラービー・リーダー〉、進入角指示灯《ミートボール》視認。燃料二〇〇〇、パイロット士郎大尉』

ホーネットのパイロットが、最終進入コースに乗って着艦誘導灯を視認したと告げてきた。

『ラジャー。士郎大尉、着艦せよ。デッキ、クリアー』

ＬＳＯが、着艦許可を出した。

「艦載機のパイロットって、降りる前に名乗るんですか？」

「昔からの習慣らしいわ」

「へえ」

「『俺の着艦を見ていろ』っていう意味と、もうひとつは、成績をつけるためなんだって」

「成績？」

「艦載機のパイロットは、着艦するごとに艦の航空団司令に着艦技術を評価されるの。毎回、着艦をチェックされるから、空母乗りのパイロットは気が抜けないのよ」

「へえー」

最初の艦長機が艦尾に迫ってくると、艦長席のリクライニングシートで押川艦長が双眼鏡を取り上げた。

「どれ、今日は航空団司令の郷が特別任務でいないから、わしが着艦を見てやろう」

「はっ」

担当士官が、クリップボードに着艦成績表を挟んで、双眼鏡を覗く艦長の脇に立った。

キュィイイイン
航海艦橋の中にいてもはっきり聞こえるくらいエンジン音が近くなり、機首を上げた姿勢で降下してきたホーネットは、アングルド・デッキの接地帯にほとんどそのままの姿勢で主車輪を叩きつけた。

ドシュンッ
タッチダウンしたホーネットは、尾部の着艦フックで甲板に張られた四本の機体制動ケーブル《アレスティング》の最初の一本をヒットして引っかけ、ずざざーっと一〇〇メートルほど走り、つんのめるようにして停止した。

「うむ」

押川艦長は、双眼鏡を持ったままうなずいた。

「さすがは飛行隊長、見事な着艦だ。士郎大尉は、85点」

「はっ。士郎大尉、85点」

甲板ではそれぞれの役目を持った乗組員《クルー》がF18の機体に駆け寄り、アレスティングケーブルをフックから外して、機体をパーキングポジションへ誘導していく。急がないと、次の着艦機が四十五秒でやってくるのだ。

「わあ、次々に来る」

紀江が見ている前で、山手線《やまのてせん》の電車がホームに入ってくるのよりずっと短い間隔で、編隊の2番機、3番機が次々に着艦した。

「大槻《おおつき》中尉、Bケーブル」

「うむ。80点」

「角松《かどまつ》中尉、Cケーブル」

「うむ。75点」

いちいち点数をつけるのだから、海軍もけっこうせこいが、空母に着艦するパイロットにはそれだけ厳しい技量維持が要求されるということなのである。

「さて――」

渚佐が、腕組みをしながらトラフィックパターンから離脱《ブレイク》して降下旋回に入る4番機を見やった。

「今日は大丈夫かしら、あの子……」

「え？」

成績担当士官が、クリップボードをめくった。

「艦長、次は4番機です」

すると天井スピーカーから、

『キ、〈キラービー4《フォー》〉、ミートボール視認。燃料はええと一八〇〇、パイロット吉野《よしの》少尉』

遅刻した女子高生みたいな、息せき切った声が飛び出してきた。

『ラジャー。吉野中尉、着艦せよ。デッキ、クリアー』

紀江は驚いた。

4番機は、女の子か――

紀江は振り向いて、艦尾方向からふらつきながら降下進入してくるF18ホーネットを見た。

ふらふらふら
ギアとフラップをいっぱいに下ろしたホーネットは、空母のアングルド・デッキにうまくラインナップできないらしく、左右に蛇行しながら近づいてくる。

ふらふら
「なんだ、あの進入は！」

押川が怒鳴った。

「まったくなっておらん。おい、吉野少尉はまたあれか！」

「はっ」

成績表を手にした士官が、うなずいた。

「どうも、またそれのようです」

紀江は、見ていて首をかしげる。

「魚住さん、あれとかそれとか、なんなんです？」

「あのね」

一緒に進入してくるホーネットを見ながら、渚佐が小声で言う。

「吉野少尉が、上陸休暇《ショア・リーヴ》の間にまた男とトラブったらしいの。パイロットの精神状態は、ぜんぶ技量に出るから、着艦する時の操縦でみんなに全部ばれてしまうのよ」

「ひゃあ」

紀江はふらつきながら〈翔鶴〉の艦尾に接近してきたF18を指さして、

「昨夜《ゆうべ》、何があったとか、あれでぜんぶばれちゃうんですか？」

「戦闘機は嘘をつかないわ」

「そりゃあ、ひどい」

紀江は先月、付き合っていた男がほかの女——紀江より五つも若い女子大生——に乗り換《か》えたため、捨てられてしまった。死ぬほど悲しかったのだが、そういう時はコンピュータルームでじっと下を向いて、柴田淳《しばたじゅん》を小さく口ずさんで耐えていればよかった。

（あたしが失恋したことなんて、誰も気づきはしなかったのに——そういうことがぜんぶばれちゃうなんて、戦闘機パイロットってなんて恥ずかしい——いや厳しい仕事なんだろう）

紀江が「う〜ん」と感心した時、

「おい！」

押川艦長が、双眼鏡を顔から離して怒鳴った。

「吉野少尉を進入復行《ウェーブオフ》させせろ。危険だ！」

ほとんど同時に、

『吉野少尉、ウェーブオフせよ！　ウェーブオフせよ！』

正常な着艦ができないと判断したLSOが、進入復行するよう4番機に命じた。

『よ、吉野少尉、復行します！』

ギィィイイイインッ

双発のＩＨＩ――Ｆ404エンジンを全開したＦ18は、飛行甲板の真上五メートルで急上昇に移った。進入コースが不安定な上にパスが高かったから、そのまま着艦していたら接地帯をはるかに飛び越し、ケーブルをヒットできずにアングルド・デッキをそれ、艦首でパーキングする艦載機の列に突っ込んでいただろう。

ズゴォオオオ――

ふたたびトラフィックパターンに入るべく上昇するホーネットを目で追いながら、日高紀江はため息をついた。

（なんだか、大変な世界だなあ、ここ……）

5

●浜松基地　滑走路27《ランウェイ・ツーセブン》　最終進入コース

バルルルルル

「ようし、滑走路にうまくラインナップしたぞ」

パワーをアイドル近くまでしぼり、左降下旋回をしながら忍の操るＴ３は浜松基地の滑走路27《ランウェイ・ツーセブン》最終進入コースに正対する。

「フラップは？」

「三〇度です」

「よし、ランディング・チェックリストだ」

「はい！」

●浜松基地　管制塔

「〈レディバード1《ワン》〉、クリア・フォー。タッチアンドゴー。ウインド、210《ツーワンゼロ》ディグリーズ・アット・7《セブン》ノッツ」

最終進入コースに乗ったT3を目視で確認し、管制官がタッチアンドゴーの許可を出した。

「おい」

郷大佐は昼休みに基地の売店《PX》で買ってきた双眼鏡を目にあてたまま、

「おい井出少尉、いったいもうどれくらいやっておるんだ？」

「はい、朝の八時に離陸してから、ぶっ続けでもう――」

PXのおにぎりを片手に井出少尉は、腕時計を見て、

「――そろそろ、まる五時間です」

「五時間？」

郷は、目を剝《む》いた。

「今度のでタッチアンドゴー何回目だ？」

●T3コクピット

バルルルル
(ようし、今度こそ)

忍は、滑走路の末端の上を五〇フィートで飛び越すと、二〇〇〇メートルの滑走路の手前から三〇〇メートルのところに白くペイントされている長方形のゲタの足跡のような接地帯標識――パイロットが着陸の目標にするマーキング目がけて機体を降下させ、地面にぶつかりそうになる直前で、操縦桿を引いた。

「えいっ」

ぐい
同時に、パワーをしぼる。

バルルルル――

どすんっ
「引き起こしが早い!」

T3の両脚が接地するや、後席で美月が怒鳴った。

「なんだ今の旅客機みたいな着陸は! 接地点が目標から五〇メートルも延びたぞ!

空母ならケーブル四本とも飛び越して、海に飛び込んじまうっ」

「は、はいっ」

　十分に滑走路を引き寄せてから引き起こし操作《フレア》をしたのに――まだ、恐怖心があって、必要以上に高いところで引き起こしをしてしまうのだろうか。

「いいかっ、海軍の着陸は、狙ったところに両脚を叩きつけるんだ！　フレアは飛行機が壊れない程度に引き起こせばいい。旅客機みたいに滑走路いっぱいを使ってソフトランディングしているようじゃ、とても空母には降りられないぞ！」

「はいっ」

「どすんっていうのはまだヤワい、どかんって降りるのが海軍機だっ！」

「はいっ！」

　美月の怒鳴り声に答えながらも、前席の忍は滑走路のセンターラインの一番奥から目を離さず、Ｔ３をラダーペダルでまっすぐ走らせながら、フラップを上げてトリムをセットして離陸準備を整える。タッチアンドゴーは、止まらずにそのまますぐ離陸するのだ。

「フラップ・アップ、トリム・セット」

「早くやれぇっ、滑走路がなくなるっ」

「準備できましたっ」

「よし、レッツゴー！」

「四十九本目！　マックスパワー！」

忍は嗄《か》れかかった喉《のど》で叫び、左手のスロットルを最前方へ叩き込んでフルパワーにした。

ファアアアーンッ
加速で背中がシートに押しつけられる。

忍は右足を踏み、センターラインの上を走る。さっき三十本を超えたあたりから、もう地上滑走では蛇行しなくなった。

ブアンブアンブアンブアン
汗がバイザーの下から垂れてきたが、忍は手を操縦桿から離して拭くこともできなかった。

「六〇ノット！」

目をしばたたきながら、必死に速度計を読む。

「六五——V1、ローテーション！」

七五ノットで離陸のための引き起こし操作を開始、八〇ノットで、地面を離れてテイクオフする。

ブァアアアアン！

「V2、ギア・アップ！」

カウリングが水平線とぴったり合う姿勢に安定させて、忍は着陸脚を上げた。

「ようし忍」

四十八回もやれば、さすがに横風にもめげず、忍の操縦するT３は浜名湖の海側の岸の延長上をきれいに上昇し、トラフィックパターンに入るための左上昇旋回に移っていく。

「そろそろ燃料が最小限度《ビンゴ》だ。これの次の五十本目で、いったん着陸停止《ランプ・イン》しよう」

「は、はい！」

●管制塔

「五十本だと？」

「はい郷大佐」

井出が、管制塔に持ち込んだホワイトボードに『正』の字を書きながら勘定《かんじょう》した。

「次の次で、ちょうどタッチアンドゴー五十本です」

「冗談じゃないっ」

郷は上昇旋回を終えてダウンウインド・レグに入っていく銀色のT３を双眼鏡で追

った。

「普通のパイロット訓練生は、一日にタッチアンドゴーはせいぜい十本だぞ。そんなにやらせたら、死んじまう。何を考えてるんだ森高は！」

●浜松基地　エプロン

ブァアアーン――

忍のＴ３のほかにも、別のクラスの訓練生が飛ばしているＴ３が何機も、同時にトラフィックパターンに入ってタッチアンドゴーを繰り返している。

キィイインッ
その合間《あいま》を縫って、二機のＴ４が午後の飛行訓練に編隊で離陸していく。

離着陸を繰り返す練習機を眺めながら、里緒菜はエプロンの脇の芝生に座ってＴ３のマニュアルを広げていた。

「エンジンランナップは、ええと――」

忍が帰ってきて交代するまでに、せめて離陸前の手順は、憶えておかないといけない。

ぱらぱら

「ええっと……」

里緒菜はマニュアルに書いてある手順に従って、そこにスイッチやレバーがあるつもりで手を動かしてみるが、

「ああ、憶えきれないよ。忍はどうやって一晩でマスターしちゃったんだろう？」

身体全体を使って何かを憶える、という訓練を日常的にやってきた女優の忍と、たらたら短大に通って試験もサークルの先輩の資料のコピーですませてきた里緒菜（名門の女子大ほど教授の高齢化が進んでおり、そういう教授は三種類くらいの試験問題を使い回していて新しい出題は滅多にしない）とでは、操作手順を憶える能率がまったく違うのは仕方がないことだった。

「あー。どうしよう」

マニュアルを芝生に置いて頭を抱えていると、
ひょい
ふいに横から、いちごポッキーの箱が出てきた。

「食べる？」

「え？」

里緒菜は驚いて、自分にお菓子の箱を差し出している飛行服姿の女の子を見上げた。

「あ――」

ていた。

「お昼、食べてないんでしょう？」

オレンジのフライトスーツを着た髪の長い女の子が、里緒菜の脇にしゃがんで笑っていた。

「あ。どうも」

里緒菜はいちごポッキーをもらって、口に入れた。そういえばお腹《なか》が空《す》いている。忍が離陸してからだいぶになる。世間はお昼になっていたのだ。

「ここ、いいかしら」

「あ、どうぞ」

女の子は、里緒菜の隣に腰を下ろした。「どっこいしょ、ああいい天気」とか言って伸びをする。いつも笑っているような目をした子だ。

「わたし、菅野美雪《かんのみゆき》」

女の子は自己紹介した。

「あなたと同じ飛行幹部候補生よ。一年先輩になるけれど」

「あ、あたし睦月里緒菜。昨日《きのう》入ったばかりです」

里緒菜は、先輩にはちゃんと挨拶しておかなくちゃ、と会釈する。

「昨日？」

隣に座った菅野美雪は、不思議そうに里緒菜を見た。

「昨日、入隊したの？」

「はい。昨日の朝」

ポッキーをポリポリかじりながら、里緒菜はうなずく。

「ふうん――」

菅野美雪は、不思議そうな顔で、芝生に座った里緒菜を爪先から頭のてっぺんまでしげしげと見た。

「――べつに、普通の子よねぇ……」

「は？」

里緒菜は、珍しそうに見られる理由が、わからなかった。

「どういう、ことですか？」

美雪は『どうしようかな』と思案の顔をしたが、すぐに、

「あのね、葉月《はづき》さん」

「睦月です」

「ああごめん、睦月さん。あのね、あなたたちには『近づくな』って言われたのよ」

「――え？」

里緒菜は、意味がわからない。

菅野美雪という訓練生は、今年の春に短大を出て入隊した少尉候補生だった。美雪は、里緒菜と忍がほかの訓練生たちからどう見られているかを話した。

「あなたと、あの背の高い色白の子——」

「忍です。水無月忍」

「そう。私たちね、あなたたち二人には近づいちゃいけないって、教官から言われたの」

「え？」

「私たちのクラスはね、今Ｔ４の課程に入るところなの。同期生は男女混合で二十名いるわ。みんな不思議がってる。あなたと水無月さんは突然やってきて、宿舎は別の棟にされて、飛行訓練投入前地上教育も受けずに、いきなり練習機に乗り始めてるって」

「飛行訓練——なんですか？」

「飛行訓練投入前地上教育。候補生は、四月に入隊すると半年間は地上で学科の授業や士官としての基礎訓練を受けて、飛行機に乗り始めるのは秋からなのよ。それなのに、こんな半端な時期に入隊してきて、いきなりその日からＴ３に乗るなんて、普通では考えられないわ。理由《わけ》を訊きたかったけど、あなたたちとは食堂でも同じテーブルで食べちゃいけないって」

「どうして？」

「あなたたち二人は、〈国防機密〉だからって――」

「こ、こくぼうきみつ？」

里緒菜は、訳がわからない。自分は試験を受けて、普通に採用されたのだと思っていた。

美雪は続ける。

「国防機密っていうからには、例えば某国のお姫様をないしょで預かって訓練してるんだとか、いやマインドコントロールを受けた強化人間を実験してるんだとか、みんなでいろいろ噂をしていたわ」

「ま、まさか、そんな――あたし、おとといまで短大生だったんです、普通の。飛行幹部候補生も、横須賀の防衛大で試験を受けました」

「そう」

「採用通知をもらって、忍と一緒にここへ来たんです」

●T3コクピット

バルルルル

（ようし、今度こそ！）

忍はエルロンを傾け、機首を水平線より少し下げてパワーをしぼり、T3を滑走路27《ランウェイ・ツーセブン》の最終進入コースに乗せるべく左降下旋回に入れた。

（高さは――よし）

左目のはじで滑走路の脇の進入角指示灯《PAPI》を捉え、四つ並んだ灯器《ライト》の色が赤―赤―白―白であることを確認する。T3は、今ちょうど正しい降下経路《グライドスロープ》の上にいる。もし滑走路に対して正しい進入角度《パス》よりも低い位置にいると、四つの指示灯の色は赤―赤―赤―白、さらに赤―赤―赤―赤と替わっていき、機首を上げて進入角を修正しないと滑走路に着く前に地面に突っ込んでしまうことを教えてくれる。逆に高いと、指示灯は白くなる。

「進入角はちょうどいいぞ、忍」

「はい」

「航空母艦にも、同じような進入角指示灯《ミートボール》がついている。四つのライトの色が最後まで替わらないように進入できれば、空母にも降りられるようになるぞ」

「はいっ」

「よし、うまくセンターラインの延長上にラインナップさせてみろ」

「はいっ！」

四十九本目のタッチアンドゴーだ。

忍は飛行計器と滑走路のセンターラインを素早く交互に見ながら、Ｔ３の速度と降下姿勢を一定に安定させたままで、滑走路27《ランウェイ・ツーセブン》に横風を修正しながらぴたりとラインナップした。

（ようし、ここまでは、うまくできるようになったわ——）

時々、頭がくらくらするが、がんばって集中した。もう五時間も、ぶっ続けで飛んでいる。

「フラップ、三〇度」

忍はレバーで電動のフラップをフルに下ろし、最終着陸速度の八〇ノットに減速する。フラップを下げると主翼の揚力が増加して、Ｔ３は遅いスピードで進入できるようになるが、同じだけ抗力も増加するのでそのぶんパワーを足してやらないと、正しいグライドスロープから下方へ外れてもぐってしまう。その修正が、難しい。

バルルルル
「よし忍、パワーの修正量も適切だ。指示灯の色は少しも替わらないぞ」

「はいっ」

すでに汗も出尽くして、身体には水分がないみたいだ。

「ランディング・チェックリストをやります」

ギアやフラップがちゃんと出ており、プロペラピッチが進入復行に備えて〈ハイRPM〉にセットされていることなどを、計器や滑走路から目を離さずに、チェックリストに従って素早く点検する。

（わたし、よく保《も》つなあ……）

忍はチェックリストをやりながら、自分でふと感心した。これと似たことでは、女優として二時間半の舞台を昼《マチネ》と夜《ソワレ》の二部公演で一日五時間こなしたことがあった。やはり、憶えた台詞と振り付けを、演出家の指示どおりにぶっ続けで演じるのだ。でもその時は、舞台のそでに引っ込んで水を飲む暇はあったたし、昼の部がすんでから夜の開演までに二時間ほど横になって休むことができた。T３のタッチアンドゴーは、はっきり言って舞台劇より大変だった。

『〈レディバード1《ワン》〉、クリア・フォー・タッチアンドゴー』

「ラジャー」

もう管制との交信も、忍が全部やっていた。

「教官、ランディング・チェックリスト完了しました」

「よし行け！」

「はいっ」

滑走路が、目の前に迫る。

（今度こそ、狙った接地点に着けるんだ！）

忍は滑走路末端を通過しても、白い接地帯標識から目を離さず、Ｔ３が滑走路面にぶつかりそうになるぎりぎりまで機首の姿勢を保ち続けた。

路面がぐんぐん近づく。

これまで繰り返したタッチアンドゴーでは、地面に突っ込むのが怖くて高いところで引き起こし操作をしてしまい、初めのうちは接地帯をはるかにオーバーして滑走路の真ん中あたりに着地したりした。教官の美月は、海軍機は空母に降りるのだから、狙ったところに機の両脚を叩きつけなければ駄目だと言う。艦上戦闘機は、旅客機とは降り方が違うのだ。

定期路線を飛ぶ旅客機は、だいたい毎分七〇〇フィートくらいの降下率で滑走路へ進入してきて、滑走路上三〇フィートの高さで引き起こしをして、降下率を毎分二〇〇フィートくらいにゆるめて着地している。普通の人が旅客機の座席で体験する着地ショックは、毎分二〇〇フィートの降下率で主車輪が接地した時のものなのである。しかしそういう快適な着陸をすると、着地直前で降下角がゆるくなるため、たとえ滑走路の手前から三〇〇メートルのところを狙って進入しても、実際に主車輪が接地するポイントはそこから一〇〇メートル以上も前方へ延びてしまう。そんな着地をしていたのでは、艦載機は航空母艦のアレスティングケーブルを着艦フックで引っかけることができず、アングルド・デッキをオーバーして海に飛び込んでしまうのだ。もちろんぜんぜん引き起こしをしなければいくら軍用機でもクラッシュしてしまうから、接地する直前に機体と乗員が壊れない程度に操縦桿を引くのだ。

バルルルル――

（まだまだ――ようし今だっ）

ぐいっ

忍は操縦桿を引き、同時にパワーをカットする。

「えいっ」

ふわっ

「あっ！」

Ｔ３は接地帯標識の真上で下に降りるのをやめ、ふわりと浮いて白いマーキングを飛び越し向こう側に着地した。

どすんっ

「引きが強すぎるっ！」

「は、はいっ」

忍は、十分に滑走路を自分に引き寄せたのだが、地面に近づいたのが怖くて、つい操縦桿を強く引いてしまったのだ。

「これじゃ4番目のDケーブルにも引っかかりゃしない！」

「はい、申し訳ありません！」

「あたしにあやまってどうする！　あんたはまた海に落ちたんだよ。最後はちゃんとやれ！」

さっきから接地帯をオーバーするたびに、美月に『海に落ちた』と言われ続けていた。

「今度こそ、ちゃんと着けますっ！」

忍は大声で答えながら、フラップとトリムを離陸にセットする。

「ご、五十本目っ！　マックスパワー！」

●エプロン

菅野美雪は、里緒菜が某国のお姫様でもなくニュータイプの強化人間でもないということがわかって、少し拍子抜けしたようだった。

「なあんだ、睦月さん普通の女の子なのね。海軍の臨時試験採用か何かかしら？」

「さあ……そんなところじゃ、ないんでしょうか？」

里緒菜は、実は自分と忍が二人だけで急に入隊させられたことを、自分でも不思議に思っていた。でもこれ以上、先輩から変な目で見られたくなかったので、まだ十一月だというのに総理大臣命令とかで短大の学長が〈特別卒業証書〉をくれたことは、黙っていた。

「睦月さん、学校はどこだったの？」

「広尾《ひろお》の聖香愛隣です」

「なぁんだ、お隣じゃない。私は帝都東京女学館《ていとうきょうじょがくかん》だったのよ」

「あっ、そうなんですか」

里緒菜は、話題が学校のことになったので、ほっとした。

聖香愛隣女学館と帝都東京女学館は、同じ渋谷区広尾の高台にあるのだ。

「菅野さん、やかたなんですかぁ」

「懐かしいわ。睦月さん、〈ビジランティ〉っていうアイスクリームカフェ、知ってる？」

「〈ビジランティ〉なら知ってるも何も、毎日通ってました」

「あそこのカフェラッテ二百円」

「そう、クリームいっぱい泡立てて、カップが大きくて、得した気分ですよね」

里緒菜は、菅野美雪が、ニコニコしているけれどもなんとなく薄気味悪かったので、なるべく他愛《たあい》のない話題に持っていこうとした。里緒菜のカンは正しくて、実は菅野美雪は顔は可愛いけれど後輩をおどかしては泣かせるのが趣味だと、浜松基地では有名なのだった。

「そうそう、それでアクロバットやった時ね」

アイスクリーム屋の話はすぐに終わって、菅野美雪はT３のフライトの話をし始めた。

「キリモミをしたのよ。そうしたらさ、気持ち悪くって」

「キ、キリモミ、ですか。はは――」

里緒菜の頬を、冷や汗がたらっと流れた。

「そーよー、あたし怖くって気持ち悪くって、もう、もーれつに吐いちゃった！」

『もーれつに』のところにことさら臨場感を込めて、美雪は表現した。

「うえぇっ、うぐぇぇっ！って、こんな感じよ」

やな女だなー。

――『睦月候補生、怖いかっ』
『きゃーっ、きゃーっ』
『怖いのはこれからだ！　それっ』
『死ぬっ死ぬっ、死ぬーっ！』

里緒菜は昨日のしごきを思い出して、気持ち悪くなってきた。

(今日はタッチアンドゴーをやるらしいからいいけど、思い出しちゃったじゃないの。やな女だなー、早くどっか行かないかな)

だが菅野美雪は、暇なのか何か知らないけれど、昼休みが終わっても里緒菜の隣から立とうとしなかった。

「それでね、あたし吐いちゃって、もう計器盤の上、おかかかお好み焼き」

「お、おかかか好み焼き?」

「そうよ。それもただのお好み焼きではないわ」

「えっ?」

「広島風のおかかか好み焼きなのよ。マヨネーズがいっぱいかかったような」

「ひ、ひぇぇ」

里緒菜は本当に気持ち悪くなって、酸《す》っぱい胃液が込み上げてきた。

(う、うぐっ、気持ち悪い。キリモミなんて金輪際《こんりんざい》やりたくないよ)

バルルルル!

そこへ、五十本のタッチアンドゴーをこなして燃料を使い果たした忍のT3が、ランプ・インしてきた。

「あっ」

里緒菜は救われたように立ち上がった。

「菅野さん、お話ありがとうございました。あたし、フライトですから！」

里緒菜は草の上に置いてあったヘルメットを取り上げると立ち上がった。物足りなさそうにしている菅野美雪から逃げるように、パラシュートのストラップを手に持って引きずりながら走っていく。

（あー、やだやだ――）

森高教官のしごきのほうが、陰湿でないぶん、いいや。

バルルルル
キュン、キュン――

整備員の誘導でパーキングポジションに停止した銀色のＴ３は、プロペラをストップさせた。

キャノピーが開き、前席から汗も精力もしぼり尽くして、目だけが光っている水無月忍が整備員に助けられて降りてくる。

「はあ、はあ」

忍――？

里緒菜は、忍が地面に降りるなり、立っていられずエプロンにひざをついて息を切らし始めたのでびっくりした。

「はあ、はあ、はあ」

「忍、大丈夫？」

駆け寄ると、

「里緒菜、疲れた――」

「え」

どたっ
「忍！」

忍はそのままエプロンのコンクリートの上に倒れ、
ぐーっ
ぐーっ
美人に似合わぬいびきをかいて、寝てしまった。

「忍――」

里緒菜は声も出ない。

〈千本タッチアンドゴー〉がどのくらいきつかったのか、想像もつかなくて、また冷や汗が出た。

「睦月候補生！」

びくっ

頭上の声に顔を上げると、停止したプロペラの向こうで、後席のキャノピーを開け放した美月が、中嶋整備班長に頼んでおいたおにぎりとジャワティー・ストレートをぱくぱくグイグイやっていた。

「燃料を補給したら、あんたの番だ。パラシュートしょって、前席にお乗り！」

「は、はい」

里緒菜はメカニックに手伝ってもらって、パラシュートと装具類を着けると、よろけながらステップをのぼってT3のコクピット前席にはまり込んだ。

どさっ

「睦月里緒菜。燃料が入ったらすぐエンジンスタートだ。手順は憶えたね？」

「え——？ は、はい」

一応、憶えたつもりではいたが、

(な、なんだか、本物の計器盤を前にすると、何をどうするんだったか、忘れちゃいそうだわ)

T3の両翼のタンクに航空ガソリンが満杯になるまで、十分とかからなかった。その間に、倒れた忍は担架で医務室へ運ばれていった。「なに、二〜三時間寝かしときゃ、また元気になる」と美月は言う。

「よし、里緒菜」

おにぎりを食べ終えた美月が、手袋をはめて「えーと、えーと」とコンソールを見回している里緒菜に宣告した。

「あんたは、忍とは別メニューだよ」

「は？」

里緒菜は、セットアップの手を止めて、後席を振り返った。

「あのう教官、飛行場の周りでタッチアンドゴーをするのでは、ないんですか？」

美月はちっちっと指を振った。

「里緒菜、あんたは、まだそれ以前の段階だ」

「そ、それ以前って――？」

いやな予感がした。

それ以前の段階――って、まさか……

「あんたは飛行機に対する恐怖心を、まず克服しなければいけない。だから今日は、訓練空域に出て〈千本キリモミ〉をやる！」

い、今なんて――？

「せ、千本キリモミ？」

「今日は日が暮れて燃料がなくなるまでキリモミだ！　あんたが飛行機を怖がらなくなるまで繰り返すから、覚悟おし」

「うっ、うっ」

「では睦月候補生、さっさとエンジンをかけろ」

「うそぉーっ」

「文句を言うな、早くやれっ」

思わず機体の横を見たが、こういう時にいつも励ましてくれる忍は、担架で運ばれて、もういなかった。

「さっさとマスタースイッチを入れろ！」

「ひ、ひ〜ん、ひ〜ん」

「泣くなっ」

里緒菜は、菅野美雪にいやみを言われるほうが、まだましだと思った。

〈episode 09につづく〉

episode 09
世界中の、誰よりもきっと〔前篇〕

●浜松沖　海軍演習空域R《レンジ》144

　ブァアアアーン

　オレンジ色の冬の夕陽が、遠くシルエットになった紀伊半島《きいはんとう》に隠れて沈むまで、何度も何度も何度も何度も、ひつこくひつこく上昇しては急旋転降下――きり揉みを繰り返す一機の単発小型機があった。

「そぉら三十本目だーっ」
「ぎゃあああ〜っ、もう死ぬ、死ぬ〜っ！」

　睦月里緒菜を前席に乗せた、森高美月操縦のＴ３初等練習機である。
　着艦フックを尾部につけた海軍仕様のＴ３は、燃料がなくなってあたりが暗くなると、主翼を九〇度バンクに入れて海岸線の方向へと引き返し始めた。

　バルルルル――

「ひ～ん、ひひ～ん」

「里緒菜っ、キリモミ三十本くらいで泣くんじゃないっ」

後席で操縦桿を握る美月は、二人の訓練生を朝からしごきまくっていいかげんくたびれきっていた。

「ひ～ん、ひ～ん」

「あんたのせいで喉が嗄れちゃったよ、あたしは」

帰投していくT３の前部操縦席計器盤は、お好み焼きどころの騒ぎではなかった。

（あ～あ、帰ったら中嶋整備班長に怒られるなあ――）

里緒菜に操縦を教えることは、午前中に水無月忍にタッチアンドゴーをやらせた時よりも、一〇倍くらい大変だった。里緒菜はパイロットになりたくて飛行幹部候補生を受験したくせに、飛行機を怖がるのである。

「――ったくもう、睦月里緒菜」

「ひ、ひん」

「いいか。あんたは戦闘機パイロットになるんだよ。キリモミくらい怖がっていてどうする」

「らって、らって」

「こうなったら怖くなくなるまで、明日もあさってもずっと訓練空域でキリモミやるからね。覚悟おし」

「ひっ?」

里緒菜の背中がびくっとして、後席を振り向く。

「あ、あひたもあはっても、るっとひりもみれすか?」

「そうだ」

まったくどうして、こんな怖がりの女の子が戦闘機パイロットになろうだなんて、思いついたのだろう? 美月は不思議でならなかった。美月は、里緒菜が忍につられて、ものの弾《はず》みで帝国海軍を受けたことなど知らなかった。

「里緒菜、あたしは上からの命令でね、あんたと忍をどうしても三カ月で〈ファルコンJ〉に乗せなきゃならないんだよ。そのためにこの基地へ来たんだ。いやだったけど、一度引き受けた仕事はやりぬくつもりだ」

美月は、後席を振り向いてぶるぶる震えている里緒菜に、言い切った。

「一度やりかけた仕事は、必ず時間内にカタをつける。それがパイロットだからね」

1

●浜松基地　士官候補生食堂

がやがやがやがやがや

　里緒菜のT3が日の暮れた浜松基地のエプロンへランプ・インすると、医務室で二時間ほど眠ってすっかり元気になった水無月忍が出迎えてくれた。二人はシャワーを浴びると、連れだって基地の士官候補生食堂へ出かけた。

　二人とも、お昼をほとんど食べていなかった。忍はコクピットを降りるなり倒れてしまったし、里緒菜は朝食べたごはんも菅野美雪にもらったいちごポッキーも、きり揉みの最中に全部戻してしまっていた。

「うー」

白い士官候補生の制服の里緒菜が、立ち止まってお腹を押さえる。

「里緒菜、大丈夫？」

「あ、あんまり大丈夫じゃないよ——忍」

里緒菜はやっとまともに口がきけるようになったが、気分はとても悪かった。目の前で紀伊半島と浜松沖の海面が、まだくるくると回転していた。

「目をつぶると水平線が回転して——うっ」

「大丈夫？」

基地の渡り廊下でふらっとよろけた里緒菜は身体をふたつ折りにしてしまうが、胃の中には戻すものがもう何も残っていなかった。気分は悪かったが、お腹だけは猛烈に空《す》いていた。

がやがやがや
大勢の訓練生でにぎわう、体育館のような士官候補生食堂に入ると、二人を見つけた給仕係の軍曹が「あっ、お二人はこちらです」とみんなから離れたテーブルへ忍と里緒菜を案内して連れていった。

白いクロスがかかった円《まる》いテーブルに、二人はぽつんと腰掛ける。五〜六人は座れる大きさのテーブルだが、二人きりだった。

「ああ、お腹が空いたわ」

忍は笑って、テーブルの上のお茶を里緒菜に注《つ》いでくれたりするのだが、

「――」

里緒菜はふと、昼間の菅野美雪の言葉を、思い出してしまった。

――『同じテーブルで食べちゃいけないって』

里緒菜は、きょろきょろとあたりを見回した。

――『あなたたち二人とは、食堂でも同じテーブルで食べちゃいけないって』

(どういう、ことなんだろう……？)

昼間、菅野美雪に言われたことが、頭の中に引っかかっていた。

(……あたしたちと、話をしちゃいけない――？)

里緒菜は、確かに自分と忍がほかの訓練生たちと離れた、声をかけるのにはちょっと遠いような隅《すみ》のテーブルに座らされたことを確認して、不思議に思った。訳もわからず入隊した昨日は気がつかなかったが、確かに昨日も今日も、食堂に入ると給仕係が目ざとく自分たちを見つけて寄ってきて、隅の隔離されたようなテーブルへ連れて

いってしまうのだ。

――『あなたたちは、国防機密だからって』

(国、防、機密、機密――?)

『国防機密』って、なんのことだろう?

「里緒菜、どうしたの?」

「あ。ああ、ねえ忍、変じゃない? あたしたちだけ、こんな隅のテーブル」

だが忍は気にも留めなくて、

「新入りだからじゃない? テレビドラマの撮影でも、お弁当は同じだけど新人のタレントは、ベテランの大女優の人とは違うテーブルで食べるわ」

すぐに白い上着を着た給仕係の軍曹が、夕食の料理のワゴンとごはんの入ったおひつを運んできてくれる。士官候補生の夕食は、帝国海軍の伝統でテーブルマナーの実習を兼ねている。給仕が料理を運ぶので自分で取りにいかなくていいが、その代わりナプキンをひざに置いて、姿勢を正してナイフとフォークできちんと食べなくてはいけない。

カチャカチャ

テーブルの脇にやってきたワゴンには、海軍航空隊のパイロット向け特別メニューとして、三〇〇グラムのステーキにじゃがいも、アラスカ紅鮭《べにさけ》のグリル、帆立貝《ほたてがい》のグラタン、ウニ入りのオムレツ、ほうれん草のバター炒《いた》めにポタージュスープ、サラダ、それに五〇〇ccの牛乳が載せられていた。ごはんは、テーブルにおひつをひとつ置いてもらって、丼《どんぶり》で好きなだけ食べてよい。料理が全部ナイフとフォークなのにごはんだけ丼なのは、『めしは丼で食ったほうがうまいに決まっている』という、雁谷司令のポリシーの表れであった。

「わあごちそうね。ありがとう」

忍が笑顔で言うと、お皿を並べてくれた若い軍曹は、「とんでもありません」と頬を赤くした。そして、まだ十代らしい軍曹は小さな声で、

「あ、あのう忍さん、サインをもらっても、いいですか？　僕ファンなんです」

「いいわよ」

忍は笑って、軍曹が目立たないように差し出した五インチの白いお皿に、マジックでサインしてあげた。

「あ、ありがとうございます」

感激している坊主頭の軍曹に、里緒菜が声をかけた。

「ねえ軍曹」

「は、はい」

里緒菜は広いホールのような食堂を見渡して、

「どうしてさ、あたしたち二人だけ、こんなはじっこの席なの？　あっちのほうにもテーブルはいっぱい空《あ》いてるわ」

「あ、いや、それはですね——」

軍曹は、坊主頭を掻いた。

「——自分にも、よくわからんのです。雁谷司令からじきじきの指示でして。水無月候補生と睦月候補生を、なるべく隔離せよと……」

「司令の——指示？」

●高知沖《こうち》　空母〈翔鶴〉　艦内特殊大格納庫

ズンズン、ズン
ズンズン

ビートの響きが、艦内の四層をぶちぬいた特殊大格納庫の空間にこだましている。

（はー）

日高紀江は、六本木で一番大きなクラブの軽く二〇倍はある巨大な空間を見上げて、ため息をついた。

（おっどろいたなあ、空母をクラブにしちゃうなんて――）

ここ特殊大格納庫では、空母〈翔鶴〉のオーバーホール竣工記念大ダンスパーティが、今にも開場されるところだ。〈究極戦機〉担当のメカニックたちが高所作業用クレーンで音響装置の最終調整を急いでいる。ＢＯＳＥ《ボーズ》の一番大きいスピーカー一六基を大格納庫の天井に設置し、中央に鎮座《ちんざ》する〈究極戦機〉の格納容器に一度音をぶつけて、この東大寺大仏殿《とうだいじだいぶつでん》のような大格納庫全体に反響させる仕組みらしい。

「どうかしら？　この会場」

驚いて見上げている紀江の背中に、渚佐が訊いた。

「魚住さん――」

振り向いた紀江は、渚佐を見てまたびっくりする。

「――その衣装、すごい」

渚佐は、前の大きく割れた黒いロングスカートのドレスを着て、髪をアップに結《ゆ》い上げ、スパンコールのショールを首に巻いてまつ毛に銀粉を散らしていた。

「パーティだもの。お洒落《しゃれ》しなくちゃ。日高さんも着替えなさいな」

「いいんですか？」

「女子クルーは全員、服装自由よ。ミニスーツでもなんでもいいわ」

「えっ、じゃあたし、着替えてきます」

「早くね。パーティは十分後に始まるわ」

●〈翔鶴〉士官居住区　通路

個室に戻って、紀江は一番のお気に入りのピンキー・アンド・ダイアンに着替えた。

(──まさか航空母艦に赴任して、これ着られるなんて思ってもいなかったわ)

P&Dは、紀江が女子大生の頃から贔屓《ひいき》にしているブランドだ。海軍の制服から真っ赤な超ミニのワンピースに着替えると、なんだか紀江は〈本来の自分〉に戻れたような気がして、ワンピースと同じ赤のハイヒールで艦内の通路をスキップしながら戻っていくのだった。

と──

しくしくしくしく
そのすすり泣きを耳にしたのは、士官居住区から大格納庫へ戻る途中の、人気《ひとけ》のない第三層通路の真ん中だった。

(え?)

紀江は立ち止まった。

しくしく――

確かに、聞こえる。

「なんだろう、気味が悪いな――」

かつて太平洋一年戦争を生き抜き、艦齢半世紀にして〈レヴァイアサン〉に沈められた空母〈赤城〉には、お化けが出たという。しかしこの〈翔鶴〉は最近できたばかりの最新鋭艦だ。まだこの艦に乗っていて死んだ人も、いないというし――

しくしく、しく
真っ暗な横の通路の奥から、すすり泣きは聞こえてきた。

「な、何かしら――あっ？」

紀江が怖いもの見たさでおそるおそる覗くと、ミサイル弾薬庫の二重気密扉の前で、黒い髪を肩に垂らした手足の長いスレンダーな女の子がうずくまるようにしてタロット占いをしていた。

「しくしくしく」

「あ、あなたは――」

眉のきりっとした、黒目がちで長い黒髪の美しい娘。今はその目が、涙で濡れている。その横顔に見覚えがあった。

「――吉野少尉？」

はっ、とロングヘアの美女は泣きはらした顔を上げ、紀江に気づくとまるで秘密の儀式を見られた魔女のように、並べていたカードを隠した。

「み、見ないでください」

「あなた、吉野少尉よね、F18飛行隊の？」


――『降ろしてしまえ！』


「吉野少尉、こんなところで何をしているの？」

「な、なんでもありません」

「なんでも、って――」

吉野少尉は、誰もいない弾薬庫の気密扉の前の床に蠟燭《ろうそく》を立てて、しくしく泣きながらタロット占いをしていたのである。


――『なんだあの進入は！』

紀江は、吉野希未子《きみこ》少尉が今朝この空母に帰ってきた時、まともに着艦できずに飛行隊長や艦長からひどく怒られていたところを憶えていた。

（艦長、あの着艦見ながら怒ってたもんなあ――）

あの時、いったんウェーブオフした吉野少尉のF18ホーネットは、トラフィックパターンを一周してもう一度、着艦進入態勢に入った。しかし――

ふらふらふらふら
「なんだあの進入は！」

双眼鏡を顔につけた押川艦長は怒鳴った。

吉野少尉のF18は、最後までふらふら蛇行しながら〈翔鶴〉の着艦用アングルド・デッキに進入し、やっとのことで四本目のアレスティングケーブルを尾部の着艦フックで引っかけると、海に飛び込む寸前で停止したのだ。

「なっとらん！　おい、吉野が今度あんな着艦をしたら、かまわん飛行停止にしてホーネットから降ろしてしまえ！」

あのあと、紀江は渚佐と一緒に艦橋から下りて、飛行甲板で艦載機の収容作業を見学したのだが、パーキングしたホーネットの機体の前で、しゅんとしているロングへアの女性パイロットの姿は遠くからでもよく目立った。

「魚住さん、あれが、吉野少尉ですか？」

「そうよ」

ヘルメットを脱いだ吉野希未子は、両の目を真っ赤に泣きはらしていた。遠くからでも目立ったのは、彼女がモデルのようにシルエットがきれいで、女の紀江から見てもちょっと相当に美人だったからである。

紀江は感心した。魚住渚佐といい吉野希未子といい、こんな美女たちがどうして航空母艦に乗っているのだろう。六本木でモデルでもやれば、ずっと楽に暮らしていけるのに。

「はー……なんか、魚住さんもショーモデルだったたっていうけど、あの子なんか化粧品会社のキャンペーンガールやったっておかしくないですね」

渚佐はフフ、と笑った。

「日高さん、女の子好き？」

「え、いえ。女の目から見ても、きれいだなって」

「そう。わたしと同じ趣味かと思っちゃった」

「えっ」

「冗談よ」

渚佐はまた笑って、

「ほらごらんなさい。吉野少尉の〈悩みの原因〉が来たわ」

「え？」

そういえば、上陸休暇《ショア・リーヴ》中の男とのトラブルって、なんだったんだ？　紀江は国防総省に勤務していた頃、外部情報チェック業務と称してテレビの昼間帯一般情報番組（つまりワイドショーだ）をスーパーコンピュータＪＣＮ８０００に命じて録画させ、オフィスの自分のＯＡデスクへ送らせて熱心に精査《せいさ》していたくらい、その手の話題が大好きであった。

「〈悩みの原因〉？」

「見ててごらんなさい」

紀江と渚佐は、アイランドの下に立って、その光景を眺めていた。パーキングする艦載機の列の後ろから、サングラスをかけたグリーンのフライトスーツのパイロットが現れる。一瞬、もう一人女性パイロットがいたのかと思ったが、それはヘルメットを脇に抱えた、少年のように細いしなやかなプロポーションをした若い男のパイロットだった。

「士郎大尉よ」

「えっ」

紀江は、目をこすった。

機体の間をすたすた歩いていくそのパイロットの姿は、まるでスタジオの舞台装置の中を歩くジャニーズ事務所の少年アイドルのようだった。長めにカットした髪が、豊後水道の陽光にきらきら光るようだ。

「あの人が、〈翔鶴〉の飛行隊長なんですか——?」

「若く見えるでしょう? 実際、まだ二十六だそうだけど」

「ねえ魚住さん、もっと近くに行ってみましょうよ」

爆音で、二〇メートルも離れるともう話が聞こえない。

「好きねぇ」

「いいからいいから」

紀江と渚佐は、S3Jヴァイキング対潜哨戒機《たいせんしょうかいき》の機体の陰に隠れて、少年のような士郎信之《のぶゆき》が吉野希未子の前に立つのを覗いていた。

士郎大尉は、長いコンパスの脚でしょんぼりしている吉野希未子の前に立った。背はそれほど高くない。全体にほっそりと華奢《きゃしゃ》で、女性と見まごうようなシルエットだ。

「ひゃー、美形……」

思わず紀江の口からため息が漏れた。

前髪から覗く切れ長の目。士郎信之は空母乗りのパイロットの例に漏れず陽灼けしていたが、元は色白だったのだろう、口紅でも塗っているんじゃないかと思うくらいくちびるが紅い。細長い繊細な指で前髪を掻き上げると、自分と同じくらいの背丈がある吉野希未子に「吉野」と呼びかけた。「——はい」吉野希未子は泣きそうな目で士郎を見る。士郎は多くを言わなかった。

「吉野。やる気がないのなら、やめてしまえ」

それだけで、士郎大尉はすたすたと歩いていってしまった。

「──吉野さん、あなた、士郎大尉が好きなんだって？」

タロットカードの束《たば》を抱き締めるように隠している吉野希未子に、紀江は言った。

「魚住さんに、聞いたんだけど──」

「え。あ──」

黒髪の美人は、まだ少女の面影《おもかげ》を残している。短大を出て海軍のパイロット養成コースを卒業したばかり。年はまだ二十二かそこらだろう。

「ごめんね。でもあたし、あなたが着艦するところから見ていたから……ちょっと気になっちゃって」

「か、かまわないでください」

──『あの子、暗いのよ』

渚佐は、士郎が行ってしまったあと、F18の2番外装品取り付け点《ハードポイント》に装着された

Mk《マーク》76金属箔散布装置《チャフ・ディスペンサー》にすがりつくようにして泣いている吉野希未子を指さして、言ったものだ。

「あの子ね、士郎大尉が好きらしいんだけど、言えないのよ。引っ込み思案《じあん》で」

「あんなに美人なのに？」

「美人と性格は、あまり相関関係ないわ」

「そうなんですか」

「ホーネットのパイロットになれたんだから、才能はあるんでしょうけど、自信がないらしいの。『好きだ』って言えないらしいの」

「美人で才能あるのに、自信がないんですか？」

「A型の女の子には、そういう子が多いわ」

「あたしの友達にはいなかったなあ、そういう子。顔なんか多少悪くても、脚さえきれいなら鼻高々《たかだか》っていうやつはごろごろしてましたけど」


渚佐は、毎回上陸のたびに吉野少尉が落ち込んで帰ってくる理由《わけ》を、教えてくれた。吉野希未子は士郎信之が好きなのだが、士郎は希未子に対して、飛行隊長と自分の編隊のパイロットという人間関係を絶対に崩そうとしない。それとなくモーションをかけても駄目。見向きもしない。上陸休暇《ショア・リーヴ》の時も、隊員たちと将校クラブへは出かけるが、酒は飲まない、女の子はそばに寄せつけないで、いったい何が楽しみで生きてるのかわからないようなやつなのだった。

　元美少年ということでそっちのほうの趣味があるのかと疑ったが、そうでもないらしい。士郎大尉は、ただ戦闘機に乗るのが好きで、女なんかそっちのけ、今はどんな可愛い女の子より、自分の飛行機にお熱《ねつ》らしいのだった。

「だからね、吉野少尉は上陸してみんなで将校クラブへ行くたびに、寄ってくる地元基地の男たちとこれ見よがしに遊んでみせて、挑発するんだって。でもあの調子じゃ、今回も士郎大尉は彼女のほうを見てくれなかったようね」

「そんなことしないで、面と向かって訊けばいいじゃないですか。自分のことを、どう思っているのかって」

「そういうことのできない女の子も、世の中にいるのよ」

「なんか暗いなぁ」

　なんて回りくどくてまどろっこしいやつなんだろう。

「そう。あの子、暗いのよ。すごくきれいなのにね。吉野少尉のカラオケの十八番《おはこ》知ってる？　西島三重子《にしじまみえこ》の〈池上線《いけがみせん》〉よ」

　紀江は、うっとうめいた。

「そ、それは暗い」

でも、自分だって失恋した時は「へこっち向いて振り向いてよ　心から叫んでるのに」と柴田淳《しばたじゅん》を歌ったりしているのだから、他人《ひと》のことは言えなかった。恋に悩んでいる時は、どんな女の子でも暗くなるのかもしれない。

「かまわないでください」

吉野少尉は、紀江を振り切って通路を行こうとした。

「待って」

「いいんです、かまわないでください」

「ほうっておけないわ」

紀江は、走って逃げようとする吉野希未子の背中に叫んだ。

「吉野さんあなた、西島三重子の〈池上線〉が十八番《おはこ》だって、本当?」

ぐさっ

まるで見えない魔法の槍《やり》を背中に突き立てられたように、すさまじい音を立てて吉野希未子の後ろ姿がのけ反った。

「ど、どうしてそれを……」

「あなた、自分のことをかわいそうな女だって思い込んで、酔《よ》ってない? こんなところで泣きながら占いなんかしてるより、正面からちゃんと『好きだ』って言えばいいじゃない」

「それができれば、苦労はしません」

　立ち止まった希未子は、下を向いて頭を振った。

「立ち向かわなきゃ、幸せは来ないよ」

　すると希未子は狭い艦内通路にしゃがみ込んで、さめざめと泣き始めた。

「どうせわたしは、不幸な星の下《もと》に生まれたんです。わたしなんか、わたしなんか……」

「あなた、自分の女としての魅力に、ちゃんと気がついているの？」

「え――」

　希未子は、真っ赤なピンダイで決めた紀江を見上げた。

「そ、それは……でも士郎大尉は、わたしのほうを見てくれません」

「そんなこと、絶対にないよ。おいで」

●紀江の個室

　どうしてそんなことをしてしまったのか、わからない。その時、紀江は海軍中尉の日高紀江でなく、フェリス女学院で〈六本木の女王〉と呼ばれ、友達の恋の相談に乗ってあげていた頃の女子大生の紀江に戻っていた。久しぶりに着た、真っ赤なミニのワンピースのせいかもしれない。

「背丈は、あたしより高いけど——脚が長いだけだよね。サイズは大丈夫」

「え」

紀江は自分の個室に吉野希未子を連れ込むと、クロゼットからP&Dのコレクションを取り出してベッドに広げた。空母に赴任するのにミニのワンピを何着も持ってくるなんて何を考えているのかわからないが、紀江は急に異動の辞令をもらった晩、頭にきながら徹夜で荷造りしたためついついふだん着ている服をたくさん詰め込んでしまったのだ。

「ほら、これ着なさい」

紀江は、スレンダーで出るところは出ている希未子に一番似合いそうな、黒の超ミニを選んで渡した。

「これ、腹巻きですか？」

「ワンピースだよ」

「嘘」

「嘘って——あなたこういうの着たことないの？」

「わたし——」

希未子は下を向いて恥ずかしそうに、

「わたし、阿蘇山《あそさん》の牧場で育ったんです。こういう服は、着たことありません」

「じゃ、クラブは？」

「行ったことありません」

「じゃ、お立ち台とかも、乗ったことないの？」

「お立ち台って――熊本県知事選挙で候補者の人が乗っかる、あれですか？」

「あー……」

●特殊大格納庫

ズンズン
ズン、ズン
特殊大格納庫は、まるで東大寺の大仏殿を飾りつけてクラブにしてしまったようだった。中央に鎮座する〈究極戦機〉の巨大な格納容器にも装飾がされ、白銀のスペースチタニウムの表面にレーザー投光機が、踊る七色の立体映像を描いている。それはあたかも昭和末期にウォーターフロントに出現し、湾岸戦争《わんがんせんそう》とともに潰れ、〈バブル景気のポンペイ遺跡〉と呼ばれたMZA有明《エムザありあけ》を一〇〇倍も迫力的にしたようなモニュメントであった。

ついていく。

「始まってるわ」

ピンダイで決めた紀江と希未子は、大格納庫へ入っていく。希未子は九センチのピンヒールなんて生まれて初めて履くので、紀江のあとをつんのめりそうになりながらついていく。

ズンズン、ズン

ビートの響きを身体で感じると、紀江はまるでリューマチ患者が温泉に浸《つ》かった時みたいに、心の底からリラックスしてほっとしてくる感じだった。

（ああこの解放感。あたしの世界だわ）

若い乗組員たちが、回転乱舞するレーザー光線に照らされながら、踊りまくっている。

希未子の手を引っ張って中央のダンスフロアへ行こうとすると、臨時に造られたバーカウンターにもたれて、魚住渚佐がカクテルを飲んでいた。

「日高さん」

「あら」

渚佐はグラスを挙《あ》げた。

「素敵よ、二人とも」

渚佐は「飲み物はいかが？」と誘う。

士官居住区から走ってきて、ちょうど喉の渇いていた二人は、バーテンダー役の艦内食堂料理長に頼んでバーボンのノンカロリーコーク割りライム入りという飲み物を作ってもらって、ごくごくと飲んだ。

「ぷはー」

「げほ、げほ」

「ほら、気をつけて飲むのよ」

紀江はむせ返る希未子の背中をさすってやりながら、巨大なクラブと化した特殊大格納庫を見渡した。〈究極戦機〉の、白銀の巨大な種子のような格納容器はレーザーでぼうっと浮かび上がって、まるで太古の神殿のご神体みたいだった。

「すごいなぁ、レーザーホログラフィ」

「レーザー技術なら、民間よりはるかに進んでいるもの」

「でも魚住さん、いいんですか？　国防機密の超兵器にあんな飾りつけして、クラブの置物にしちゃうなんて」

「いいのよ。どうせあれは当分、動かないんだから」

「え？」

「いいから。仕事の話は明日するわ。踊っていらっしゃい」

渚佐は〈究極戦機〉格納容器の台座の前を指さす。

「ほらあそこ」

「え？」

「メカニックの人たちに頼んで、用意してもらったわ」

「あ——あれは……」

お立ち台——？

やった！

しかも、誰も踊っていない。

「ちょっと踊ってきます！」

紀江は、まるで海水浴に来て海を目の前にして、居ても立ってもいられない男の子みたいに、希未子の手を引っ掴むと「行こう！」と駆けだした。

●浜松基地　士官候補生宿舎　忍の部屋

「なんか、おかしいわ。忍」

食事を終えて、部屋で早々と（基地のＰＸで買った）パジャマに着替えた里緒菜が、椅子に座って枕を抱《だ》っこしながら言った。

「司令じきじきに、あたしたちを隔離しろなんてさ」

「――うん」

「だいたい、あたしたちはどうしてほかに同期生がいないの？　考えてみれば、いるわけがないのよ。一緒に受けた人たち、まだ大学に通《かよ》ってるんだもん」

「――うん」

「あたしがこの間もらった〈特別卒業証書〉だけどさ、総理大臣の命令があって、学長が特別に出したんだって。あの木谷首相が、どうしてあたしなんかを、特別に指名して無理やり卒業させなければならないの？　――ねえちょっと聞いてる？」

「――え？」

忍は、壁のパネルに向かって手を動かすのをやめて、里緒菜を振り向いた。

「あ、ごめん里緒菜。聞いてなかった」

忍はさっきから壁に貼りつけたコクピットのパネルに向かって、飽きもせずにタッチアンドゴーの手順を繰り返していたのだ。時々は目をつぶって、右手を操縦桿を握っている形にして、滑走路に接地する瞬間のフレア操作の感覚をイメージしたりしていた。

「もう。聞いてよ」

「ごめんね。もう少しで、狙ったところへの着陸が、できそうな気がするの」

「忍はいいなあ。何も考えずにのめり込めて」

「あら、考えているわ。横風が吹いている時の滑走路へのファイナルターンをはみ出し《オーバーシュート》しないためにはどうしようかとか、フレアに入る前の姿勢を崩さないために滑走路の末端はいつも一定のパワーセッティングで通過しようとか」

「そういうんじゃなくて――」

「里緒菜」

忍は笑った。

「わかってるわよ。わたしも不思議に思うわ。だって飛行幹部候補生の採用試験って、本当は三次まであるんだって。二次が身体検査で、三次が面接と飛行適正検査なんだって。それを全部省略して、しかも合格通知は郵便じゃなくて、あの愛月《まなづき》さんが直接知らせにきた。わたしは芸能界にいて、けっこういろんなタイプの人を見てきたから、あの愛月有理砂《ありさ》という女性がただ者ではないことはすぐにわかったわ。ちょっと変だっていうことは、里緒菜と同じくらい、感じていたわ。最初から」

忍は、椅子をキイと鳴らして、壁のパネルから里緒菜に向き直った。

「でもね、いいんだ」

「えっ？」

「いいの」

「いい――って……」

不思議そうに見る里緒菜に、忍は微笑する。

「ねえ里緒菜。わたしは、この世には、不思議なことがたくさん起きるんだっていうことを、知っているの。だからいいの」

●士官候補生宿舎　廊下

コーヒーのポットとケーキの入った箱を持って、忍の部屋のドアの前に立った小月《おづき》恵美《えみ》は、ノックをしようとして、ふと手を止めた。

「――」

中から聞こえてくる話し声に、恵美は耳を澄《す》ました。

●忍の部屋

「不思議なことって？」

「わたしがね」

忍は自分の胸に手をあてて、

「わたしが、芸能界に入ってアイドルやったっていうこと自体が、不思議だったもの。

あれだけいやだったのに」

「忍、芸能界きらいだったの？」

「うん。きらいだったよ」

忍はうなずいた。

「わたしね、お姉ちゃんが先にデビューして、すぐ有名になって、テレビでつっぱりの役とかしていた時、学校でずいぶんひやかされたりした。『水無月美帆の妹だ』って。わたしはそれがすごくいやで、お姉ちゃんは天才みたいなところがあって、近所で何言われてもへっちゃらだったけど、わたしはたまらなくて、絶対、自分はお姉ちゃんみたいになるもんかって思ってた。お姉ちゃんが家に帰ってきても、口もきかないこともあった。

でもね、不思議だったの。今から七年前になるけど、ふいにね、ポッと——わたしの中で〈声〉がしたの。誰の声かわからないけど『さがせ、忍』って……」

「——声？」

「うん、〈声〉。『さがせ、忍。おまえを活《い》かす道が、どこかにある。さがせ』って」

「ふうん——」

「前にお姉ちゃんにも話したんだけど——この世のどこかに、わたしをすごく必要としているところがあって、わたしにしかできない仕事があって、そこでわたしは大勢の人たちの役に立って、働くの。そんな場所が、どこかに必ずあるって……わたしはそう思うの。その時、その〈声〉を聞いて、そう思うようになった。

　すると、それまでうるさいだけだった芸能プロダクションのスカウトの人の話も、聞けるようになったの。君にしか歌えない歌があるはずだ、デビューしてみないかって言われて、これがそうなのかなって思った。こういう話をお姉ちゃんにすると、『真面目《まじめ》ねぇ』って笑われるんだけど」

　忍は話し続ける。

「でも芸能界っていうところが、わたしの行くべき場所だったのかは、わからない。今でもわからない。違うかもしれない。だからわたしは、パイロットにならないかっていうこのチャンスに、飛び込んでみることにしたの。愛月さんが事務所に現れた時、ああ、また不思議なことが起きるのかなって予感がしたの。今わたしがここでこうして訓練を受けているのも、わたしが本当に行くべき場所を見つけるための、旅の途中。そう考えれば、不思議なことが起きても、わたしのために起きてくれているんだって思えるし、ちょっとつらいけど飛行機の訓練、楽しいし――だから、わたしはいいの」

「でもさぁ、忍」

　里緒菜は心配そうに、

「これがもしさ、国家的陰謀か何かに巻き込まれているんだとしたら、どう？　あたしたちは極秘に何かの実験台に使われちゃうとか……だってほかの訓練生たちと、接触させてくれないわけでしょう?」

　里緒菜は、実際かなり当たっているかもしれない推測を、口にした。

「まさか」

　忍は笑った。

「でも、もし本当に命が危ないようなことだったら、さっさと逃げ出すわ。わたしだって命は惜しいもの」

「命、惜しいよ。忍」

　里緒菜は枕を抱っこしたまま、

「森高教官がね、明日もあさっても、〈千本キリモミ〉だって」

あたし死んじゃうよう、と里緒菜はため息をついた。

「あら、熱心に教えてもらえるのはいいことよ、里緒菜」

　忍はまた笑う。

「芸能界じゃ、『教えてください』って頼んでも、誰も教えてくれないことのほうが多いのよ」

●浜松基地　司令部　司令官室

ガチャ

「失礼します」

ロングヘアを後ろでしばった小月恵美が入っていくと、司令官室のソファで一人で詰め将棋《しょうぎ》を指していた雁谷准将が顔を上げた。

「おう、小月くん」

「司令」

「どうした」

恵美は、応接セットへ歩いていくと、雁谷の目の前に口を結んで立った。

雁谷は将棋盤から顔を上げた。

「どうした、小月少尉？」

「司令――水無月忍・睦月里緒菜、両候補生の世話役として、意見を言わせていただいてもよろしいでしょうか」

「うむ」

雁谷はうなずいた。

「いいだろう。率直な考えを聞かせてくれ」

雁谷が促すと、恵美はここへ来る途中で廊下を歩きながら考えていたことを言った。

「司令、あの二人に、これ以上、本当のことを隠してパイロット訓練を受けさせるのは、やめたほうがいいと思います。忍は、真面目な子です。真剣に人生を考えています。あの子に隠し事はやめましょう。ざっくばらんに本当のことを話して、誠実に協力を頼むべきです」

「ざっくばらんに？」

「はい」

「ざっくばらんに『地球のために命を捨ててくれ』って頼むのか？」

雁谷は腕組みをして、恵美を見上げた。

「誠実に、『異星の超兵器に乗り込んで、放射性物質を満載した核テロリストの巨大メカと命がけで戦ってくれ』と頼めば、あの子が『はい喜んで』と戦ってくれると思うか？」

「それは――」

「〈究極戦機〉に乗ることになれば、仕事は普通の戦闘機パイロットのような、パトロールや緊急発進《スクランブル》ではすまない。常に地球の運命を左右する、命がけの死闘が待っているのだ。

あの子は、いい子だ。そんなことは私にだってわかる。だが自分の命が危ないとわかって、それでもここにいて訓練を受けてくれると思うか？ 小月くん、君には、全部ばらしても忍が逃げ出さないという確信が持てるのか？」

「そ、それは……」

雁谷は、頭の後ろで両手を組んで、う〜んと唸った。

「本当のことを話すのは、まだ早い」

「ではいつ話すのです？」

「それはなぁ——いつにしようかなあ……」

雁谷は、ため息をついた。

「実のところ、わたしも悩んでおるんだよ」

●空母〈翔鶴〉 大格納庫

ズンズン

ズン

ピンキー・アンド・ダイアンの超ミニで決めた紀江と希未子がお立ち台に上がるや、周囲《まわり》で踊っていた若い男の乗組員たちが餌《えさ》に群がる釣り堀の魚みたいにわっと寄ってきて、うおーっと歓声を上げた。

ピューピュー
口笛を吹かれ、みんなに注目された紀江は、まるで六本木にいるような気分、いや自分たちに全員が注目するのだから、まるでスターになった気分だった。

「受けてるわ！　ようし希未子、これ」

紀江は腰に挟んでいた棒のようなものを取り出し、希未子に一本渡す。

「これ、なんですか？」

広げると、それはパッと鮮やかな、七色の羽根扇子《せんす》だった。

「これ持って、踊るのよ！」

紀江は、七色の羽根扇子をひらひらさせながら、水を得た金魚のようにお立ち台の上を舞い踊り始めた。希未子も見よう見真似でついていく。希未子は運動神経がいいらしく、初めてのクラブダンスとは思えないほどさまになっていた。

——うぉおおお！

大歓声が起きた。

「どうだっ」

踊りながら、サウンドに負けない大声で紀江は叫ぶ。

「お立ち台は、面白いかっ？」

「はいっ」

希未子も怒鳴り返す。

「とっても、気持ちいいです！」

その時、大格納庫の天井の入り口から、階段を下りて押川艦長と幹部の士官たち一行がやってきた。格納庫の責任者である整備班長が音楽を止めようとしたが、制帽にマント姿の押川は手を振って「いい、いい」と言った。押川はテーブル席の真ん中にしつらえたマイクに向かうと、

「みんな、のってるかっ？」

——うぉおおお！

「よし、今回の改修作業ご苦労だった。今夜は無礼講《ぶれいこう》で思いっきりやれ！」

拍手が沸き起こった。

「艦長、さっさく一曲お歌いになりますか？」

整備班長が訊くが、

「馬鹿者。素面《しらふ》で歌えるわけがないだろう」

「あっ、これは失礼を」

ただちに中央のテーブル席にバーボンやラム酒が用意され、ペミカンや干し肉《ほしにく》にビスケット、にしんの燻製《くんせい》やローストしたハトや瀬戸内海の鯛《たい》の活《い》き造りなどが運ばれ、

艦長を筆頭に幹部の士官たちが宴会を始めた。同じテーブルに、飛行隊長の士郎も座っていた。

それを見た紀江は、

(ようしチャンスだわ)

ますます扇子をひらひらさせ、脚を高々と上げて乱舞し始めた。

「ちょ、ちょっと紀江さん」

「何よ」

「わたし恥ずかしい」

「何言ってんのよ、あそこの朴念仁《ぼくねんじん》にあんたの魅力をわからせるチャンスでしょう? ほら、こうやって踊る」

「こ、こうですか?」

だがテーブルの士郎は、いくら紀江と希未子が過激に踊っても、ちっとも見ようとしなかった。

くたびれて、二人はいったんお立ち台を下りてバーに座った。

「紀江さん、やっぱり、士郎大尉はわたしに興味がないんでしょうか」

「そんなことないよ。やせ我慢して、見ないだけだよ」

紀江はカウンターにひじをついたまま、テーブル席の士郎信之をあごで指した。

「あれは、希未子に興味ありありだよ。でもニヒルぶって、自分から声をかけないだけだよ。可愛い女の子が自分のことでおろおろするのを見ながら、自尊心を満足させて悦《えつ》に入《い》っているヤな野郎さ」

「そんな」

希未子が頭を振る。

「士郎大尉は、そんな悪い人じゃありません」

「あたしはね、希未子。これまでにいろんな男を見てきたんだ。あたしは見かけが派手だから〈遊び人〉とか言われるけど、一度に好きになれるのは一人だけなんだ。あたしは一度好きになると、その人のことしか、浮かばなくなる。結婚する時の条件とか考えて、寄ってくる男を何人も同時に量《はか》りにかけて、でもそんな打算はおくびにも出さずに清《きよ》らかなふりしているお嬢さんたちより、あたしはよほど純なつもりだよ。

そのあたしが見て思うんだけど、あの士郎っていう元美少年、あんたのことが好きだよ」

「嘘」

「本当さ。朝から見ていて、なんとなくわかるんだよ。でもあいつ、多分、小さい頃から周囲《まわり》の女の子にちやほやされすぎて、格好ばっかりつけていたから、自分から格好悪い恥ずかしい思いをして打ち明けたりすることができないのさ」

「そんな――」

注文したマティーニが、運ばれてきた。

「わっ、このお酒ツンときますね」

希未子が口をつけて顔をしかめた。

「マティーニってのはね、三口で呑むもんだよ、三口で」

「は、はい」

「それから脚は、こうやって組む」

「こうですか?」

紀江はちらっとテーブルを見やった。

「ねえ希未子。戦闘機パイロットって、視野が広いんでしょ?」

「はい。顔をまっすぐ前に向けても、真横一二〇度の敵機が見えなくてはいけません」

「じゃ、あいつあんたのこと見ているよ」

「本当ですか?」

士郎は艦長たちと話をしているようにしか見えなかったが、紀江の目はごまかせなかった。

「希未子、あんたがそうやって脚を組んで、見ないでいられる男がこの太陽系にいるもんか。ったくもう、あのええかっこしいが!」

紀江はぐいっとマティーニを飲み干すと、希未子の手を引っ掴んで、バーのスツールを下りた。

「の、紀江さん、痛い」

「いいからおいで」

「どこへ行くんです？」

士郎信之は、艦長と同じテーブルでサイダーを飲んでいた。

そこへ紀江が、希未子を引っ張ってすごいけんまくでやってきた。

「ちょっと失礼！」

艦長をはじめ航海長や機関長たちが驚いて顔を上げた。

「吉野！」

希未子に監督責任のある士郎が、怒鳴った。

「なんだそのだらしない格好は。お前は岩国の将校クラブでも地元の士官たちとあられもなく酔っ払っていたし、着艦はあのざまだし、いったい何を考えているんだ！」

それを聞いて、希未子の手を引いていた紀江は、あきれた。

こいつ、何考えてるんだと言いたいのは、こっちじゃないか！

「あんたね、士郎大尉！」

紀江は、赤いミニワンピの腰に手をあてて、怒鳴り返した。

「あんた自分の4番機が何を考えているのかもわからないで、それで飛行隊長だっていうの？　ちゃんちゃらおかしいわ。あんたに編隊を指揮する資格なんかないよ」

「な、なんだと」

士郎は真っ赤になった。

副長が紀江に何か言おうとするのを、押川が『まぁ待て』と手で止めた。

紀江は希未子のほっそりした手首を摑んで自分の前に引き出すと、

「この吉野希未子はね、あんたに惚れてるんだよ！」

「の、紀江さん！」

士郎が絶句した。

「――」

「希未子はね、あんたのことが好きで好きで、でもぜんぜん振り向いてくれないから、それで悩んでたんだよっ！　そんなこともわからないで、何が飛行隊長だっ！」

紀江は士郎に向かって、希未子を投げつける。九センチピンヒールに慣れていない希未子は蹴《け》つまずいて、座っていた士郎の胸に、文字どおり飛び込んだ。

「きゃあっ」

「うわっ」

がたがたっ

士官たちがあわてて避《よ》ける中、士郎はかぶさってきた希未子とともに椅子ごとひっくり返った。

どたんっ

「すー――」

士郎のシャツに、紀江から借りたシャネルの#17ピンクショックをべったりくっつけてしまった希未子は卒倒しそうになって、

「すみません大尉、すみませんっ！」

「う――」

頭を床にぶつけた士郎信之は、思わず起き上がろうとして、ラメ入りストッキングを穿《は》いた希未子の太腿《ふともも》の間に顔を突っ込んでしまった。

「う、うわっ」

「きゃーっ」

2

●浜松基地　エプロン　翌十一月四日　07：30

バルルルル

「アフタースタート・チェックリスト、完了しました」

忍がエンジンスタートを完了した。後席の美月は腕時計を見て、昨日の半分の時間で手順が進められたことを確認すると、

「よし忍、タワーに地上滑走許可をもらえ」

「はい」

忍はＶＨＦ無線で管制塔を呼び出し、着陸のために滑走路まで走行する許可をリク

エストした。

「浜松タワー、〈レディバード1《ワン》〉、リクエスト・タクシー」

『〈レディバード1《ワン》〉、タクシー・トゥ・滑走路27《ランウェイ・ツーセブン》』

「ラジャー」

熱心に練習したのだろう、管制塔との交信にもよどみがない。

「教官、出ます」

「よし」

忍は、整備員に手信号で『車輪止め外せ《チョーク》』と合図し、パーキングブレーキをリリースして地上滑走を始める。

バルルルル
「ライトサイド、クリアー」

曲がる方向を確認して、忍がラダーペダルを踏む。T3はぐいっとなめらかにターンして、滑走路と平行に走るタクシーウェイに出ていく。

昨日よりも一段肩の力の抜けた忍の背中を見て、美月が言った。

「忍、今日はタッチアンドゴーは十本でいい」

「えっ？」

「タッチアンドゴーのあとは、洋上の訓練空域へ出て空中機動訓練《エアワーク》だ。失速回復操作《ストール・リカバリー》の練習をしよう」

「ストール・リカバリー、ですか？」

「そうだ忍。飛行中、知らないうちに速度が落ちて失速してしまった時、とっさに失速状態から機を回復させる練習だよ。これをマスターしないと、あんたを単独飛行《ソロ》に出せないからね」


プロペラの風圧を残して忍のT3が行ってしまうと、エプロンに残った里緒菜は芝生の上に腰を下ろして、操縦の教本を広げた。

「ええと——キリモミからの回復方法は……」

はあ、とため息が出る。

（はぁ——あたし今日も、あれに乗るのかぁ……）


単独飛行——？

T3を走らせながら、忍は驚いた。

訓練生が教官なしで、一人でフライトに出ることを単独飛行という。それは忍も知っていたが、まさか森高教官は近いうちに自分を単独飛行に出すというのだろうか？

（わたしは、まだ操縦を習い始めて——）

いきなり乗せられた入隊初日を入れても、今日でまだ三日目だ。まさか……。

「こら忍、センターラインからずれてるぞ。まっすぐ走れ」

「は、はい。すみません」

里緒菜は芝生の上で、操縦教本のきり揉み回復のページを読んでいた。

「キリモミは失速の一種である。だから回復方法は基本的に失速回復と同じである。キリモミに入ってしまったら、まず何よりも最初にやることは、操縦桿をいっぱい前に押して、機首を下げる――」

ブァンブァンブァン、という急旋転降下中の爆音が、耳によみがえってきた。

「――ああいやだ……」

里緒菜は顔をしかめる。

――『そぉら三十本目だーっ』

『ぎゃあああ〜っ、もう死ぬ、死ぬ〜っ』

「うぇっ」

思い出しただけで酸《す》っぱい胃液が込み上げてくるのを、必死に我慢した。

（ああ気持ち悪い。昨日はキリモミ三十本の間に胃の中のもの全部吐いちゃって、計器盤の上お好み焼きだったもんなあ……）

当分、お好み焼きは見たくなかった。

「ええと――」

気を取り直して、教本を開く。

「――操縦桿を前にいっぱい倒したら、今度は旋転の方向を見極めて、旋転と逆方向のラダーを……」

その時、

ぽん、ぽん

誰かが背中を叩いた。

誰だろう？　里緒菜が振り返ると、

「むーつきさんっ」

げっ、と里緒菜はのけ反りそうになった。

（か、菅野美雪――！）

菅野美雪が、エヘラエヘラといつも笑っているような目で、里緒菜を見ていた。

「睦月さん、あたしもペアの訓練生が空域に出ちゃって、待ってるところなのよ。よかったら一緒に待たない？」

「は、はぁ」

「おやつも持ってきたのよ。ほぉら、PXで買ったお好み焼き! ウーロン茶もあるわよ」

●浜松沖 演習空域R《レンジ》144

ブァアアーン

忍の操縦するT3はタッチアンドゴーを終えてトラフィックパターンをブレイクし、洋上の訓練空域で失速回復訓練に入った。

「忍、まず水平飛行を維持したまま、わざとパワーをしぼってみろ。速度が落ちて主翼の揚力《ようりょく》がなくなると、どんな操縦感覚になるか体験しておくんだ」

「はいっ」

忍はスロットルをクローズして、エンジンのパワーをアイドリングまでしぼる。

バルルルル――

プロペラが見えるくらい回転が落ちて、速度計の針がフラップを出さない状態での失速速度である七三ノットに近づくと、急に操縦桿が、がくがくと震え始めた。

ピピピ、ピーッ
失速警報機が鳴って、ふいに操縦官から手応えがなくなり、
がくっ
T3の機首が、支えを失ったようにがくっと下がった。

「きゃっ」

「忍、これが失速だ！　放っておけばコントロールできなくなって墜落する。機首を下げろ」

「は、はい」

昇降舵の反応は、スカスカだった。ぐいっ、と忍は思いきって操縦桿を前に倒す。

「エンジンのパワーを、最大に！」

「はいっ」

ブァアアーンッ
T3はダイブしながら、速度を回復していく。目の前いっぱいに海面が迫る。主翼に揚力が復活すると、操縦桿に手応えが戻ってくる。

「速度がついたら機首を上げて、元の高度へ上昇しろ！」

「はいっ」

「よし、今の巡航態勢からの失速回復を、あと三十回、繰り返せ」

「はい！」

●空母〈翔鶴〉

午前三時までパーティが続いたので、紀江は寝坊した。

制服に着替えた紀江は、あくびしながら士官居住区の通路を大格納庫へと急いだ。

「ふあぁ――」

「――しっかしなぁ……」

紀江はつぶやいた。

「希末子は、どこへ消えちゃったんだろう？」

カンカンカン、と外側デッキへ出る狭い鉄の階段をのぼる。格納庫方面へは、こっちが近道だ。


――『すみません大尉、すみませんっ！』

昨夜、紀江に「吉野希末子はあんたに惚れてるんだよ！」とばらされ、おまけに士郎大尉の胸に倒れ込んで口紅をつけてしまい、さらには起き上がろうとした士郎の顔を太腿で挟んでしまった吉野希未子は、恥ずかしさのあまりパーティ会場を走り出て、広い艦内のどこかへ逃げてしまったのだ。

ザザァアア
階段をのぼりきると、舷側《げんそく》へ出る。ここは飛行甲板より二層ほど下の、外側デッキ通路だ。急ぎ足で歩くと、二〇ノットで巡航する〈翔鶴〉の立てる波しぶきが、顔にかかってくるようだ。

「今朝は薄曇《うすぐも》りか──どのへんかな、もうじき高知の沖あたりかな」

と、海を眺めつつすたすたと歩いていた紀江の足が、急にストップした。

(──えっ)

紀江はびっくりして立ち止まると、あわてて柱の陰に身を隠した。

(ありゃー……)

こっそりと覗くと、半分開いていた艦載機格納庫装甲扉の脇で、飛行服姿の男と女が向き合って立っている。

「吉野──」

「──は、はい……」

男が口を開いた。士郎信之と、吉野希未子だった。

「こんなところに、呼び出してすまない」

「いいえ……あの、お話って、なんでしょうか――？」

紀江が柱の陰から見ているのにも気づかず、士郎信之は希未子を壁際《かべぎわ》に立たせ、その頭の上に手をつくようにして、話しかけた。

「吉野。あのな」

「はい――」

昨夜どこかへ飛んでいってしまった希未子は、ちゃんと飛行服を着て、士郎に向き合って立っていた。離着艦訓練が始まる前のわずかな時間を見つけて、士郎が呼び出したらしい。

だが二人は、まるで初めて恋をした中学生みたいに言葉少なで、なかなか本題に入ろうとしなかった。

「吉野、俺は――」

士郎信之は言いづらそうに、ぽつぽつと話し始めた。

「俺は、ホーネットの飛行隊長だ」

「はい」

士郎は希未子に背を向けると、デッキの手すりを両手で摑んで、海を見ながら、

「俺はガキの頃から、戦闘機乗りになりたくて、そればっかり考えて、生きてきたんだ」

何、雰囲気出してるのよ、と柱の陰の紀江に思われているとは二人とも気づかない。

「はい……」

希未子は両手を胸の前で握り締めて、士郎の背にうなずく。

（ったくもう――）

紀江は二人の目の前を横切るわけにはいかないので、もう少し眺めることにした。

（早く本題に入れよな、遅刻しちゃうわ）

士郎は続ける。

「俺はいつも飛ぶことばっかり考えていた。だから訓練の成績なんか知らないうちによくて、防衛大を出てまだ四年なのに、こうして飛行隊長にされちまった。そりゃ、編隊のトップを切って飛ぶのは気持ちいいが、飛行隊長は責任が重い。俺より年上のパイロットだっているし、整備員たちはほとんど年上だし、みんなが言うことを聞いてくれるか心配なのに、〈翔鶴〉の作戦行動がうまくいくかは俺の肩にかかっている。俺は、他人に隙《すき》を見せられない。誰にもなめられるわけにはいかないんだ。そんな環境で、責任負わされて、毎日ピリピリしていたら、いくらおまえが可愛くて好きだと思っても、声をかけていちゃつくわけにはいかないだろう」

「え――」

「ちょっとボールを扱うセンスがいいために、二年生でバスケット部のキャプテンにされてしまったやつが、みんなの手前、新入部員の可愛い女の子といちゃついてはいられないのと同じことさ。俺はみんなになめられまいと、そう考えてこれまでつっぱってがんばってきたんだ。だが、確かにあのミニワンピの姉ちゃんの――」

「日高中尉です」

「ああそうか、あのミニワンピの日高中尉の、言うとおりかもしれない。俺は、お前がなんで悩んでいるのか、わからなかった。わかってやれなかった。おまえのことをリードして飛んでいるつもりだったが、実は自分のことしか、考えていなかったんだ」

希未子は頭を振った。

「い、いいえ。わたしこそ」

希未子は目を潤《うる》ませた。

「わたしだって、士郎大尉がそんなことで悩んでいるなんて、今まで思いもしませんでした。大尉のこと、何もわかっていませんでした。ただ、クールでかっこいいって、それだけ思っていました」

「馬鹿だな」

士郎は、振り向いて笑う。

「男が一人でクールぶって、かっこつけて女の子無視して、肩で風切って歩いて世の中を渡れるのはせいぜい高校生までさ。今の俺の立場を見てみろ。自分の親父《おやじ》くらいの歳の整備班長や飛行班長と付き合って、うまくやらなきゃいけないんだ。編隊のパイロットがへたくそな着艦をして迷惑をかけたら、収容がすんだあとでLSOや整備班や飛行班のところへ『すみませんでした』ってあやまって回るんだ。頭下げて、愛想《あいそ》のひとつも言うんだ。クールな二枚目気取っていて、そんなことができるわけないだろう」

「す、すみませんでした」

「いいよ」

士郎は煙草《タバコ》を取り出した。

「なあ、吉野」

「は、はい」

士郎は、ミッションの時に地図《チャート》などを入れておく飛行服のポケットから、一枚の紙切れを取り出した。

「それは――?」

それは、映画――〈風《かぜ》たちの遺言《ゆいごん》〉という昭和ラブロマンス映画の、ペアチケットだった。

「おまえと行きたくて、先週買ったんだよ」

「えっ」

今、なんと言ったんですか？　という目で希未子は士郎を見上げる。

「あのな、吉野」

「はい」

「俺は、女嫌いでもなんでもない。やせ我慢の小心者さ。おまえのような女の子を目の前にしてどきどきしない男なんて、この世にいやしないよ」

「大尉――」

「誘いたかったんだ。でも、誘えなかった。俺、中学時代から寄ってくる女をかたっぱしから払いのけて飛行機一筋だったろう？　女の子の誘い方が、この歳になってもわからないんだ」

そういう台詞《セリフ》を臆面《おくめん》もなく言うところは、多少ヤなやつであった。

しかし希未子の目は、左右ともうるうると潤んでいて、関係なさそうだった。

「吉野。ひとつ質問していいか？」

「は、はい」

「おまえを映画に誘いたい時には、なんて言えばいいんだ？」

「大尉……」

「あ」

ごほん。

「この映画、もう終わっちゃったけど――」

士郎はフライトジャケットのポケットから、ごそごそともう一枚取り出す。

「昨夜あれから艦長にな、呼び出されてこれをもらった。艦長が原作を書かれた、〈さらば水中軍艦《すいちゅうぐんかん》・愛《あい》の戦士《せんし》たち〉の前売りペアチケットだそうだ。〈翔鶴〉が横須賀に入港したら、一緒に横須賀銀映《ぎんえい》へ観に行こう」

「大尉」

「吉野」

あー、やってらんない。

紀江はその二人を柱の陰から見ながら、ふーっとため息をついて、舷側の通路の壁に寄りかかった。

(――あいけない、遅刻だわ)

急に気づいて腕時計を見た。

「幸せになんなさい」

そうつぶやくと、紀江はカン、カンと鉄板の通路を戻って、〈究極戦機〉が眠る大格納庫へと歩いていった。

●〈翔鶴〉 UFCコントロールセンター

今日は〈究極戦機〉を起動させるオペレーションの実習をすることになっていたが、UFCコントロールセンターの管制卓に座っても紀江はなんだか、力が抜けてしまって仕事をする気が出てこなかった。

「あら、踊り疲れ？」

紙コップにコーヒーを入れて、渚佐が持ってきてくれたのにも気づかない。

「日高さん？」

「――え？　あっ」

どうも、おはようございますと会釈する紀江。

「どうしたの」

渚佐は、JCN8000スーパーコンピュータをベースに開発された〈究極戦機〉とのインターフェイスシステムの管制卓に寄りかかると、脚を組んで、シートに着いている紀江の顔を覗き見た。

「日高さん、さびしいの？」

「えっ」

「お顔に、書いてある」

「そ、そんなこと」

紀江は頭を振った。

「そんなことありません」

「さびしい時って、誰にでもあるわ」

渚佐は、美しい白魚《しらうお》のような指で紀江のあごを持ち上げると、自分のほうに向けさせた。

「わたし、今夜温め合っちゃおうかしら。日高さんと、ベッドで」

「い、いいです。今度にします」

「馬鹿ね。冗談よ」

「びっくりさせないでください」

「フフ――さあ、じゃ今日は、〈究極戦機〉の人工知性体を覚醒させるシークエンスのシミュレーションをしましょうね」

●浜松沖　演習空域R《レンジ》144

バルルルル

「よし忍、これで失速回復の操作は一通り練習した。あんたは呑み込みがいいよ」

「ありがとうございます」

前席で、忍は革手袋の手で額の汗を拭く。

あれから忍は、巡航態勢からの失速回復に加えて、フラップを下げた着陸態勢で失速に入った時の回復方法、離陸上昇中にうっかり機首を上げすぎたりエンジンが止まったりして失速に入った時の回復方法など、あらゆる状況でのリカバリー操作を合計九〇回も練習させられて、右手には操縦桿のマメができていた。操縦桿は本来やわらかく握るものだが、失速に近い速度域では限界いっぱいの操舵をするので、ものすごく力がいるのだ。

「帰投しよう忍。あたしはお腹空いたよ」

「はい、教官」

お昼になる頃には、忍は自分のＴ３がいつ失速しかかっても、最小の高度のロスで速度を回復して危険を回避できるような気持ちになっていた。

バルルルル――

忍は機首を陸岸へ向けると、機首を下げてパワーをしぼり、Ｔ３を浜松基地への帰投コースに入れた。

●浜松基地　司令部化粧室

「う、うぇぇ」

その頃、里緒菜は最悪の気分だった。さっきエプロン脇の芝生で、上級生の菅野美雪からお好み焼きを食べるよう強要されたのである。

――『あぁら睦月さん、あなた海軍士官候補生のくせに、先輩のお好み焼きが食べられないとおっしゃるの？』

「――あ、あの女ぁ……」

里緒菜がフライト酔いにかかりやすい初心者と知って、わざとやったに違いない。可愛い顔をして、とんでもないやつだ。

「うぇぇっ――ああいけない、忍が帰ってくる時間だわ」

●浜松基地　エプロン

ランプ・インしてエンジンを止めると、美月は「今日は食堂でちゃんと食べたい」と言って、T3の機体を降りていった。忍は整備員に手伝ってもらってコンクリートの地面に降りたが、エプロン脇の芝生で待っていた里緒菜が顔色が悪いので、びっくりした。

「どうしたの？　里緒菜」

「し、忍～」

里緒菜は泣きそうな顔で、

「意地悪なやつが、あたしにお好み焼きを無理やり食べさせたんだよう」

「お好み焼き？」

——『わ、わかりました。た、食べます』

もぐもぐもぐ

『まあ睦月さん、すっごい食欲。まるで呑み込むように食べるのね』

『うぐっ、うっ、うっ』

『そんなにお好きなら、あたしのぶんも、差し上げようかしら』

『い、いいれす、いいれす！』

『遠慮することはないわ。ほぉら、まだこんなにたくさんあるのよ。これ全部おあがりなさいな』

『ぐ、ぐぇえ』


里緒菜はかわいそうに、蒼ざめていた。ただでさえ気持ち悪いのに、今日もこれから空域に出て〈千本キリモミ〉に耐えなくてはならないのだ。

「大丈夫、里緒菜？」

「大丈夫じゃ、ないよう」


だが食堂から戻ってきた美月は、気持ちが悪いと訴える里緒菜を、まるで相手にしなかった。

「そんなものは、飛べば直る」

「ひっ」

美月はまるで、風邪ぎみで部活を休みたいと言ってきた生徒を無理やり練習に出させる顧問の先生みたいに里緒菜の訴えを一蹴《いっしゅう》し、整備員に合図して里緒菜にパラシユートを背負わせると、いやがる里緒菜をT3の前席に放り込んでしまった。

「さあ睦月候補生、エンジンをかけろ」

「ひ〜ん、ひひ〜ん」

「泣くなっ。いつまでも空を怖いと思っているから、飛行機見ると気持ちが悪くなるんだよ。あんたは闘って、慣れるしかないんだ。いっぺんくらい、いやなことがあっただけでめげてたら里緒菜、あんたはどんな道に進んだって、使いものにならないんだよ！」

「ひん、ひん」

「わかったら、エンジンかけろ」

美月は、里緒菜が菅野美雪の意地悪で、死ぬほど食べたくなかったお好み焼きを下を向くと出てしまうくらい大量に食べさせられていることなど、知りもしなかった。

●〈翔鶴〉UFCコントロールセンター

「あれっ、魚住さん」

紀江はモニターを見ながら首をかしげた。

「〈究極戦機〉は覚醒率九五パーセントで、自動的に停止してしまいました。いったい、どうしたんでしょう？」

UFCインターフェイスシステムを使って、紀江は渚佐の指導で〈究極戦機〉の覚醒プログラムを実行させてみたのだが、マニュアルどおりの正常なコマンドを順番に打ち込んでやったのにもかかわらず、システム全体は覚醒まであと一歩のところでふいに停止してしまった。これでは〈究極戦機〉は格納容器の中で眠り続けるばかりで、目覚めてくれない。

「葉狩博士の〈封印〉よ」

「――〈封印〉？」

「間違って動きださないようになっている、としておきましょうか」

渚佐は言った。

「動きださないように、って――」

「日高さん、このことは国防機密だから。あなたも、一通りの研修がすんだら、国防機密にタッチする資格を取得できます。そうしたら話してあげるわ」

「はあ」

紀江は、訳がわからなかったが、うなずいた。

「ねえ、魚住さん、そういえば」

紀江は大格納庫を見下ろすコントロールセンターの中を見回して、

「あたしまだ……」

「何？」

「あたし、〈究極戦機〉のパイロットの人に、まだお目にかかっていませんけど」

「パイロット——そうね……」

渚佐は、ため息をついた。

〈究極戦機〉が葉狩によって封印されて、水無月忍の声で命じなければもう動かないという事実は、最高国防機密だった。だが機体があるのだから、同じ空母にパイロットも乗っていると考えるのは、自然なことだろう。

「日高さん、これも国防機密だけれど、今パイロットはいないの」

パイロットがいない？　紀江はまた首をかしげる。

ビーッ
その時、管制卓のインターフォンが鳴った。

「はい、ＵＦＣコントロールセンター」

『魚住博士、厚木《あつぎ》から輸送機が着きました。ご注文の研究資材が届いています』

「ありがとう。取りにいきます」

渚佐はインターフォンを切ると、

「日高さん、今日はこのくらいにしておきましょう」

「は、はい」

「あと二日で、あなたは正式にUFCコントロールセンターのオペレーターに発令されます。そうしたら全部、話してあげるわ」

渚佐は白衣をひるがえして、コントロールセンターのオフィスを出ていった。

出て行きぎわに、

「あ、そうそう。インターフェイスシステムは元どおりリセットして、〈究極戦機〉を休眠モードに戻しておいてね」

「はぁ」


紀江は分厚いマニュアルを手元に引き寄せて、九五パーセント覚醒した〈究極戦機〉のインターフェイスシステムを、元の休眠の状態に戻す操作を実行しようとした。

ピーッ
「あら、魚住さん行っちゃったのに」

紀江はまた鳴ったインターフォンをパチッとつなぎ、

「こちらUFCコントロールセンターですが、魚住博士は――」

だがそれは、渚佐あてのコールではなかった。

『あっ、いたいた！　やっぱり紀江さん、ここだったんですね』

「希未子？」

　艦内インターフォンで呼んできたのは、吉野希未子であった。

「あたしは今朝からここだけど、どうしたの？」

『紀江さぁん、わたし困っちゃって』

「何よ？」

『あの、紀江さんに借りた黒のピンキー・アンド・ダイアンあるでしょう？　士郎大尉が、あれはもう着るなって言うの』

「あ？」

　こいつ、艦内電話で何を言ってくるんだ？

『紀江さん、わたし今朝、士郎大尉に格納庫の裏に呼び出されちゃって。何かと思えば、ちょっと信じられます？　士郎大尉も、わたしのこと、好きだったんですって！　きゃー』

　何がきゃーだ。

「希未子、昨夜《ゆうべ》あたしが言ったとおりだったでしょ？」

『あっそうか。そうですよね。感謝感謝、るんるん』

　何がるんるんだ。

「ったくこれが、弾薬庫の前でタロット占いしてた女かよ」

紀江は頬杖《ほおづえ》をついてつぶやいた。

『それでね、それでね、紀江さん』

「なあに？」

『今度、横須賀へ入港したら、士郎大尉と二人で六本木へ遊びにいくことになったんです。紀江さんがいいクラブいっぱい知ってるから、わたしが訊いてくるからって、わたしから誘ったんです。でもそれはよかったんだけど、士郎大尉があのピンダイだけは着ちゃ駄目だって』

「ああ、そう」

『わたし、あれを紀江さんに貸してもらって、お立ち台で踊ったらとっても気持ちよくって、六本木でもそうしようと思っていたら、士郎さんが「希未子の脚をほかの男に見せちゃ駄目だ」って――ねぇ、どうしましょう』

うぐぐっ。

紀江は唸った。

「そんなこと、勝手にしなさい！」

紀江はインターフェイスシステムの管制卓を、手のひらでバンと叩いた。

「希未子、言っとくけどね、六本木のお立ち台は生存競争、激しいんだからね、あんたみたいなおっとりしたのはたちまちお尻で弾き飛ばされちゃうよ。行くなら覚悟してお行き！」

『紀江さん、どうしたんですか？　紀江さん――』

パチッ

紀江はインターフォンを切ってしまう。

「ったくもう……」

さびしい女の仲間だって思ったから、あんなに面倒見てあげたのに。人の横でたちまち幸せになって見せつけるなんて――

紀江は、マニュアルを放り出して立ち上がった。

「ああ、やってられない！」

コーヒーでも飲みにいこう、とつぶやいて紀江はコントロールセンターを飛び出していく。

あたしさびしいわ、とは、ちょっと情けなくて口に出せなかった。

3

●浜松沖　演習空域R《レンジ》144

それは、睦月旦緒菜にとって受難の午後であった。

ブァンブァンブァンブァン

「そぉれ十八本目ーっ」

「ぎゃあああ、出る、出る～っ」

菅野美雪にお好み焼きを六枚も食べさせられ、ただでさえ最高に気分の悪かった里緒菜は、美月の〈千本キリモミ〉を二十本と耐えられず、胃袋の中身を何もかも吐き出して、あまりの気持ち悪さと恐怖で失神してしまったのだった。

●浜松基地　エプロン

バルルルル

予定よりもずっと早く里緒菜のT３が帰ってきたので、忍は航空力学の教科書を芝生の上に置いて、急いで機体に駆け寄っていった。

キュン、キュン

プロペラがストップすると、前席のキャノピーが開けられ、整備員に両脇を抱えられて意識不明の里緒菜が引きずり出されてきた。

「――里緒菜！」

忍は担架に乗せられた里緒菜に呼びかけるが、

「……やだよう……キリモミは、やだよう……」

里緒菜は目を閉じたまま、うわごとを繰り返すだけであった。

「……おこのみやきも、やだよう……」

後席からスタッと美月が降りてきて、

「まいったな――こんなに早く伸びちまうなんて」

ヘルメットを脱いで、ため息をついた。

「教官」

忍は、汗を拭いている美月に詰め寄った。

「教官、里緒菜に、何をしたんです」

「何もしないさ。昨日と同じ連続キリモミだよ」

「里緒菜、今日は体調が悪かったんです」

「フライト酔いは精神的なものなんだ。気分が悪いと言って飛ばなかったら、登校拒否と同じでいつまでたっても飛べない。克服しなくちゃ駄目だよ」

「でも」

里緒菜の担架が運ばれる。美月はヘルメットを脇に抱えて、司令部の建物へと歩き始める。オレンジの飛行服の忍が、あとからついていく。

「教官、体調が悪い時に無理してフライトしちゃ駄目だって、坂井芳郎《さかいよしろう》さんの本にも、書いてあるじゃありませんか」

美月は、忍が〈大空の荒武者《おおぞらのあらむしゃ》〉まで読んでいるのにちょっと驚いたが、それとは別に、

「忍、生意気を言うんじゃない。いいか、里緒菜の臆病は、風邪やなんかとは違う。病気ではなくて克服しなきゃいけない〈壁〉なんだ。だからあたしは、手加減しない。今日も、明日もだ」

「教官」

　だが忍は食い下がる。

「だからといって、一日に三十回も四十回もキリモミをさせるなんて——訓練教程には、一人の訓練生につき、フライト訓練は一日一時間って書いてあるじゃないですか。おかしいわ」

「忍。勉強するのはT３のマニュアルだけでいいって言ったはずだよ」

「でも」

「あんたは自分の頭の上のハエも追えないくせに、里緒菜のことを心配している暇があるの？　さっさと宿舎へ帰って、明日の単独飛行に備えてイメージフライトでもしておくんだ」

「単独飛行って——わたしはまだ操縦を習い始めて、今日で三日です」

「今日であんたは十二時間飛んだ。もう大丈夫だ」

「教官、どうしてそんなに、急ぐのですか？」

　忍がそう言うと、美月は立ち止まった。

「忍」

「はい」

　美月は、陽《ひ》に灼《や》けて頬がそげ、三日前とは別人のように鋭いまなざしに変身した水無月忍をじっと見た。

「忍、こうしないと、あんたと里緒菜を三カ月で一人前にできないのさ」

三カ月で――？

忍は美月に向き合ったまま、眉をひそめた。

三カ月で一人前の、戦闘機パイロットにするというのだろうか。わたしと里緒菜を？

なぜ？

「なんの、ためにですか？」

「いずれわかる」

●紀伊半島《きいはんとう》沖　空母〈翔鶴〉　18：30

夕陽が太平洋に沈む頃、航空母艦の一日の仕事も終わる。
呉での改修でシステムを更新したセクションは、夜になってもまだ運用テストと評価作業を続けていたが、飛行隊は夜間離着艦訓練に出たＳ３Ｊヴァイキングの部隊を除いてはフライト作業を終え、大食堂で夕食をとっていた。
ざわざわざわ
（あーあ……）

大食堂の隅のテーブルで、日高紀江も食事をしていた。一人だった。

魚住渚佐は、星間文明のボトム粒子型核融合炉を地球の技術で複製する研究をしている。そのために注文しておいた研究資材が輸送機で届いたので、午後からは自分の研究室にこもって出てこなかった。紀江は考えてみれば、〈翔鶴〉に友達がいないのだった。せっかく親しくなった吉野希未子も、真ん中のほうのテーブルで、士郎信之と差し向かいで仲良さそうに食べている。なんだかそのテーブルのあたりはきらきらとしていて、楽しそうに話している希未子は、隅の席にぽつんと一人でいる紀江になど気づきそうになかった。

「おい、聞いたか」

「吉野少尉が、昼間の着艦訓練で90点取ったそうだ」

「あの吉野少尉が？」

「何があったんだ？」

飛行班の甲板要員たちが、隣のテーブルで話しているのを聞いて、

（いいなあ……）

紀江はまた、ため息をつく。

（幸せはそう長くは続かないよ、なんて言ってやりたくなるけど、あの二人は真面目だから、続くだろうな——）

なんだか食欲がなくなって、紀江は席を立った。

●〈翔鶴〉艦内　紀江の個室

キイッ、とドアを鳴らして自分のキャビンに戻ると、紀江は白いシーツのベッドの上に、大の字になった。

どさっ
「やれやれ――」

目を閉じる。

「――でも、仕事が終わって自分の部屋に帰って、携帯の着信履歴がないのを見ないですむのは、いいかもしれないな」

紀江がひどい失恋をしたのは、つい先月のことだ。

「男からの電話なんて……最初はかかってくるのがうざったくて、でも、相手をしてやってるうちにそれが生活の一部になってきて……今度はだんだん、かかってくるのを待つようになって……そして」

紀江は、天井を見つめた。

「楽しい何カ月かが過ぎると、しまいに、かかってこなくなる」

ため息をついた。

「——よせばいいのに自分からかけたりすると……」

大きくため息をついた。

「……知らない女が、出てきたりする。あ〜あ」

紀江は制服のままシーツにうつぶせになり、

「なんであたし、いつもいつも同じパターンなのかなぁ——優しく見える男って、本当は優しくなくて、あんな士郎大尉みたいな優しくなさそうなやつのほうが、本当はいいやつなのかな。あたしは希未子に男と女のことをよく知っているみたいに話したけど、本当は、大事なことをなんにも知らないいんじゃないのかな——」

しゃくり上げた。

「あー自己嫌悪」

枕を抱き締め、唸った。

「自己嫌悪、自己嫌悪、自己嫌悪」

きっと電話の通じない航空母艦に飛ばされてきたのは、あたしにとっていいことなのさ、と紀江は枕に顔をうずめたままつぶやいた。

●浜松基地　士官候補生宿舎

里緒菜は医務室で点滴を受けたあと、夜になって宿舎の部屋へ運ばれてきた。

「里緒菜、大丈夫？」

忍は、ベッドに寝かされた里緒菜の手を握った。

「しのぶー」

ひん、ひん、と里緒菜はしゃくり上げた。

「あたし、やっぱり向いてないよう、戦闘機パイロット」

「くじけちゃ駄目よ、里緒菜」

「だって、だって」

ふぇぇん、と里緒菜は泣く。

「死ぬほど気持ち悪くて、怖いんだもん、飛行機」

元はといえば、里緒菜はキャビンアテンダントになりたかったのだ。里緒菜の憧れていた国際線の旅客機は、きり揉みなんかしないのである。

トントン
ドアがノックされて、開いた。

「里緒菜は気がついたか」

「あっ」

「ひっ」

「教官」

森高美月は「じゃまするよ」と言って、つかつかと里緒菜のベッドに歩み寄った。

「睦月里緒菜」

「──ひん」

「こら、ふとんをかぶるんじゃない」

「ひん、ひん」

「そうやっていつまでも、飛行機から逃げるつもりか？　あんたは好きでこの道を選んだんだろう？　好きで選んだのに、自分から脱落するつもりか？」

「ひ〜ん、ひ〜ん」

美月はベッドの脇に立って、腕組みをした。

「このくらいでへこたれるんじゃ、戦闘機パイロットなんて無理だよ、里緒菜。もしあんたが明日もまたキリモミで失神するようなら──」

「教官」

忍は驚いて見上げたが、美月はふとんをかぶったままの里緒菜を睨んで、

「――あさってもキリモミをやる」

ひ、ひ〜ん！　里緒菜が悲鳴を上げた。

美月が帰ったあと、忍は里緒菜を起こして、コーヒーを淹《い》れてあげた。

「ねぇ忍――」

「ん」

「あたしさぁ、やっぱり無理よ、戦闘機パイロットなんて。キリモミが怖いんだもん、エア・コンバット機動《マニューバー》なんて、やれるわけないよ……」

「里緒菜」

忍は、パジャマの両手にカップを持って、ベッドで足をぶらぶらさせている里緒菜に、

「ねぇ里緒菜、森高教官は厳しいけれど、言っていることは、間違っていないと思うわ」

「忍、教官の味方するの？」

「そういうんじゃないわ。あの人の言っていることが、わかるって気がするの」

「ぶー」

「ねぇ里緒菜。どんな道にだって、死ぬほどいやで、自分にはとてもできないってい

う壁が、必ず一カ所は待っているわ。わたしね、女優とパイロットと、ふたつやってみて、そう思うの。あなたが苦しんでいるのを見ると、思い出すの。七年前のこと」

忍は、自分が七年前に芸能界で死ぬほどつらい思いをした時の話を、することにした。

「わたしね、十四の時にアイドルでデビューしたでしょう？　お姉ちゃんがわりと有名だったから、いきなりドラマの仕事が入ったの」

「ふうん。いいじゃない」

「ぜんぜん、よくなかったわ」

それは、忍にとって思い出すのもいやな体験だった。

「大変だったの。

ドラマってね、一番初めにする仕事は〈台本《ホン》読み〉といって、テレビ局の会議室に出演者が全員集まって、みんなでシナリオの自分の役を声に出して読むの。スタジオでのリハーサルに入る前に、役者にセリフを言わせてみて、演出をするディレクターがチェックするの。だけどわたしそれまで、現代国語の教科書さえろくに朗読したことなかったの。演技の勉強も何もしたことなかったの。わたしにあったのは、ただ『水無月美帆の妹』だっていうことだけ。お姉ちゃんはシナリオぱっと渡されて、その場で役の子になりきってしゃべれるんだけど、わたし駄目だった。棒読み。

　今思うとお姉ちゃんだって、どこかで泣きながら練習していたのかもしれないんだけれど、あの人は負けず嫌いだから、妹のわたしにそういうところ、見せなかったのね。だから、わたしシナリオが届いても何もしないで、当日、気軽にテレビ局に出かけたの。プロダクションの人も、局の人たちも、あの美帆の妹なんだから同じくらいできるだろうってわたしを劇団の稽古場《けいこば》に叩き込んだりしなかったの。だから大変だった。わたしはセリフを言う時の声の出し方すら知らなかったの」

「棒読みしちゃったの？」

「もう、驚天動地《きょうてんどうち》の棒読み」

「ひゃー」

「会議室、静かでしょう？　周り、わたしのほかは十何年もテレビに出ている俳優さんたちでしょう？　演出するディレクターは山田多一《やまだたいち》先生のドラマも手がけたことがあるベテランの人でしょう。わたしがしゃべるたびに、部屋の中がしらけるの。わたしが口を開くと、その瞬間さぁーっとしらけるのがわかるの。

　わたし怖くなっちゃって、だんだん口が動かなくなっていった。

　撮影に入っても、わたしがとちるたびに進行が止まって、みんなが『あ〜あ』って言うの。わたしますます緊張して息つぎもできなくなって、とうとうひと息でしゃべれるセリフしか、言えなくなってしまったの。わたしはある家庭の長女の役だったから、長々としゃべるのはだいたいお父さんやお母さんで、わたしは返事をしたり反抗したりしていればよかったんだけど、ある日とうとう、シナリオの上で十二行もある長ゼリフを言わなくてはならない時がきたの」

忍は、デビュー直後にすごく苦しんだその体験を思い出す時、ちょっぴりつらそうな表情をした。

「わたしは、受験を控えた女子高生で、わたしには実は本当のお父さんが別にいて、病気で明日にも死ぬかもしれない有名な写真家なの。わたしは本当のお父さんとお母さんが死ぬ前に一度逢《あ》えるようにって、駆け回って説得をするんだけど、お母さんに『一生後悔するわ』って主張するシーンのセリフが、わたし一人で十二行もあるの。そのシーンに出るみんなは、涙を浮かべて、気持ちを入れてスタートするのに、肝心のわたしがもうやめてっていうくらい途中でセリフをとちるの。NGっていったって笑ってごまかせる次元じゃないの。

『なんでこんなの連れてきたのよ！』って母親役の女優さんがものすごく怒って、わたしはこらえきれなくなって、スタジオの隅に走っていって、泣いた。結局、その日はおしまいになって、次の日に撮り直しになったんだけど、ここでこのドラマ駄目にしたらわたしは芸能界にいる資格ないだろうなって、そう思った。どうすればいいのって悩んでも、芸能界は生存競争だから、誰も教えてくれなかった」

「ふうん――」

「ねえ里緒菜、でもね、その時、たった一人で緑山《みどりやま》スタジオの屋上で星を見て泣きながら、わたしは考えたの。もしその十二行のセリフを、明日までに百回練習して、身体に憶えさせせたらどうだろう？　十二行のセリフ、百回練習したら、わたしのこの身体は憶えてくれるだろうか？

わたしそれまで何かひとつのことを百回も繰り返して練習したことなんかなかったから、試しにやってみた。スタジオの屋上で、足元にチョークで『正』の字を書いて、立って声を張り上げて空が紫色になって星がひとつ残らず消えるまで、母親を説得する女の子のセリフを繰り返した。

そうしたらね、憶えたの。それだけじゃない。わたしがそれまで、とちるのだけ恐れていて役の女の子の気持ちなんか何も考えていなかったことも、よくわかった。その少女が、どんな気持ちで母親を説得しようとしているのかもわかってきて、その役が好きになった。一度好きになってしまうと、恐怖感はもう襲ってこなかった。

里緒菜、あなたは、わたしがＴ３の操縦の手順を一晩で憶えてしまったのを不思議に思ったかもしれないけれど、わたしは、こういうこと初めてじゃなかったの。わたしだって自分で飛行機を動かして飛ぶのは不安だし、怖かったわ。でも一晩かけて怖いものに向き合って、百回闘って、好きになる訓練を七年前にしていたの。だからできたの」

「え――」

「ねえ里緒菜。人が百回も千回も練習して、それでもものにならないことなんて、この世にはないよ。わたしその時、そう思った」

「うーん……」

「キリモミ、何回やった？」

「――昨日と今日で、五十回」

「里緒菜、百回まで、耐えてごらんよ」

「えっ？」

「里緒菜。キリモミあと五十回やって、それでもまだ飛行機が怖かったら、その時にどうするか考えればいいじゃない？　でも百回やって慣れないことなんて、あるはずないわ」

「そ、そんな……」

あと五十回もあれをやるなんて――

里緒菜は『あと五十回』と聞いただけで顔が蒼《あお》くなった。

「無理だよ忍、あんな怖くて気持ち悪いのを、あと五十回もだなんて――！」

――ファンファンファン

『そぉれ十八本目ーっ』

『ぎゃあああ、出る、出る～っ』

「大丈夫。きっとキリモミ、好きになるよ」

「そんな」

「〈壁〉を突破すれば、怖くなるわよ」

「無理だよ。やっぱり冗談じゃないよ」

里緒菜はブルブルッと震えた。

「里緒菜、一緒に〈ファルコン〉に乗ろうって、約束したじゃない。〈ファルコン〉に乗るためには、キリモミは避けて通れないのよ」

「わかってるわよ」

里緒菜はまたふとんをかぶってしまった。

「もう寝るわ――くたくた」

4

●浜松基地　士官候補生宿舎　翌十一月五日　06：00

たったったっ

今朝も、ちさとに顔を引っかかれて起こされた美月が、ジョギングスタイルで士官候補生宿舎の女子棟の階段を駆け上がり、里緒菜の部屋のドアを蹴破《けやぶ》るように開ける。

ばしん！

「里緒菜、朝だぞっ！　さっさと――あ？」

里緒菜の姿はベッドになく、窓に面した机の前に、こちらに背を向けて忍が立っていた。

「あ、教官」

「忍。里緒菜はどうしたんだ？」

スウェットの上下に着替えた忍は、机の上から一枚のレポート用紙をつまみ上げて、美月に向き合った。

「それが――さっきわたしが起こしにきたら、机の上にこれが……」

「なんだ」

美月は忍の手から、レポート用紙をひったくった。

「――なんだと？」

それには鉛筆で、大きくこう書かれていた。

ごめんね忍
もうキリモミはいや
里緒菜

●伊勢湾沖　空母〈翔鶴〉　大格納庫整備オフィス

「ええと――〈究極戦機〉の頭脳である人工知性体の構造原理は……」

紀江は、今朝はなんだか食欲がなくて、朝ごはんを食べなかった。

仕事が始まる時間になると、一人で大格納庫床面のＵＦＣ整備オフィスに下りてきて、葉狩真一が残した手製のマニュアルの続きを読んだ。

「魚住さん、自分の研究室にこもりっきりだしなぁ……こんな朝から〈自習〉っていってても、眠くて頭に入るもんじゃないよ」


――『日高さんごめんね。二～三日〈自習〉していてくれないかしら？　ちょっとこっちをやってしまいたいの』

魚住渚佐は、昨日、一緒に〈究極戦機〉の人工知性体を覚醒させて起動させるプログラムの実習をしたあと、厚木から頼んでおいた研究資材が届いたとかで、自分の研究室に引きこもったまま出てこなくなってしまった。科学者という種類の人たちは、自分の興味を探究する仕事をして生きているので、新しい研究ができることになると、まるで新作のゲームソフトを手に入れた子供みたいに寝食を忘れてかかりきってしまうのである。

「あと二日で〈究極戦機〉のことを一通り教えてくれるって言ってたのに……これじゃ当分、放っておかれるのかしら」

今日も、整備オフィスには紀江一人だった。〈究極戦機〉の担当メカニックたちは、随行支援に使われる特別仕様のF／A18Jホーネット戦闘機とE2CJ空中管制機の整備があるとかで、飛行甲板のほうへ上がっていってしまった。随行支援戦闘機は近日中にホーネットから最新鋭の〈ファルコンJ〉に更新される予定で、彼らは眠っている〈究極戦機〉のケアよりも新型支援戦闘機の受け入れ準備のほうで忙しいのだった。

「あ〜あ」

紀江はあくびをしながら、仕方がないので葉狩のマニュアルで〈究極戦機〉の人工知性体の構造理論をひもといていた。

「――人工知性体、すなわちリガンド・リセプタ型生体コンピュータというものは、リガンド依存性イオンチャンネルを開閉することにより、細胞内メッセンジャー分子すなわちサイクリックAMPをやり取りして、爆発的に速い――理論上、地球に現存する最も優れたスーパーコンピュータの一〇万倍という計算速度を実現した思考回路である、か……ふ〜ん、よくわからないけど、すごいんだ」

生物工学の天才である葉狩が、どうして宇宙船工学の分野に入りそうな〈究極戦機〉の設計を担当したのか、この人工知性体の説明を読むことによってなんとなく理解できた。要するに葉狩の専門であるものすごく進んだ生体コンピュータが、〈Gキャンセル駆動〉と呼ばれる重力を消去して運動する動力システムをコントロールしているのだ。〈究極戦機〉は母体である星間飛翔体の外殻部分を戦闘に適した形に変形させ、内部に人間のパイロットが搭乗できる球形のコクピットカプセルを追加して人工知性体とインターフェイスでつないでやっただけのもので、動力中枢のGキャンセル駆動系にもボトム粒子型核融合炉にも、まったく手はつけられていない。地球の技術レベルでは駆動系に手をつけることができなかったのだ。

このことを真一は、マニュアルの中で自嘲ぎみにこう記述していた。

「——われわれは自転車の存在も知らなかったのに、いきなりF1マシンのエンジンを拾った南の島の原住民のようなものだ。〈究極戦機〉は西日本帝国が所有して管理している兵器のように思われているが、実は神話に出てくる凶暴な巨人《サイクロプス》のぶっとい首の後ろに人の乗れる鞍《くら》をくりつけて、巨人の耳元に囁けるようにしただけのものにすぎない。巨人の頭脳が幸い理性的だからよいが、コントロールできずに暴れだしたならばこれほど恐ろしいものはない。〈レヴァイアサン〉を倒すことができたら、それと同じくらい恐ろしいこのマシーンは、宇宙の果てに帰っていただくか、永久に眠ってもらうのが最善と考える」

紀江は、まるでSFを読んでいるようだった。

「ふうん――そういうすごいものが、あそこに眠っているわけか……あふぁわ」

あくびをした。

「ああ眠い。CDでもかけよう」

●浜松基地　駐車場

「忍、待つんだ」

赤いBMWカブリオレのドアを開けようとしている忍を、美月が止めた。

「どこへ行くつもりだ、忍」

「里緒菜を、追いかけます」

「よせ」

美月は腰に手をあてて、頭を振った。

「忍、パイロットは自分の意志で這い上がるしかないんだ。逃げ出したやつを引き止めたって無駄だよ」

「だって」

「あんたは今日、単独飛行の予定なんだ。早く支度《したく》をしろ」

「教官」

「どんなへたくそだって自分の意志でついてくるやつをあたしは見捨てない。でも、努力を放棄したやつは、教えようがないよ」

「放棄しかけているのを思いとどまらせるのが、友達です」

「自分の心配をしろ、忍。初単独飛行《ファースト・ソロ》がパイロットにとってどれほど大切か、坂井芳郎の本を読んだのならわかるはずだ。気持ちを切り替えろ。里緒菜のことは、忘れるんだ」

美月は踵《きびす》を返すと、格納庫のほうへすたすたと戻っていった。

「しっかり朝食をとって、エプロンへ来るんだ。遅刻は許さないよ」

「教官――」

●浜松基地　エプロン

バルルルルル

エンジンを始動した忍のT3には、尾部の着艦フックの後ろに赤い小さな吹き流しが取りつけられていた。初単独飛行《ファースト・ソロ》のしるし、いわゆる『近寄ったら危ない』という〈超若葉マーク〉である。

「ようし忍。あたしを後席に乗せて、一回だけタッチアンドゴーをやってみせるんだ。技量を見極めてＯＫを出したら、一度エプロンに戻ってあたしを降ろせ」

「は、はい」

「忍」

「は？」

「あたしが憎いか」

「背中から見ると、肩が怒ってるよ」

「え──」

バルルルル

整備員が主翼の下から車輪止めを外して、『出発ＯＫ』のサインを出した。

「忍、空に上がる前に地上での感情は忘れるんだ。そんな力の入った肩じゃ、いい操縦はできない」

「──」

忍は、唇を嚙《か》んだ。

●浜松基地上空　T3コクピット

忍は、『キリモミが怖い』と言ったまま一人で夜逃げしてしまった里緒菜のことが、心配で心配でたまらなかった。昨夜、もう耐えられないと泣いていた里緒菜に、自分はもっと何かしてやれなかったのか。そう思うと、たまらなかった。自分はデビュー当時の苦労話なんか聞かせて、けっこう里緒菜を励ましたつもりになっていたけれど、里緒菜のつらさを本当はぜんぜんわかってやれていなかったのではないか？

バルルルル

T3を滑走路に向けて左降下旋回に入れながら、忍は自分を責《せ》めていた。

「こら忍、なんだこの進入角度は？」

「は、はい。修正します」

「肩に力が入っているから、微妙なコントロールができないんだ」

「は、はい」

美月は後席で、忍のぎくしゃくした操縦を見ながら、ちょっとあたしは冷たすぎるなあ、と思っていた。

(でも、甘やかして必要な技量も精神力も体得しないままF２になんか乗せたら、この娘《こ》たちはすぐに死んでしまうだろう。あたしだって忍、あんたたちに嫌《きら》われたくなんかないんだよ。仕方ないんだ。あんたたちのためなんだ)

ドシャン！

Ｔ３は目標の接地帯標識を飛び越して、とんでもない向こう側に乱暴にタッチダウンした。

「こら忍っ！」

後席から美月が怒鳴った。

「なんだ今のは。今までで一番ひどいぞ！」

「す、すみません」

「空母なら完全に海へドボンだ！　こんなんじゃ単独飛行に出せない、もう一度やり直せ！」

「は、はいっ」

忍はＴ３をまっすぐ走らせながらフラップを上げてトリムをリセットし、スロットルをフルパワーに進める。

ブァアアアーン

「V1、ローテーション！」

忍が操縦桿を引き、T3は再離陸する。

上昇するT3の後席で、美月は思っていた。

（いくらなんでも、友達が泣いて夜逃げした当日に初単独飛行なんて、酷《こく》だよなあ。気にするなって言ったって、無理だよなあ――でもあたし教官だから、ああ言うしか、ないしなぁ）

忍に見えないのをいいことに、美月は腕組みをして、唸ってしまった。

（うーん……里緒菜が駄目になったら、〈究極戦機〉の随行支援戦闘機に乗るパイロットがいなくなるし――なんとかして連れ戻せないかなあ……でもあいつあたしのこと怖がってるし、忍は訓練が正念場《しょうねんば》だし、何か本人がやる気取り戻して帰ってくるいい方法、ないかなあ……）

●浜松基地　エプロン

二度目の着陸は、なんとか接地帯標識の近くにタッチダウンしたものの、これまでの忍らしくもない、ボロボロの操縦だった。だが美月はエプロンに戻って自分を降ろすように命じた。

一人にされて必死になれば、うまくはなくてもとりあえずはまともに飛んで帰ってこられるだろう、という判断だった。

「いいか忍」

後席から主翼の上に降りて、美月は前席の忍に怒鳴った。プロペラは回したままだ。

「あたしは、別のＴ３で後方から追随《チェイス》する。編隊飛行だ。離陸したらすぐにトラフィックパターンをブレイクして演習空域へ向かえ。向こうでやることは、あたしが無線で指示する」

「は、はい！」

「よし。肩の力を、抜いてゆけ」

美月は忍の白いヘルメットをポンと叩くと、主翼から飛び降りて、隣にスタンバイさせておいたもう一機のＴ３に飛び乗った。

バルルルル
すぐにエンジンがかかり、二機のＴ３は編隊地上滑走の許可を取って、滑走路へとタキシングを開始した。

●空母〈翔鶴〉　UFC整備オフィス

伊勢湾の沖を東へと向かう空母〈翔鶴〉の大格納庫整備オフィスでは、日高紀江が退屈していた。昨夜《ゆうべ》、一晩中もの思いにふけったのと、朝ごはんを食べなかったのとで、なんだか頭がぼうっとして、マニュアルを読んでもそれ以上、頭に入ってこなかった。

「なんかこのCDも、あきたなあ……」

葉狩のCDラックの水無月美帆のアルバムは、全部聴いてしまった。

「ほかに何か……ええと――」

頬杖をついたまま、終わったCDをラジカセから取り出して、しまう。

ぼうっとしていたので、引き出しの中にそれを見つけた時、紀江は渚佐に言われた注意を、すっかり忘れていた。そう、〈翔鶴〉へ赴任した日にここで渚佐に言われた注意だ。

――『デスクの中の、〈取扱注意〉と書かれたCDだけは、かけちゃ駄目よ』

葉狩真一のＯＡデスクの引き出しの中にしまわれていたのは、

〈MIHO MINAZUKI COLLECTION V〉

という、水無月美帆のディスコグラフィの中ではおととし出たばかりの一番新しいベストアルバムだった。だがそのＣＤのプラスチックケースには帝国海軍の〈危険物・取扱注意〉という公式警告ステッカーが、べったりと貼りつけられていたのだ。

「——なんだこりは？」

赤いしましまの危険物警告ステッカーはＣＤのケースよりも大きいので、まるでそのアルバムは警告ステッカーでラップされているみたいだった。

「どう見たって、ただのＣＤじゃない」

紀江はためらいもなく、そのＣＤを黒い大型のラジカセにセットすると、ＰＬＡＹボタンを押してしまった。

キュルルル——

確かにそのアルバムをここでかけたところで、通常は何も起きはしない。

しかし、日高紀江はすっかり忘れていたが、この時、大格納庫の天井に突き出したＵＦＣコントロールセンターの管制卓では、〈究極戦機〉のインターフェイスシステムが九五パーセントの半覚醒状態のままで、昨日から放っておかれていたのである。

●浜松基地　上空

ブァアアアン

ブァアアアン

二機の銀色のT3が、斜めの編隊を組んで浜松基地の海岸線から、洋上の演習空域へと上昇してゆく。

先を行くT3が赤い吹き流しをつけた忍の機、左斜め後方から続くのが森高機である。編隊飛行は、ベテランが後方からついていくだけならば、それほど難しくはない。

●浜松基地　管制塔

「忍が単独飛行だと?」

知らせを聞いて駆け上がってきた雁谷司令と郷大佐は、またまた井出少尉から双眼鏡を取り上げた。

「ちょっと貸せ」

「今、トラフィックパターンをブレイクして洋上へ向かうところです」

雁谷司令は井出の指さす方向へ双眼鏡を向ける。

「ううむ――」

雁谷は唸った。

「――赤い吹き流し……まさしく初単独飛行《ファースト・ソロ》のしるしだ！」

「信じられん！」

郷も唸った。

「水無月忍は、今日で、操縦を習い始めて、まだ四日目だぞ！」

しかし双眼鏡で追うと、吹き流しをつけたT3はちゃんと上昇してゆく。

「あの――いや」

郷は言いかけて、口をつぐんだ。『あのアイドル歌手は、ひょっとして本物か？』

と言ってしまいそうになったのである。

●浜松沖　演習空域R《レンジ》144

ブァアアアーン

忍は、滑走路を蹴って着陸脚《ランディング・ギア》を上げてから、上昇中に一回だけ、後席に教官の美月が乗っていないことを振り向いて確かめた。そのほかは、T3を海に向けて定常上昇状態にセットする手順に、忙殺された。

（初めての単独飛行の、感動とか感慨とか、案外、湧いてこないもんだな……）

後ろで見ている人がいないのだから、いつもより倍も慎重に、間違いなく手順を行わなくてはならない。それだけが頭にあった。上昇《クライム》チェックリストをすませても、もう一度コクピットのスイッチやレバーを見渡して、間違いがないか確かめた。

『忍』

ヘルメットのレシーバーに、美月の声が入った。

『どうだ、初ソロの感想は』

「いつもより、大変です」

美月は忍の左斜め後方二〇フィートを、コンバット・スプレッド隊形と呼ばれるフォーメーションで追随していた。

いつもより大変です、と忍が答えた時、美月は『ほう』と驚いた。忍の言葉は、美月自身が初単独飛行に出た時に教官に訊かれて答えた台詞と、まったく同じだったからだ。

「よし忍、演習空域に入ったら、空戦の基礎をやるぞ」

忍は、まっすぐ沖へ機首を向けて上昇するT3のコクピットから、思わず後方の教官機を振り向いて見た。

「空戦?」

「教官、もう、空戦の機動をやるのですか?」

『そうだ』

「教官、わたし、離着陸をやっと覚えたばかりです」

『早すぎることはない。今日はエルロン・ロールとバレル・ロールをやろう。教えたとおりに飛ばしてみるんだ』

「教官」

忍は、T3を五〇〇〇フィートにレベルオフさせながら訊いた。

「どうしてそんなに、急ぐんです? 先輩の訓練生たちは、T3の課程に四カ月かけるんだって聞きました。どうして――」

『ほかの期の訓練生たちは、関係ない。あんたは一〇〇パーセント〝あたし流〟で鍛《きた》えて、三カ月で〈ファルコンJ〉に乗せることになっているんだ』

「そんな!」

忍は叫んだ。

バルルルル

バルルルル

二機のT3は、一四〇ノットの巡航速度でまっすぐ南へ飛ぶ。もう陸岸は背中にかすんで、見えなくなった。洋上演習空域の真ん中へ入っていくのだ。

「教官、ずっと気になっていたんです。質問させてください。どうしてわたしたち、特別コースで三カ月養成なんですか？」

『いずれわかる』

「今教えてください。わたし、飛行機が面白いから、考えないようにしていたけど、里緒菜はしごかれて逃げ出しちゃうし、教官のやり方ってかなり無茶だし、やっぱりちゃんと訊いとかないわけにはいきません。教えてください」

●浜松基地　管制塔

訓練機同士の無線は、管制塔の郷たちにもモニターされていた。

「まずいぞ」

郷がまた唸った。

「忍が、詰め込み訓練の理由を訊いてきおった。まだばらすのは早いぞ！」

「うむ。困ったな――」

雁谷も腕組みをした。

「今、〈究極戦機〉のことを全部ばらしたら、忍はT3を降りて帰ってしまうかもしれん。森高になんとかごまかすように指示できないか？」

井出が頭を振った。

「駄目です司令、郷大佐。この周波数は忍も聞いています。よけいばれちゃいますよ」

「郷、いっそのこと、いちかばちかでばらすか？」

「あのアイドル歌手に、『おまえが一人で地球を守るんだ』なんて言うんですか？」

●洋上演習空域

一番困っていたのは、美月だった。

（まいったなぁ――）

忍は真剣に訊いてきていて、ちゃんと答えてやらなければ、これ以上、訓練についてきそうになかった。

『教官！』

忍の声が、美月のヘルメットレシーバーの中で頑《がん》として主張していた。

『教えてください！　どうしてなんです？　どうしてわたしには里緒菜しか同期生がいないんです？　それからＵＦＣチームって、なんなのです？〈究極戦機〉って――？　わたしになんの関係があるんです？』

（あちゃー、ＵＦＣのこと、うすうす感づいてるよ）

●**空母〈翔鶴〉**

忍の〈声〉は、その時はるか沖合を航行していた〈翔鶴〉の艦内でも、紀江がデスクの上に置いた黒いＣＤラジカセのスピーカーから、流れ始めていた。

『〽リボンが風に踊る　大好きな季節が――』

日高紀江は、頬杖をついてマニュアルをめくりながら、まさか自分が〈究極戦機〉をコントロールなしの状態で覚醒させてしまう禁断の鍵《キイ》を回してしまったとは、想像もしていなかった。

大格納庫の天井に突き出したＵＦＣコントロールセンターでは、床面からそびえる白銀色の格納容器を見下ろす管制卓の上で、ＵＦＣインターフェイスシステムのディスプレイが真っ赤な警告メッセージを表示し、点滅させ始めた。

▼UFC 1001 ACTIVATED
WARNING
NO CONTROL COMMAND

しかしコントロールセンターには、誰もいなかった。

〈究極戦機〉は、九五パーセントの半覚醒状態から、水無月忍のＣＤの歌声を鍵にして、今や一〇〇パーセント目覚めようとしていた。しかしＣＤの忍の歌声は、格納容器の中で眠る〈究極戦機〉を目覚めさせるが、コマンドとしてまったく意味をなしていなかった。

極めて危険だった。

●〈翔鶴〉航海艦橋

ズズズーン！

まるで魚雷が横っ腹に命中したような重い衝撃で、艦長をはじめ艦橋の士官たちは、足をすくわれそうになった。

「なっ、なんだ？」

「何か爆発したのかっ？」

5

●空母〈翔鶴〉

ドカーン！　という大音響は、〈究極戦機〉特殊格納容器に液体窒素を供給するサプライシステムの六本の循環パイプが、圧力の逆流で吹っ飛んだ音であった。

「！」

驚いた渚佐が研究室から飛び出してＵＦＣコントロールセンターへ駆け込んだ時には、誰もいない管制卓の上で、インターフェイスシステムのディスプレイが真っ赤に点滅していた。

「そんな――？」

▼UFC 1001 ACTIVATED

いけない、と叫んで渚佐は管制卓に駆け寄りキイボードに向かったが、もう遅かった。

「駄目だわ。休眠モードに戻らない！」

急いで艦橋に報告を入れたのはそのすぐあとだった。このままでは大変なことになる。

▼ALERT!　ALERT!

NO CONTROL　COMMAND

「〈究極戦機〉が目覚めた？　どうして――」

はっ、と渚佐は気づく。

パチッ、とインターフォンのスイッチを入れ、整備オフィスを呼び出す。

「日高さん、日高さん！　そこにいるの？」

応答はない。

「日高さん！」

渚佐は管制席からがたっと立ち上がって、大格納庫を見下ろす強化ガラス窓へ伸び

上がったが、

シュー−ッ

シュウウウウッ

吹っ飛んだ供給パイプから、舞台のドライアイスみたいな液体窒素が噴出して格納庫の床面にすでに見えなくなりつつあった。

ピピピピッ、とインターフェイスシステムの画面が切り替わる。

▼UFC 1st SHELL
RELEASE SEQUENCE
PROCEEDING

同時に管制卓のあちこちで、モニターが巨大な種子のような格納容器の第一外被がリリースされる模様を、三次元グラフィクスで表示し始めた。

「いけない！」

渚佐は艦内インターフォンでもう一度、航海艦橋《アイランド》を呼び出した。

「艦長、艦長、緊急事態です！」

〈究極戦機〉がコントロールなしで突然、動き始めたアクシデントはただちに艦橋へ伝えられ、艦内に警報が響きわたった。
ヴィイイイイッ
ヴィイイイッ
進入コースに入っていたF18にウエーブオフの指示が出され、飛行甲板の離着艦作業は中止され、タッチアンドゴーの訓練をしていた艦載機には上空待機が命じられた。

●〈翔鶴〉上空

「士郎大尉、何があったんでしょう?」

吉野希未子は先行する士郎信之のF18に斜め後ろから接近すると、一〇フィートの間隔で編隊を組んだ。

『わからん。が、あれを見ろ』

「え?」

希未子が見下ろすと、〈翔鶴〉の飛行甲板の中央部から、四角く切り取られた形に白煙が上がっている。

「――〈究極戦機〉の専用エレベーターから、煙が?」

●〈翔鶴〉大格納庫

渚佐はコントロールセンターから大格納庫へ下りようとしたが、

びゅううっ

「きゃっ」

肌に触れると凍りつくような白い煙が嵐のように押し寄せ、気密ドアから出ることができない。乳白色の雲のような中を、液体窒素を先端から噴出させながら、六本の供給パイプが竜のようにのたくっている。

渚佐は急いでコントロールセンターに戻り、液体窒素供給システムを停止させた。彼女は科学者で、パイロットではなかった。気が動転していた。まず初めに液体窒素を切るべきだったのだ。

「日高さん、日高さん！　聞こえる？」

もう一度インターフォンで下の整備オフィスを呼ぶが、やはり応答はなかった。紀江は整備オフィスでマニュアルを読んでいるはずだった。

「いけないわ。もし整備オフィスの気密ドアが開けっ放しだったら――」

渚佐はぞっとした。

●〈翔鶴〉航海艦橋

　艦橋では押川艦長が次々に指示を出していた。

「魚住博士をもう一度、呼び出せ！　〈究極戦機〉の状態を逐一《ちくいち》、報告させるんだ」

「はっ」

「艦内全域、放射能防護態勢を取れ！」

〈究極戦機〉の暴走で放射能が出ることは考えにくかったが、〈翔鶴〉にはこういう事態に対処するための適当な警戒態勢が定められていなかった。

「発進甲板はまだ使えるか？」

「艦首のカタパルトだけなら大丈夫です」

「騒ぎが大きくなる前に給油機を発艦させろ。上空のホーネットが飢え死にするぞ」

「はっ」

「艦長！」

ＵＦＣコントロールセンターと連絡を取っていた士官が振り向いて怒鳴った。

「魚住博士から報告。〈究極戦機〉が突然目覚めた原因は不明、現在コントロールなしの状態で起動しかけています！」

「原因などどうでもいい、止められないのかっ！」

●ＵＦＣコントロールセンター

「努力していますが、止められません！〈究極戦機〉は一〇〇パーセント覚醒して、自分で格納容器を開けようとしています！　もう言うことを聞きません」

〝NO CONTROL COMMAND〟という警告メッセージは、まだメインディスプレイで点滅し続けていた。〈究極戦機〉は、まったく誰にも制御されない状態で、勝手に動き始めているのである。このままでは、格納容器の三枚の外鈑を開いて、空母〈翔鶴〉の艦腹を障子紙《しょうじがみ》のように突き破り、大気中へ飛び出していくだろう。

「そうなれば本当に誰にも止められないわ。なんとかしなくちゃ――！」

だが渚佐には、もう〈究極戦機〉に外側からコマンドを入れることができなかった。コントロールセンターのインターフェイスシステムは、〈究極戦機〉側が一〇〇パーセント覚醒したと同時に、人工知性体側から接続を切られていた。

「駄目だ――」

そのうえ渚佐は、液体窒素のブリザードが吹き荒れる大格納庫の整備オフィスに一人でいるはずの、日高紀江の心配もしなくてはならなかった。

「艦長、防寒服の救助チームを大格納庫へ！　お願いします、日高中尉がまだあの中にいるんです！」

●〈翔鶴〉上空

『〈キラービー・リーダー〉、ＵＦＣが暴走した。艦腹を突き破って飛び出すかもしれない。追撃して阻止できる兵装はあるか？』

士郎大尉をリーダーとする四機のＦ18がその時、〈翔鶴〉の上空をホールドしていたが、編隊のパイロットたちはみな耳を疑った。

「うそ――」

希未子は酸素マスクの中でつぶやいた。士郎の隊長機を見る。

『〈翔鶴〉、燃料がない』

『給油機を今、発艦させた。給油次第、追撃態勢を取れ』

どうしよう、と希未子は左手でマスター兵装パネルを入れてみた。三面あるブラウン管《CRT》の左側のディスプレイに、空対空ミサイル《AIM9L》二発と20ミリ砲弾五〇〇発の装備が表示された。サイドワインダーは翼端につけるとバランスがよいので、たまたま装備していたにすぎない。

「これじゃ、アフリカ象に向かってギンダマ撃つよりも分《ぶ》が悪いわ」

もともと〈究極戦機〉が敵に回ることなど、帝国海軍の誰も考えたことがなかったのだ。

「いったい、何が起きたのかしら――?」


吉野希未子は、まさか自分が浮かれて紀江にかけたインターフォンのせいで彼女が〈究極戦機〉を休眠モードに戻すのを忘れ、その後うっかりしてかけてはいけないCDを〈究極戦機〉のすぐそばでかけてしまったのだとは、知らなかった。

こうなったのは、元はといえば希未子と士郎のごたごたが原因で、突き詰めて言えば希未子がなかなか士郎に『好きだ』と言えないのを紀江が見かねて助けたのが原因で、もっと突き詰めて言えば士郎が初めにちゃんと希未子に『好きだ』と言わなかったのがいけないのだが、そういうささいなヒューマン・ファクターが重なって、大きなアクシデントに発展してしまうケースは、原子炉などの巨大システムではよく起きるのだった。

●〈翔鶴〉大格納庫

ズゴンッ

第一外被が、ついに開いてしまった。それも封入されていた液体窒素をまったく抜かずに、いきなりオープンしたのだ。

ズゴォオオオッ！

●UFCコントロールセンター

轟音《ごうおん》を立てて強化ガラスの外側を、気化した液体窒素の白い嵐が荒れ狂った。

「艦長、もうわたしにはコントロールできません。〈究極戦機〉の暴走を止める手段は、もう、ひとつしか残っていません！」

渚佐は艦内電話に怒鳴っていた。片方の耳をふさいで怒鳴らないと、インターフォンの声も轟音に掻き消されて聞こえなかった。

「よく聞いてください、〈究極戦機〉の暴走を止める方法は、ひとつしかありません！」

渚佐は、はぁはぁと肩で息をした。

「――水無月忍です！　艦長、水無月忍は、今どこにいますかっ？」

●浜松沖　演習空域

バルルルルル

『教官、黙っていないで、答えてください！』

「う、うん――」

美月が困り果てた時、浜松基地の管制塔から、郷が呼んできた。

『森高中尉、郷だ。〈翔鶴〉で緊急事態だ！』

●浜松基地　管制塔

「森高、緊急連絡によると、〈翔鶴〉の格納庫で〈究極戦機〉が勝手に動き始めた。このままでは暴走してしまう。あれがもしコントロールなしで暴れ回ったら、〈レヴァイアサン〉どころの騒ぎではない。地球は壊滅してしまう！」

マイクに怒鳴る郷に、基地の先任教官パイロットが呼びかけた。

「郷大佐、T2改を用意させました。耐Gスーツを着てください！」

よしわかった、とうなずきながら、郷はマイクに、

「森高、あと三〇〇秒で最終外被が開いてしまう。忍を〈翔鶴〉へ連れていけ！　私もただちに向かう」

●演習空域

「そっ、そんな！」

美月は叫んだ。

『いいか森高、もう〈究極戦機〉を止められるのは、忍しかいないんだ』

「だって」

『幸い〈翔鶴〉は演習空域の沖合に差しかかっている。そのまま南へ飛んで、会合《ランデヴー》しろ』

「ちょっと待ってください郷大佐、あたしが操縦しているならともかく、忍は単独飛行なんですよっ！　どうやって空母に――」

だが、

『急げ森高！』

そう言っただけで、通信は切れてしまった。

はあっ、と美月は息を吐いた。

(な、なんてことだ……)

腕時計の、秒針を見る。

「とても基地に引き返して、複座のジェット機に乗り換える暇はない――」

『教官』

忍が呼んできた。

『教官、何が起きたんです?』

「忍」

美月は、唇をなめた。

でも忍に、できるのだろうか――? でもやらなくては、地球はどうなるかわからない。

〈究極戦機〉の破壊力は、乗っていた自分が誰よりも知っていた。

「忍」

『はい』

「忍、あんたが一番知りたいことを、これから教えるよ」

『えっ?』

「海軍があんたをパイロットにしようとする理由――それをこれから見せよう。でもその前にしなきゃいけないことができちまった」

『なんですか』

「いいか忍、何が起きても、驚くんじゃないよ。これからあたしたちは沖合を航行中の空母〈翔鶴〉に、着艦する」

『ええっ？』

〈episode 10につづく〉

episode 10
世界中の、誰よりもきっと〔後篇〕

●渥《あつ》美《み》半島《はんとう》沖　五〇〇〇フィート

バルルルルル

『森高、あと三〇〇秒で格納容器の最終外被が開いてしまう。〈究極戦機《UFC》〉が飛び出していくのを止める手段は、ひとつしかない。忍を〈翔鶴〉へ連れていけ！』

「ええっ、そんな！」

操縦桿を握りながら森高美月は叫んだ。

『いいか森高、〈究極戦機〉を止められるのは、忍しかいないんだ』

美月は思わず、右前方二〇フィートを水平飛行する水無月忍のT3を見た、尾部の赤い吹き流しは初単独飛行のしるし。忍もこの周波数を聞いているはずだ。

（忍が一人前になるめどがつくまで、〈究極戦機〉のことは隠しておくはずじゃなかったの）

郷大佐からの緊急連絡が入ったのは、水無月忍を初単独飛行に出して、彼女のT3を後方からチェイスしながら飛び始めた直後だった。

バルルルル
バルルルルル

ゆるい編隊を組んだ二機のT3は、浜松基地のある海岸線を遠く背にして、洋上演習空域の真ん中へ差しかかっていた。二機のT3の主翼は海面を下にして銀色にきらきら輝いていた。本当ならば、初歩の空戦機動《ACM》の練習をする予定だった。

『森高、忍を〈翔鶴〉へ連れていくのだ！　幸い〈翔鶴〉は演習空域の沖合に差しかかっている。そのまま南へ飛んで、会合《ランデヴー》しろ』

「ちょっ、ちょっと待ってください郷大佐、あたしが操縦しているのならともかく、忍は単独飛行なんですよっ！　どうやって空母に――」

だが、

『急げ森高！』

通信は切れてしまった。

はあっ、と美月は息を吐いた。

（なんてことだ……）

腕時計の秒針を見ると、とても浜松基地に引き返して複座のジェット機に乗り換える余裕はなかった。あと五分足らずで、空母〈翔鶴〉大格納庫の〈究極戦機〉は、母艦の艦腹を障子紙のように突き破って大気中へ飛び出していくだろう。そうなったらもう誰にも止められない。

（……あの星間飛翔体を改造したとんでもない化け物みたいなマシーンが、コントロールもなしで暴れ回ったら——）

その破壊力は、乗っていた自分が一番よく知っていた。

『教官』

忍が呼んできた。

『教官、何が起きたんですっ？』

水無月忍は、無線を聞きながら、何か大変なことが起こっているのだとは肌で感じていた。しかし、〈究極戦機〉というものを『止める』ために、なぜ自分が沖合の航空母艦へ連れていかれなくてはならないのだろう。

バルルルルル

（おかしいわ。何が起きているんだろう——？）

だいたい自分と里緒菜が二人だけこんな半端な時期に入隊させられ、超速成の訓練を受けさせられている理由からしてわからない。なぜ美月はそんなに急ぐのだ？　海軍は自分たちを、どうしようというのだ？

　忍は右手で操縦桿を握り、Ｔ３をさっき美月に言われたとおり機首方位一八〇度、つまり真南へ向けて水平飛行させながら、これから自分はどうなるのだろう？　と考えた。二機の単発初等訓練機は、海軍演習空域Ｒ《レンジ》144の真ん中を通り越して太平洋上へと出つつあった。

『忍』

　後方からチェイスする教官機の美月が呼んできた。

『忍、あんたが一番知りたがっていたことを、これから教えるよ』

「えっ？」

『海軍があんたをパイロットにしようとする理由――それをこれから見せよう。でもその前にしなきゃいけないことができちまった』

「な、なんですか」

　忍が訊くと、ヘルメットレシーバーの中で、美月の声が少しためらった。

『いいか、忍』

「はい」

『何が起きても、驚くんじゃないよ。これからあたしたちは、沖合を航行中の空母〈翔鶴〉に、着艦する』

「ええっ！」

忍は声を上げた。

着艦――？

このまま飛んで、航空母艦に降りるというの――？

美月は、こうなったら水無月忍を空母〈翔鶴〉に一人で着艦させるしかなかった。今日初めて単独飛行《ソロ》に出たばかりの、超若葉マークのひよこもいいところの訓練生だ。しかし、美月は忍の操縦センスなら、うまくおだてればやってのけるのではないかという気がした。

美月はごくりと唾《つば》を呑み込んで、

「忍」

『はい』

なるべくリラックスさせて、自信を持たせるんだ。

「いいか。今まで地上の滑走路へのタッチアンドゴーで教えてきただろう？　海軍の着陸は、どうするんだ？」

『狙ったところに、飛行機の両脚を叩きつけます』

「そのとおりだ。じゃあそのとおりにやろう」

『そのとおりにって――』

「演習空域の沖合を、〈翔鶴〉という空母母艦が航行している。今その上で、大変なことが起きているんだ」

『それとわたしと――』

「忍、あんたが三カ月で〈ファルコンJ〉に乗らなくてはいけない理由が、そこにある。知りたかったら、降りてみせるんだ」

『だって教官、わたし空母なんて、見たこともありません』

そりゃそうだよなぁ。

でも、美月はなんとかして、忍にやる気を出させなければならなかった。

「忍、〈翔鶴〉は海軍で一番大きい空母だ。着艦用のアングルド・デッキは二〇〇メートルもある。心配するな。あんたならできる」

二〇〇メートル？

忍は、息を呑んだ。

（二〇〇メートルって、浜松基地の滑走路が二〇〇〇メートルだから……）

一〇分の一――？

『忍、大丈夫だ。あたしが誘導《エスコート》する。言われたとおりにやってみろ』

「で、でも」

『〈究極戦機〉を、見たくないのか？』

「えっ？」

『忍——いいか。あんたは〈ＡＦ２Ｊ〉の資格を取ったあと、〈究極戦機〉のパイロットになることになっているんだよ。そう決まっているんだ』

「ええっ？」

そんなこと初めて聞いた。

「そんなこと言われたって、わたし困ります！」

『忍、細かい説明の暇はない。海軍にはあんたたちがどうしても必要なんだ』

「必要って——」

忍はヘルメットの頭を回して、左後方の教官を見た。

「訳がわかりません。それにわたし、空母になんか降りられません」

『忍。全部ばらすけど、あたしが二年前に乗って〈レヴァイアサン〉と戦った〈究極戦機〉は、設計者のいたずらでもうあんたの声でしか動かない。あの超兵器を操れるのは、世界中であんた一人だけなんだ。あんたにパイロットになってもらうしかないんだ。しかも世界には危機が迫っている。核燃料廃棄物五〇〇〇トンを抱えたネオ・ソビエトの巨大メカが来年の春になればアムール川の基地から攻めてくる。迎え撃てるのは〈究極戦機〉だけなんだ！』

「な、なんですって？」

『地球を救えるのは、あんたしかいないんだよ。水無月忍！ 〈翔鶴〉で暴走しかかってる〈究極戦機〉を止められるのも、あんただけだ』

「そんな」

『わかったら、あたしと一緒に空母へ降りて、〈究極戦機〉に〝止まれ〟と言うんだ！』

●空母〈翔鶴〉ＵＦＣコントロールセンター

「艦長！」

魚住渚佐は艦内電話で艦橋へ叫んでいた。

「防寒整備の救助隊を早く！ ＵＦＣの整備オフィスにまだ日高中尉がいるんですっ」

ＵＦＣコントロールセンターの特殊強化ガラス展望窓から見下ろす大格納庫の中は、噴出した大量の液体窒素で白いブリザードと化していた。

ビュォオオオ
『魚住博士、心配するな、救護班は急行させた。そちらの状況はどうだ？ 〈究極戦機〉は、やはり止められないか？』

「もう手のほどこしようがありません」

渚佐は管制卓から大格納庫の中を見下ろした。

ビュォオオオオ
「水無月忍を、早く――――！」

長い髪の渚佐は、荒れ狂う嵐のような音に耳をふさぎながら艦長に訴えた。そばのディスプレイでは、〈究極戦機〉格納容器の第一外被《シェル》がフルに開き終わり、第二外被が開放シークエンスに入ったことが三次元グラフィックの絵で表示され始めた。

ピピピピピピ――

▼UFC 2nd SHELL
RELEASE SEQUENCE
PROCEEDING

●〈翔鶴〉航海艦橋

「艦長、浜松基地より入電。水無月忍の練習機はR144《レンジ》におり、こちらへただちに向かえるそうです」

「うむ」

押川艦長は、装飾のついた将官用制帽のまびさしの下でうなずいた。艦長席のリクライニングシートから、今度は上空を見上げる。

「上空待機中の艦載機の燃料は大丈夫か？」

「先ほど給油機が発艦しました」

副長が汗を拭きながら報告した。

「タッチの差でしたよ。もう飛行甲板は、発艦カタパルトが使えません」

「ちょって待て」

押川は、シートから乗り出して着艦用アングルド・デッキを見渡した。甲板の大部分を占める〈究極戦機〉専用エレベーターの巨大な四角いスライド開口部は閉じていたが、その周辺の隙間から白い煙がもうもうと湧き上がって甲板の視界をほとんどゼロにしていた。

「着艦作業は、行えるのか？　もうすぐ水無月忍の練習機が来るのだぞ」

●〈翔鶴〉艦内Ａ12通路

「急げ！」

極地用防寒装備に身を固めて着ぶくれた救護班の隊員四名が、二重の放射線防護ハッチを暗証番号《パスワード》でオープンさせ、〈究極戦機《UFC》〉専用大格納庫の天井入り口へと下りていく。格納容器が開放シークエンスに入ったため、防護ハッチが自動的に閉じて大格納庫への通路をふさいでいたのだ。

ピピピッ

ガチン

プシューッ

「開いたぞ」

「急げ。まだ格納庫床面まで、百段も階段を下りねばならん」

しかし、

ビュォオオオッ

「うわっ、すごい嵐だ」

「中は北極か？」

「冗談はよせ」

班長の少尉が、無線艦内電話のスイッチを入れて叫んだ。

「ＵＦＣコントロールセンター！　魚住博士、聞こえますかっ？」

●〈翔鶴〉上空

母艦の周囲《まわり》を、楕円状のトラフィックパターンを描いて旋回しているF18ホーネット編隊のパイロットたちは、〈翔鶴〉の白煙を噴く飛行甲板を見下ろして息を呑んだ。

「まるで船火事だ――――！」

●UFCコントロールセンター

『魚住博士、聞こえますかっ？　大格納庫の液体窒素を排出してください！　聞こえますか、格納庫内の液体窒素を、ただちに艦外へ放出してくださいっ！』

はっ
渚佐は格納庫を見下ろすのをやめ、われに返った。

「いけない、大事なことを――」

髪をひるがえし、格納庫の機構をコントロールするシステムのキイボードに走った。

●〈翔鶴〉飛行甲板

「練習機が着艦するそうだ！　総員配置につけー」

「駄目です飛行班長、甲板の下から液体窒素が噴出していて危険です」

ヘルメットをかぶったデッキクルーたちは、甲板の部署に走っていこうとしても、あちこちから間歇泉《かんけつせん》のように噴き上がる白い煙にのけ反って、進めない。気化した液体窒素の白煙をまともに浴びたら、身体がかちこちに凍って氷細工のように割れてしまうのだ。

「くそっ！」

●ＵＦＣコントロールセンター

カチャカチャッ
渚佐は大格納庫の床面換気《ベンチレーション》システムを起動させて、格納庫内の空間に荒れ狂う白い液体窒素の嵐を艦外へ強制排出する。
「救助隊、聞こえますか？　今、液体窒素を艦の外へ吸い出します！　急いで救出を！」

●〈翔鶴〉航海艦橋

「艦長、ベンチレーションシステムが働きだしました。液体窒素は舷側から放出、甲板の白煙は間もなく止まります」

「よし」

「艦長、森高機の編隊は一〇マイルの距離にいます。北から本艦に接近中！」

「一〇マイルか――」

押川は腕時計の秒計を見た。

「――二分で着くな。〈究極戦機〉の最終外被が開いてしまうのにあと何秒ある？」

「二四〇秒です」

1

●〈翔鶴〉大格納庫　床面整備オフィス

ハンドルのついた気密ドアは、半分開いたままであった。

「さ――」

整備オフィスの床にスカートのままで倒れている日高紀江の顔には、冷凍庫の中に閉じ込められたかのように白い霜《しも》がついていた。

「さ……寒いよう……」

大格納庫でいきなりガシューンッ！　という轟音がして、白い煙がずばーっと津波のように押し寄せてきた時、日高紀江は一人、ＯＡデスクで〈究極戦機〉のマニュアルを広げていた。何が起きたのか、まったくわからなかった。

「……寒いよう……」

紀江は、自分がうっかりかけてしまった葉狩真一の『取扱注意《CAUTION》』のCDが、〈究極戦機〉を目覚めさせてしまった原因だとは想像もできなかった。

雪の中に倒れたトナカイ寸前の状態で、紀江はかすかに息をしながら整備オフィスの床に横たわっていた。まぶたひとつ動かすことができなかった。

●〈翔鶴〉上空

F18〈キラービー〉編隊4番機の吉野希未子少尉は、右手で一五〇〇フィートの周回高度を維持しながら母艦の飛行甲板の様子を見下ろしていた。

（とりあえず給油はしてもらったから、あと一時間は飛んでいられるけれど――）

待機パターンを飛びながら見下ろす〈翔鶴〉の飛行甲板では、着艦用アングルド・デッキに四本のアレスティングケーブルが張られ、飛行班のデッキクルーが駆け散って収容準備が始まっている。

（誰を降ろすのかな――？）

自分たちホーネット隊には、〈究極戦機〉が大気中に飛び出していった場合、追撃して捕捉せよとの指示が与えられている。

と、

『〈翔鶴〉着艦信号士官《LSO》、こちら〈レディバード2《ツー》〉。聞こえるか』

希未子のヘルメットのレシーバーに、知らない女性パイロットの声が入ってきた。

〈レディバード〉？

（ずいぶん懐かしいコールサインだわ）

浜松基地のT3か、と希未子は思った。自分も二年前、初等単発プロペラ機の操縦桿を握りながらそのコールサインを使ったものだ。

（だけど浜松のT3が、〈翔鶴〉になんの用かしら——？）

母艦を見下ろしながら聞いていると、

『こちら〈翔鶴〉LSOだ。森高中尉、着艦デッキの用意は間もなく完了する。そのまま接近せよ』

『〈レディバード2《ツー》〉、了解《ラジャー》』

『〈レディバード1《ワン》〉、聞こえるか？』

〈翔鶴〉のLSOが別のT3を呼んだ。

『は、はい。こちら〈レディバード1《ワン》〉です』

誰だろう、この声？

『〈レディバード1《ワン》〉、水無月候補生。われわれ〈翔鶴〉のクルーは、全力を挙げて君の着艦をサポートするぞ。安心して突っ込んでこい』

『は、はい！』

なんだって？

希未子は、思わず後方を振り向いた。空母〈翔鶴〉に、どうやら二機のT3練習機が接近してきて、着艦するらしい。

（でも、初級課程の訓練生が――？　どうしてかしら）

●〈翔鶴〉の北側　五マイル海上

ヴァアアーン

「忍、本当は空母の右舷を後ろから追い越してタッチアンドゴーと同じトラフィックパターンに入るんだけど、今日は時間がない。いきなり〈翔鶴〉の艦尾にラインナップする。ストレートイン・アプローチだ」

美月は、前方の海面を東に向けて航行する空母〈翔鶴〉の姿を目視で捉えていた。

「目測が難しいから、あたしがリードを取ってエスコートする。前に出るからそのままの速度を維持していろ」

『は、はい』

すでに二機は海面上一〇〇〇フィートまで高度を下げていた。これまで地上の滑走路を相手にタッチアンドゴーを繰り返したのと同じ進入高度だ。航空母艦に降りる場合、ジェット機は速度と旋回半径が大きいので一五〇〇フィートで広いトラフィックパターンを飛ぶが、プロペラ機は小回りが利くから、一〇〇〇フィートでジェット機よりも小さめのパターンを回る。

忍は、操縦桿とスロットルを動かさず、速度と機首方位を一定にキープした。

美月の教官機が、右側をゆっくりと追い越していく。

『忍、いつもと同じようにやるんだ。トラフィックパターンを水平飛行する時と同じように、フラップを一〇度に下げて、速度を一二〇ノットに合わせろ』

美月が無線で指示してくる。

『あんたが先に減速するんだ。ぶつかるといけないから』

「は、はい」

忍はフラップの電動レバーを〈DOWN《ダウン》〉の方向へ入れる。

ウィーン

フラップの表示器《インディケーター》が〔10〕の位置に合ったところで止めた。

（高度が上がらないように――）

操縦桿を前に倒して押さえないと、フラップで増加した揚力のために忍のT３は教官機よりも頭上へ浮き上がってしまう。

ヴァアアーン
（スピードをスロットルで調整……）

フラップは抗力も増加させるから機は減速する。左斜め前方でリードを取る美月の教官機がぐうっと遠くなっていく。

（一二〇ノット、一二〇ノットだ）

忍は左手でスロットルを調整する。いったんパワーをしぼってから、速度計の針が120を指す少し手前で出力指示計器《マニフォールド・プレッシャー》を17インチにセットする。

『そうだ忍。よし、あたしも減速する』

言いながら美月の教官機が減速して、忍の左前へぐいっと近づいてくる。忍が怖い、と思う直前で教官機は速度を合わせて空中に停止する。

『いいか忍、母艦のファイナル・アプローチコースまであたしがエスコートする。ただあたしのあとをついてくればいい』

「はい」

返事をしながら、忍は額の汗を拭きたいのに、両手が操縦桿とスロットルから離せない。離せば機の姿勢と速度が変わって、美月の機に衝突してしまいそうだ。

（編隊飛行なんて、習ったことないのに——！）

本当に空母に着艦なんて、できるんだろうか。空母って、どのくらいの大きさなんだ——？


『忍、〈翔鶴〉が見えるか？』

「えっ？」

『もう目の前に、見えているぞ』

「どこですか？」

『まっすぐ前方だ。もう三マイルに近づいてる』

逆光になって、銀色の鏡のように輝く太平洋の海面を、航跡を曳《ひ》きながら長方形の物体が斜めに移動している。忍はもっと大きいものをイメージしていたので、それが目に入ってきても初めは気づかなかった。

「ええっ？」

思わず忍は声を上げた。

「きょ、教官！　空母って、あれですか？」

上空から見た航空母艦〈翔鶴〉は、まるでハローキティの一五センチの小さなプラスティック定規を体育館のバスケットコートの真ん中に置いて、それをエンドラインから立って眺めているような感じだった。

「あんなに小さいんですかっ？」

●〈翔鶴〉航海艦橋

「T3が来ます！」

「よし、艦首を風上に立てよ。全速前進！」

「はっ」

押川の命令で、操舵手が風向計を見ながら舵輪を回した。

カラカラカラカラッ

●〈翔鶴〉大格納庫

ビュォオオッ、という白いブリザードはようやく収まってきた。防寒装備の救護班の隊員たちは白く凍りついた鉄階段を急いで下りた。早く整備オフィスへたどり着かなくては、日高紀江が凍死してしまう。

「急げ！」

だが、そこに艦が急に転舵したので、横向きのGがかかり隊員たちはつるつる滑る鉄階段の上から振り落とされそうになる。

「うわぁっ」

「つ、摑まれ！　手すりに摑まるんだ」

●〈翔鶴〉飛行甲板

「うわーっ」

デッキクルーたちが、つるつるに凍った飛行甲板の上をなす術《すべ》もなく転がり滑っていく。液体窒素が大量に噴出した飛行甲板の表面はまるでスケートリンクのようで、艦が五度も傾斜すると立っていられなかった。

「急転舵はやめてくれっ、デッキクルーが海へ放り出されちまう！」

「飛行班長、こんなんで着艦機は甲板上で止まれるんですかっ？」

「わからん！　確かなのは、アレスティングケーブルを引っかけそこなったらそのまま海へドボンだということだっ」

●〈翔鶴〉大格納庫

ウォンウォンウォン

「なんだ、この音は――？」

救護班の隊員たちは、思わず階段の途中で頭上を見上げた。

「班長、格納容器が……」

ウォンウォン

ウォンウォンウォン

「〈究極戦機〉が――動きだすぞ……」

百合《ゆり》の花のように開いた第一外被の内側で、第二外被のスペースチタニウムの表面がまるで脈動するかのように、金色に輝き始めている。

ウォンウォンウォンウォン

「急げ！」

●〈翔鶴〉大格納庫　UFCコントロールセンター

「〈究極戦機〉の核融合炉が、臨界に――――！」

渚佐はモニターを見て、息を呑んだ。

「いけない、いつもより覚醒が速いわ」

渚佐は艦内電話を摑んだ。

「艦橋《ブリッジ》を！」

●〈翔鶴〉航海艦橋

『艦長、〈究極戦機〉の覚醒ペースがいつもより速いのです！　このままでは一二〇秒もかからずに、UFCは外へ出てきます！』

「本当か、魚住博士！」

押川は秒針を見た。

『艦長、〈究極戦機〉を甲板へ上げましょう。格納庫に閉じこめておいても艦腹を破って出ていきます。同じことならこの空母を救ったほうがまだましです』

「待て。まもなく水無月が着艦するのだ。今〈究極戦機〉専用エレベーターを開くわけにはいかん」

●〈翔鶴〉大格納庫 UFCコントロールセンター

「水無月忍は、二~三日前に操縦を習い始めたばかりなんでしょう？ 着艦なんて、できるんですか？ そばに着水させてヘリで拾ったらどうなんですか」

艦内電話に怒鳴っていた渚佐の顔が、ガラスの向こうを見てハッと止まった。

「だ、第二外被が――！」

●〈翔鶴〉大格納庫

グバッ

第二外被が、縦に裂けるようにして左右にオープンした。再び白い液体窒素が決壊したダムのように奔流《ほんりゅう》となって噴き出した。あらかじめ内部から液体窒素を抜き取るパイプが、圧力の逆流で引きちぎられているのだ。

「うわぁーっ」

ちょうど格納庫床面に降り立った救護班の隊員四名は、津波のように押し寄せる白い奔流に追い立てられて必死に走った。

「整備オフィスへ逃げ込めっ」

救護班の隊員たちが整備オフィスに走り込んで、後ろ手に気密ドアをクローズしたと同時に白い津波がザバーン！　と押し寄せ、床面の設備を南極観測船の甲板みたいに凍りつかせた。

「日高中尉を助けろ！」

「日高中尉！　大丈夫ですか！」

「いかん意識を失っているぞ」

「人工呼吸だ」

「俺がやる」

「俺にやらせろ」

だが隊員たちが紀江に人工呼吸する順番をジャンケンで決めようとした瞬間、
ズズズーン
整備オフィスの床が、激しく震動した。

●〈翔鶴〉航海艦橋

『艦長、〈究極戦機〉が最終外被をこじ開けようとしています！』

「なんだとっ」

渚佐からの報告に、押川は副長を振り向いた。

「水無月忍は、まだかっ」

「たった今、本艦の後方へラインナップしました！　編隊着艦です」

「編隊着艦だと？」

「はい！」

副長は、双眼鏡に目をあてたまま怒鳴った。

「二機くっついて、進入してきます！」

●〈翔鶴〉最終進入コース

美月のあとについて旋回すると、航空母艦の艦尾がまるで向こうからやってきたように、忍の目の前に現れた。

バルルルル

『忍、あたしは甲板直前でウェーブオフする。あんたはそのまま着艦目標《エイミング》ポイントへ突っ込むんだ！』

「は、はい！」

二機のＴ３は着陸脚《ランディング・ギア》と着艦フックを下ろし、フラップを最大角度の三〇度に下げて、八〇ノットの最終進入速度で〈翔鶴〉の甲板へと進入降下した。

バルルルルルル

空母の艦尾は、白い航跡を曳きながら忍の目の前に接近してくる。わずかに左へオフセットした、滑走路の形をした部分が着艦用アングルド・デッキだ。

『進入角指示灯《ミートボール》が見えるかっ。艦尾の左側だ。赤―赤―白―白、進入角度はちょうどいい』

「はい！」

『浜松の滑走路で、さんざん接地帯標識を目標に練習しただろう？　あそこに見えているアレスティングケーブル四本が、接地の目標だ！　あそこに主車輪を叩きつけるんだっ』

なんて小さいんだ！

忍は右手で機首の角度を一定に保ちながらも、降りるのをやめて帰りたくなった。

機首のカウリングの少し上を、空母〈翔鶴〉の艦尾は少しずつ近づいてくる。

（あんなところに降りるなんて――！）

これに比べたら浜松の滑走路なんて、車の一台もいないディズニーランドの駐車場よりもまだ広いように思えた。自分はしかし、その広大な滑走路を使っても、狙ったところへちゃんと降りたことがないのだ。

●〈翔鶴〉飛行甲板

「来るぞっ」

飛行班長が叫んで、デッキクルー全員が走って配置につく。

●〈翔鶴〉航海艦橋

「来ます！」

副長の声に、押川も双眼鏡を持って立ち上がった。

「艦長、森高中尉はぎりぎりまでエスコートするつもりのようです」

「うむ」

押川も進入してくる二機を双眼鏡で捉えた。

「艦長、着艦に失敗してウェーブオーバーしたら、着水させてヘリで拾い上げましょう」

「いや――」

押川は頭を振った。

「これで降りられなかったら、どのみち時間切れ――アウトだ」

●〈翔鶴〉大格納庫

最後まで〈究極戦機〉の本体を包み込んでいた格納容器最終外被の白銀色の表面が、突然、一点を中心にして真っ赤に赤熱し始めた。

チーッ
「そんな！」

ＵＦＣコントロールセンターで〈究極戦機〉のボトム粒子型核融合炉の出力モニター画面を一瞥《いちべつ》した渚佐は、悲鳴を上げた。出力の波形が、高く針のように尖っていく。

「ＵＦＣが、爆雷《ヘッジホッグ》を使うわ！」

渚佐はとっさに艦内非常放送のマイクを引っ摑んで、赤いボタンをおして叫んだ。

「こちらUFCコントロール！　〈究極戦機〉がヘッジホグを撃ちます！　みんな伏せて！　何かに掴まっ――」

渚佐がそう言い切らぬうちに、最終外被の表面の赤熱はたちまち円形に広がり、中心が白く輝いてスペースチタニウムの容器を溶かし、

ぱひゅうっ！

最終外被の内側から目の潰れるような閃光がほとばしり出ると、ほんの一瞬の照射で〈翔鶴〉大格納庫の隔壁を貫き、対艦ミサイル《ハープーン》が命中しても穴は開かないといわれる空母の船殻をバターのように溶かして吹き飛ばし、直径一〇メートルの大穴をうがってしまった。

ズドーンッ

空気が歪むような猛烈な衝撃波が、大格納庫の表面に出ている設備をすべて吹き飛ばした。

「きゃーっ！」

がちゃーん！

強化ガラスが割れ、暴風に吹き飛ばされるように渚佐の白衣を着た身体はコントロ

ールセンターの隅の壁に叩きつけられた。

●〈翔鶴〉艦橋

ズドドドーン！

「うわーっ！」

立っていた士官たちは全員、足をすくわれて宙に浮き、次の瞬間、壁や床に叩きつけられた。

「どうしたっ」

「何が起きたっ！」

「操舵手、舵輪が回っているぞ！　機首を立て直せ！」

●〈翔鶴〉最終進入コース

ぴかっ！
紅《あか》い糸のような閃光が一瞬〈翔鶴〉の横腹を貫いて水平線へ延びたかと思うと、
ぐらっ

目の前の空母はぐらりとかしいで、左舷から煙を噴きながら右へ偏向し始めた。

『なんてことだ！　ヘッジホグを撃つなんて』

二機のＴ３はすでに二〇〇フィートを切って、〈翔鶴〉の艦尾まで二〇〇メートルに接近していた。

「教官、空母から火が！」

『うろたえるな忍、このまま進入するんだ！』

「あれはなんなのです？」

『〈究極戦機《ＵＦＣ》〉のヘッジホグだ。三重水素プラズマレーザーだ！　あんなものを格納庫の中でぶっぱなすなんて、早く止めなくちゃ大変なことになるぞ！』

「教官、空母が右へズレます！」

『ラインナップし直せ！　なんとしてでも着艦するんだ！』

そんなこと、言ったって――

忍のＴ３は、空母が右へ偏向したおかげでアングルド・デッキの左側の延長上をさらに左へはみ出した。

ブァアアアン！

「くっ」

忍は操縦桿を右へ倒し、同時に右ラダーも踏んで空母の艦尾に喰らいつく。

『忍、行きすぎるな。接地点でセンターラインに戻ればいい。右へ行きすぎるとアイランドにぶつかるぞ！』

一〇〇フィートを切った。

ブァアアン
「くっ！　バンクが元に戻らない！」

『忍、ラダーから足を離せ！』

「そうか」

右ラダーを思いっきり踏んだままにしていた。

『左ラダー！　機首を着艦デッキに合わせろ』

五〇フィート。

スクリューの白波が目の前いっぱいに迫る。甲板の手前に巨大な〈翔鶴〉の文字。

『よし行けっ、忍！』

ブァアアンッ
美月の機が上昇してウェーブオフし、視界から消えた。

三〇フィート。

(叩きつけるんだ。あそこに、叩きつけるんだ！)

忍は右手で操縦桿を固定して、機首のプロペラのスピンナーが着艦デッキの一番手前にぶつかるかのようにT3を降下させ続けた。

二〇フィート。

飛行甲板が風防からはみ出すくらい近づく。

「操縦桿を、引かなくていいんだ！」

艦尾を通過した。

アレスティングケーブル群が機首の下に見えなくなった。

甲板上五フィート！

「里緒菜！　わたしを助けてっ」


バルルルル――

〈翔鶴〉すべてのクルーが息を呑んで見守る中、忍のT3の主車輪が、Aケーブルと Bケーブルの中間に接地しようとする。

だが、

「しまった！」

忍の右手が、甲板にぶつかる恐怖から反射的に操縦桿を引いてしまう。

ぐいっ

忍のT3はふわりと浮き上がり、三〇ノットの向かい風にあおられてBケーブル、Cケーブル、一番前方のDケーブルも飛び越して、アングルド・デッキの真ん中にようやく主車輪を着けた。

ドスンッ

「ブレーキ!」

忍は両足で思いっきりブレーキペダルを踏み込むが、

キキキキキッ

ズシャーッ

「——効かないっ!」

小さなT3は、尾翼を振りながら急制動をかけるが、甲板は凍ってつるつるのままだった。制動はまったく効かず、T3はアイスバーンに突っ込んだ車みたいに滑り続けた。

キュキューッ

ズシャアアアッ

(止まれ、止まれっ)

カウリングの向こうにデッキがなくなり、海が見えてきた。

(いけないこのままじゃ落ちる——!)

なんとかして止める方法は――？

（そうだ！）

忍はとっさに、右ラダーを思いっきり踏んだ。

「えいっ」

脚の筋肉が悲鳴を上げても構わずに、思いっきり踏み込んだ。そんなことを普通の滑走路でやったら、大変なことになる。でも忍は、大昔に旧海軍の零戦《れいせん》がスコールでぬかるみになったラバウル基地でこれをやって止まったことを坂井芳郎の本で読んで知っていた。

「地上回転《グラウンドループ》しろっ！」

忍が怒鳴りつけると、それを聞いていたかのように、銀色のＴ３の機首は右へ回転し始めた。

ギュルンッ
まるで第一コーナーで派手にスピンするＦ１マシンのように、忍のＴ３は一八〇度くるりと回転し、尻尾を海に、頭を艦尾に向けた。

「フルパワーっ！」

ブァアアアンッ

●〈翔鶴〉艦橋

それを見ていた押川艦長はじめ空母〈翔鶴〉の士官たちは、あまりのことに数瞬の間、声も出なかった。

「な――」

押川と副長が、顔を見合わせた。

「――なんて着艦だ……！」

2

●〈翔鶴〉大格納庫

〈究極戦機〉UFC1001は、前回の戦闘――二年前の核生命体〈レヴァイアサン〉との最後の戦いを終えてから、ここ空母〈翔鶴〉特殊大格納庫に据《す》えられた格納容器の三重のスペースチタニウムのシェルの中で冬眠していた。

――『葉狩、私は眠る。少し疲れた』

コールドスリープを望んだのは、〈究極戦機〉の頭脳であり、自分の星間飛翔体ボディを戦闘兵器に改造するために差し出した人工知性体〈本人〉であった。人間の脳と同様に、有機物質で形成された人工知性体の中枢は、歳を取る。星の世界へふたたび帰れる日が来るまで、無駄に寿命を消費したくないのだった。

──『わかった。君が眠っている間、われわれは君の融合炉の亀裂を修復する方法を検討していよう』

『地球の技術では無理だよ、葉狩』

『君には助けてもらった。今度はわれわれが、君が星の世界へ帰るのを手伝う番だ』

『期待しないで、待っているよ』

戦闘マシーンとして改造された〈彼〉のボディは、体内各所に地球製のＦＣＡＩ（戦闘コントロール人工知能）を攻撃のための補助システムとして埋め込んであるため、〈彼〉自身にも時折、制御が利かなくなることがあった。

──『葉狩』

『うん』

『また必要な時がきたら、わたしを起こすのだ。だが目覚めさせる時には気をつけろ。私自身にも、この不完全な戦闘マシンのボディは、制御しきれない時がある。覚醒してしばらくは、わたしの指令が行き届かないだろう』

『わかった』

『葉狩』

『うん』

『有理砂《ありさ》や美月に、よろしく伝えてくれ。あの娘《コ》たちは、よくやった』

インターフェイスシステムを通したメッセージで葉狩真一にそう告げると、〈彼〉は核融合炉の火をミニマム・アイドリングまで落とし、液体窒素のタンクの中で眠りに就《つ》いたのだ。

ゴボッ
グゴボゴボッ
最終外被の内側で、二本の脚部を前に投げ出し、両腕のマニピュレータでひざを抱えるような格好で胎児《たいじ》のように眠っていた格闘形態の〈究極戦機〉は、今、覚醒した。
ゴボゴボゴボッ
人工知能体は覚醒していたが、〈彼〉の思考中枢にはなんのデータも入ってきていなかった。インターフェイスシステムはすでに接続が切れている。本当ならＵＦＣコントロールセンターから、〈彼〉の受け入れられる形態に変換された有意のメッセージが流れ込んでくるはずなのに、インプットは空白だった。

どうしたのだろう？

茫洋《ぼうよう》とした思考で〈彼〉は考えていた。

インプットが空白だ。葉狩真一は何をしている？　何かが起きたのか？

自分が起こされるなら、ふたたびこの地球に危機が迫っているのに違いない。

航空母艦が何かに襲われたのか？

ひとつの可能性を思いついた瞬間、地球製のＦＣＡＩの一基が反応してしまった。〈レヴァイアサン〉との戦闘が続いて、ほんの少しのコマンドでも反射的に攻撃を実行してしまうくらいに各ＦＣＡＩは過敏になっていた。右腕の№３ＦＣＡＩが融合炉の出力を勝手に上昇させ、エネルギー放出弁を開いて、マニピュレータの手の甲に相当する部分から三重水素プラズマレーザーを発射してしまった。航空母艦の横腹に穴が開き、大格納庫の設備が衝撃波で吹き飛んでも、〈彼〉にはなんのメッセージも送られてこなかった。

どうしたのだ？

とにかくこの格納容器から出なくては。

〈彼〉は左右のマニピュレータを動かしてみた。意志のとおりに動いた。腕というものが、惑星上での活動に非常に便利であると教えてくれたのは愛月有理砂《まなづき》だった。『あいつをぶん殴る腕がほしい』と言って、星間飛翔体のオリジナルの銀色の針のような姿だった〈彼〉に、手足を持つ人型戦闘機械に変形する機能を付け加えるきっかけを作ったのが、〈彼〉の最初のパイロット、愛月有理砂なのだった。

ギギィイッ

プラズマのビームがうがったシェルの裂け目に両マニピュレータの五本の指のうち四本をかけ、荷重をモニターしつつ外向きに力を加えさせる。液体窒素に長いこと浸かっていてシリンダーもアクチュエーターも冷えきっていたが、宇宙空間でも活動できるように造られているから、なんら出力に影響はなかった。

ギャリンギャリンギャリンッ

マニピュレータの出力を五分の一も出さないうちに、厚さ三〇ミリのスペースチタニウム製シェルは薄い膜のように引き裂けていった。

インプットが、まだ空白だ。誰も自分に話しかけてこない。いったいどうしたのだ？

〈彼〉はヘッドセンサーを頭上に向けた。

とにかくこの航空母艦の外に出なければ。

●〈翔鶴〉飛行甲板

着艦用アングルド・デッキから海に落ちる寸前で停止した水無月忍のT3は、エンジンを切ってプロペラを止めた。

キュンキュン、キュン

忍は、両足の感覚がなくなるくらい力を入れてブレーキペダルを踏みつけたままだった。

「はあっ、はあっ」

デッキクルーが駆け寄ってくる。

「大丈夫かっ」

忍は操縦桿とスロットルを握り締めていたので、指を自分で操縦桿からはがすようにしないと、キャノピーを開けられなかった。

大勢の飛行班デッキクルーに交じって、焼け焦げてぼろぼろの白衣をひるがえした長い髪の女博士が足を引きずりながらT3の機体によじ登り、

「水無月忍さんねっ?」

「は、はい。そうですが」

「あなたを待っていたわ！」

魚住渚佐は忍の右腕を掴むとも、忍がシートベルトを外すのももどかしく、

「一緒に来て！」

凍って滑る飛行甲板を走りだした。

忍は、訳がわからない。

「あ、あのう――」

凍った空母。閃光とともに爆発して煙を上げる船腹。この空母に、何が起きているんだ？

「わたしは魚住」

渚佐は忍を振り返りながら言う。

「〈究極戦機〉ＵＦＣ１００１の、暫定的《ざんていてき》な開発主任です。これから長い付き合いになるわ。よろしく」

「ＵＦ――？」

「ＵＦＣ１００１。あなたが乗ることになる星間文明の超兵器です。さっきから格納庫で暴れだして大変なの、早くあなたが――」

走りながら渚佐がそこまで言った時、
ズズーンッ

広大な〈翔鶴〉の飛行甲板が、直下型地震のように下から突き上げられた。

〈彼〉が『外へ出なくては』と考えた瞬間、Gキャンセラが作動した。〇・〇一パーセントの出力で一〇〇〇分の一秒間、作動したGキャンセラは、二六メートルの人型格闘形態ボディに働く地球の引力を一瞬、消去し、甲板のエレベータースライド開口部へと跳躍させた。頭部のセンサーヘッドを守るように、両マニピュレータが自動的に上方へ伸びて手のひらで天井を支えるような体勢を取った。

ズズズーンッ

うわーっ！

全乗組員が悲鳴を上げた。

「きゃっ」

甲板から跳ね上げられるように、忍の身体は宙に浮いた。摑まるところがどこにもなかった。そのまま凍った甲板に叩きつけられた。

「きゃあっ」

どたどたっ

「ううっ――」

「う、魚住さん――？　大丈夫ですか」

ひざをついて起き上がった忍は渚佐を振り返るが、

「わたしはいいわ……は、早く大格納庫に――！」

「大格納庫って、どっちなんですか？」

「う――」

渚佐は甲板に倒れたまま、右手を伸ばして指で指し示すが、

「あっちっていうだけじゃ……」

忍は頭を上げてアイランドの方向を見るが、「わからないわ」と頭を振った。

（なんてことだ……せっかく命がけで着艦したのに、どうすればいいのかわからない！）

ズズーンッ
バシュウウッ
前方の甲板の構造材が跳ね飛び、白い煙が噴火のように噴き上がった。最終外被のシェルの内側に閉じ込められていた液体窒素が気化して、一斉に噴出したのだ。

びゅうううっ
「きゃあっ」

忍は両手で顔を覆った。スキー場で、ゴーグルもフェイスマスクもなしで吹雪《ふぶき》に遭った時のようだった。あたり一面が、激しい吹雪のように真っ白になった。

と、
メキメキメキッ
〈翔鶴〉飛行甲板の中央大部分を占める、〈究極戦機〉専用エレベータースライド開口部（一辺三〇メートル）が真ん中の合わせ目からめくれ上がり、筍《たけのこ》が地面を突き破るように鋭角のシルエットがズズズズッと甲板の下からせり上がってきた。
ズズズズズッ
「あ――」
忍は両腕で顔を覆いながら、液体窒素の吹雪の向こうに目を凝《こ》らした。それはひざをついて見上げる忍の、ほんの二〇メートル前方の甲板の下から姿を現した。
バキバキバキバキ
「あれは……なんなの――？」
猛吹雪の山の中で、巨大な怪物に出くわしたみたいだった。甲板の上にせり出してくるシルエットは、左右に二本の腕を持っているようだった。反った刀を組み合わせたような曲線で、優美でさえあった。
（あれは……）
シルエットには頭部があり、吹雪の中に女性のような上半身と腰のラインが見え隠れした。

激しい吹雪のために、それ以上のディテールは見えない。忍のフライトスーツが凍りついていく。

●〈翔鶴〉航海艦橋

「艦長！〈究極戦機〉が甲板に出てきましたっ」

副長の声に、艦橋の全員が窓に駆け寄った。

「ものすごい白煙だ」

「よく見えんぞ」

新たに噴出した吹雪のような白煙は、たちまち水無月忍が乗ってきたT３練習機をも呑み込んで、甲板をふたたび視界ゼロにしてしまった。

「おい、水無月忍はどこにいるのだっ」

押川が甲板を見下ろして怒鳴るが、

「わかりません。あの吹雪の中の、どこかです」

「誰か、水無月忍に必要な指示を出せる者はいるのか？」

「魚住博士が――あの中にいるはずなんですが……」

「くそっ、間に合ってくれればいいが」

そこへ機関長が駆け込んできた。

「艦長！　〈究極戦機〉の開けた大格納庫の破口から、浸水が始まっています！」

「何っ」

●〈翔鶴〉上空

キィイイイン
『郷大佐、ファウルデッキです。着艦できません』

Ｔ２改の前席のパイロットが言った。

キィイイイン
針のような超音速高等練習機は、空母〈翔鶴〉と会合《ランデヴー》したものの着艦できず、白煙を噴き上げる母艦の上空をバンクをつけて旋回しなければならなかった。

『見てください。あのとおり、〈翔鶴〉は白い煙に包まれてしまっています』

「ＬＳＯはなんと言っているんだ？」

郷は後席から怒鳴った。浜松基地を二分前に離陸して、超音速で駆けつけたのだ。

『着艦信号士官と連絡が取れません。飛行甲板が大混乱しているようです』

「くそう、手遅れにならなければよいが——」

『郷大佐』

無線に森高美月の声が入った。

「おう、森高」

『忍なら着艦しましたよ』

美月のT3もトラフィックパターンを周回しているらしい。

『一発で降りました。あたしの教育の賜物《たまもの》です。あとで〈さばみそ定食〉おごってくださいな』

「さばみそでもしゃぶしゃぶでもなんでもおごってやる」

郷は下の空母を見下ろしながら言った。〈翔鶴〉はまるで爆弾を喰らって炎上する米海軍の航空母艦レキシントンみたいだった。

「この地球が、無事ですんだらな」

●〈翔鶴〉飛行甲板

〈彼〉には、依然としてインプットが何もなかった。冬眠から起こされたというのに、誰も彼に話しかけてこなかった。友人、と呼んでもいい葉狩真一さえ姿が見えなかった。センサーを総動員して周囲一〇〇キロ以内の空間をサーチしたが、この空母を襲

っているような脅威は見当たらない。〈彼〉は冷静になろうとしたが、

▼No.3 FCAI――HEDGEHOG ARMED.（ヘッジホグ　準備完了）
▼No.4 FCAI――TORPEDO ARMED.（トーピード　準備完了）
▼No.2 FCAI――HEDGEHOG ARMED.（ヘッジホグ　準備完了）

地球製の戦闘人工知能《FCAI》は、なんて好戦的なんだ。〈彼〉の頭部や手足に五基埋め込まれて、格闘形態で機動する時のアシストをするはずの戦闘人工知能《FCAI》は、周囲に敵が存在すると勝手に仮定して総力戦闘準備に入っていた。〈彼〉が明確なコマンドを出さないと、手足のほうで各個に無差別射撃を始めかねなかった。

▼No.1　FCAI――STARDUST SHOWER ENERGY CHARGING.
（スターダストシャワー　エネルギー充塡中）

冗談ではない、スターダストシャワーを使うような敵が、どこにいるというのだ？
葉狩真一、どこにいる？
誰か私に、メッセージをくれ。

なぜ誰も話しかけてこない？

ピキューンン――

飛行甲板の中央で白い霧の中にシルエットになっているその怪物の、右の腕が手の甲を赤くチカチカと光らせながらぐうっと前に突き出されてきた。もし、透視スキャナーで見ることができれば、その右腕に相当するマニピュレータの超電動フレキシブルシャフトがエネルギー放出弁を開き、核融合炉から三重水素プラズマを位相の揃ったビームに変換して発射するために、砲口の焦点をしぼり始めたのがわかるだろう。

「腕――？」

忍は、質量のある物体がブンッと空《くう》を切って動く気配を感じた。怪物の腕が、忍のすぐ頭上に突き出されたのだ。

〈彼〉は、手足が勝手に戦闘を始めようとしているのに困惑していた。

五基の地球製戦闘人工知能《FCAI》は、次元の低い電子回路型の人工知能にしては優秀で、優秀であるがゆえに言うことを聞かなかった。地球人が〈究極戦機《UFC》〉と呼ぶこの戦闘マシーンの格闘形態のボディも、初代チーフパイロットの愛月有理砂のボディラインを模してデザインされたともいわれ、愛月有理砂といえば言うことを聞かない女の代名詞のようなものだった。女性の身体の線を持った格闘形態のボディは、強くコマンドしないとしょっちゅうばらばらに勝手に動いた。〈彼〉はもともと星間輸送船の操縦士であり、戦闘マシンを指揮して相手を攻撃するような機能は、最初《はな》から持っていなかった。〈彼〉の体内に攻撃性の強い地球人のパイロットが搭乗して、〈彼〉に代わって命令を出すことで、初めてこの戦闘マシーンをコマンドすることができるのだ。〈究極戦機〉は、手足のあちこちに運動用の脳を持ち、それらがともすれば勝手に動こうとする未完成の巨大な恐竜なのだった。

▼No.3 FCAI――RIGHT HAND HEDGEHOG ARMING.
（右マニピュレータ・ヘッジホグ照準中）


いけない。最も気の早い３番の戦闘人工知能《FCAI》が、また右腕のヘッジホグを撃とうとしている。飛行甲板の上だ。地球人たちもいる。ぶっぱなせば艦の表面に出ている者は一人残らず分解するだろう。

〈彼〉は右腕の３番戦闘人工知能《FCAI》に攻撃中止を指示しようとしたが、№３ＦＣＡＩはまったく応じなかった。

ピキュウウーン……

駄目だ、発射される。

〈彼〉はセンサーヘッドを回して、周囲の人間たちを『見た』。

誰か私とインターフェイスできる者はいないのか？

誰か私の手足に命じてくれ。右腕を止めてくれ。犠牲者が出てしまうぞ。

右腕を、止めてくれ。


「きゃっ」

忍は、白い霧の中からぬうっと突き出てきた〈手〉に、びっくりして後《あと》ずさった。

「な、何これ――――！」

それは指を下に向けた〈手〉だった。しかもなめらかなメタリックの金色の五本の指があり、輝くそれぞれの指は忍の背よりも長く、女性の指そっくりに先が細く尖っていた。

（これが――〈究極戦機〉？）

――『〃止まれ〃と言うんだ』

指を下に向けた〈手〉は、甲板に立つ忍へぐううっと突き出されてくる。

──『忍、あたしと一緒に空母に降りて、〈究極戦機〉に「止まれ」と言うんだ!』

巨大な金色の手の甲で、赤い光点がチカチカチカチカとせわしなく点滅し、輝度を増し、線香花火のように膨《ふく》れていく。

キュゥウウウ──

「と──」

忍は、なおも自分のほうへ突き出される巨大な金色の〈手〉に、言った。

「とまれ」

かすれた声が、忍の喉から出た。

ぐうううっ、と〈手〉は忍に迫る。

赤い光点は膨れ上がり、溜まりきったエネルギーを連想させた。実際、右腕の砲口に三重水素プラズマが充填され、最終セイフティが外されるところだった。発射されれば飛行甲板は半分、消し飛ぶだろう。

キュウウウウウウッ

忍は、それが恐ろしい破壊をもたらすものだと、直感した。

(さっ、さっきの紅い閃光だ!)

声は嗄れそうだった。

「と、止まれ――」

忍は自分の背丈よりも大きい巨人の〈手〉を押しとどめるように、両手のひらを前に出した。巨人の〈手〉の表面が、触れた。

忍はもう一度、息を吸い込んだ。

すうっ
「――止まれぇっ！」

〈彼〉はセンサーヘッドで忍のその声を受信した。

『――止まれぇっ！』

メッセージがきた！

忍の声は、この戦闘マシンの正当な地球人操縦者のヴォイス・コマンドとして受理された。

ヴォイス・コマンドはただちに五基の戦闘人工知能《FCAI》に伝達され、№３ＦＣＡＩはコマンドに従って、外しかけたヘッジホグの最終セイフティをかけ直した。

カチリ
トリガーはリリースされ、充塡されていたプラズマはリターンラインを通って速やかに融合炉へ還流させられた。同時に、発射のため右腕を前方へ伸ばしていたアクチユエーターも停止した。〈究極戦機〉は止まった。

霧が吹き流され始めた。

●〈翔鶴〉航海艦橋

「おおっ」

「おお！」

押川艦長はじめ艦橋の士官たちは、キャットウォークの手すりにしがみついて、口々に声を上げた。

「あれは――」

甲板の白い霧が晴れた時、中央部の破口から上半身を突き出した〈究極戦機〉と、その前に突き出された右腕を素手で止めている華奢な水無月忍の姿があった。巨大な腕はぴたりと静止している。艦橋から見ると水無月忍がまるで本当に素手で〈究極戦機〉を止めてしまったかのように見えた。

●〈翔鶴〉飛行甲板

「はぁっはぁっ、はあっ――」

忍は、右の手のひらを巨人の金色の〈手〉につけたまま、その場に立って激しく息をしていた。

「と、止まった……ほんとに、止まったわ」

まるで自分の手のひらがこの〈究極戦機〉を止めたみたいで、不思議だった。

そこへ、
ばさばさっ
パラシュートが着地してあおられる音がして、銀髪の中年のパイロットがフライトスーツで走ってきた。

「止めてくれたか！」

忍が振り向くと、

「よくやった」

ダンディな銀髪のパイロットは、忍の肩を摑んで叩いた。

「本当に、よくやった！」

今度は忍の両手を摑んで、上下に振った。
「え――」
忍が『誰だろうこの人？』と思っていると、
ばさばさっ
ばさばさばさっ
パラシュートが続けて着地し、雁谷准将に井出少尉までが駆けつけてきた。浜松から乗ってきたT２改を落下傘《ベイルアウト》で飛び下りして、飛行甲板の上へ緊急降下してきたのである。
「よくやったぞ、水無月候補生」
「郷大佐ずるいですよ、自分ばっかり握手して」
「――？」
忍は、訳がわからず自分を取り巻き始めた人々を見回していた。

3

●シベリア　アムール川源流地域　タルコサーレ村

その頃、日本から四〇〇〇キロ北方のシベリアで、〈異変〉はその姿を現し始めていた。

「おい、食肉集積所が大変だ！」

食肉倉庫の番人の男が、村の役場に駆け込んできたのは、同じ朝のことである。

「肉の倉庫が、肉の倉庫が――！」

ここシベリア・アムール川の源流に近い森の中には、中央アジア系の人々が村をつくって暮らしていた。人口は、二百人にも満たなかった。

村ができたのは二世紀も前である。当時のロシア皇帝のシベリア開発政策のせいで、彼らはバイカル湖に面した南の豊かな土地から、わずかな報奨金でここへ入植させられたのである。

「どうしたっ」

すぐに役場の男たちが、猟銃を手にして村の食肉集積所へ走った。ちょうど冬が始まる時期だったので、いつもは森の中へ猟に出ている猟師たちがたくさん家にいた。

村の食肉集積所は、針葉樹の樹海の中に家々が固まっている区域から、登山道を一キロほど上がった小高い山の中腹を切り拓《ひら》いて建てられていた。西日本からの援助で二年前にできたもので、発電施設のある冷凍倉庫には村の男たちが夏中かかって仕留めた獲物を保存してあった。

猟ができない冬の間、男たちはそこで機械を動かして、トナカイや熊の缶詰を作った。トナカイは東欧向けに、熊の缶詰は珍味として中国や日本によく売れた。おかげで村の財政はこの百年のうち、かつてないほどに潤《うるお》って、このままがんばれば数年のうちに電気が引けるぞ、と村の人々は嬉しそうに話していた。ロシア帝国もソビエト連邦もロシア共和国も、彼らの村には何もしてくれなかった。親切な日本人に感謝しよう、と彼らは思っていた。食肉集積所と缶詰製造機械を援助してくれたのは木谷《きたに》という西日本帝国の総理大臣で、彼はＮＨＫの番組でたまたま紹介されたこの村の暮らしを見て気の毒に思い、自国民から駐車違反の罰金として取り上げたお金の中から百万円を送ってくれたのである。

がさがさがさっ

深い下生えをひざで掻き分けるようにして、男たちは針葉樹林の細い山道を急いだ。たちまちアブや蚊《か》がぶわんぶわんと集まってきて、男たちの顔や腕にたかろうとした。

「うわっ」

「もう冬が始まるのに、どうしてこんなに虫がいるんだ」

男たちは、今年の冬が妙に暖かいことを、先週から噂し合っていた。『今年の冬はここ五十年間のどの冬とも違う、おかしい』と村の古老が語っているのをみんな聞いていた。そのうえ、週に必ず一頭は獲《と》れるはずのシベリア熊が今月に入ってまだ猟師に見つからないばかりか、鹿やタヌキといった小動物までが姿を見せなくなっていた。

針葉樹林の中の道は、昼間だというのにトンネルの中を行くようだった。このあたりのシベリア杉は樹齢千年を軽く超え、高さは三〇メートルもあった。

がさがさっ

やがて頭上を覆い隠す針葉樹林が切れて、小高い山の中腹に出た。木々が切り払われて造られたわずかな平地である。下を見下ろすと、村の家々が緑の樹木の中に点在して煙突から煮炊きの煙をたなびかせている。ここは村から山へのアプローチで、狩りを終えた猟師は家で食べないぶんの獲物をここに置いて帰るのだ。朝から夕方までは番人が常駐し、夜は施錠《せじょう》されている。

「おお」

「おおっ」

猟銃を持った男たちは、思わず足を止めて食肉集積所だった残骸を見た。冷凍倉庫は一方の壁が、まるで吹き飛ばされたかのようになくなっていた。

「ひどい」

「なんてことだ！」

男たちは倉庫に駆け寄った。冷凍倉庫はめちゃめちゃに壊され、中に蓄えられていた大量の食用肉は、消えていた。村に三十人からいる猟師の男たちが夏中かかって苦労して仕留めた獲物が、残らず消えていたのだ。

「何者だ、こんなことをしたのは！」

男たちは怒った。村の今年の収入そのものが、そのカマボコ形の倉庫に詰め込まれていたのだ。男たちが中に踏み込んでみると、貴重な熊の内臓《わた》なども、すべてなくなっていた。

「おい、おまえはちゃんと鍵をかけたのかっ」

一人の男が番人を怒鳴った。

「ちゃんとかけたよ！　昨夜まではなんの異常もなかった。今朝ここへ来てみたら、こうなっていたんだ！」

しかし、一方の壁が丸ごとなくなっているのだ。鍵をかけたかどうかなんて、この際、意味がなかった。

●アムール川上流　ネオ・ソビエト基地

カーン、カーン

〈アイアンホエール新世紀一號〉の専用ドックでは、昼夜ぶっ通しの出港準備作業がこれで四日目になろうとしていた。〈アイアンホエール〉は核融合エンジンとサブシステムの調整をほぼ完了し、あとは細かい艤装《ぎそう》の仕上げを残すのみだった。

「押川博士」

加藤田要《かとうだかなめ》は、ドックの床面からヘルメットをかぶった頭で足場を見上げ、叫んだ。

「博士、今夜には出港しますよ。航行中にやれる調整は、出港してからにします」

「そりゃできんことはないが」

白髪の老博士は〈ホエール〉の巨体に組んだ足場の上から怒鳴り返す。

「純正のエネルギー伝導チューブがない以上、プラズマ砲は撃てないままじゃぞ」

〈アイアンホエール〉の、蒼黒いナガスクジラのような一五〇メートルの船体には、熔接の炎がちかちかと明滅していた。要は木製階段で足場の上に駆け上がると、

「博士、調査船とは依然、連絡が取れません。救助隊のヘリともです。今朝も電波障害は、相変わらず強い。北極圏のどこかで、、、剝き出しの核反応が恒常的に起きているのです。この〈異変〉は早急に調査しなくては」

「カモフのヘリコプターは、今頃シベリア杉のてっぺんにでも引っかかっておるのじゃろう。あの姪っ子の操縦だからな」

「木のてっぺんに引っかかっているのなら、なおさら早く救助しないと」

「ふん」

押川博士は肩をすくめた。

「それもそうだ」

●アムール川源流　タルコサーレ村

村ではただちに緊急対策会議が持たれた。経験の長い老熊撃ち猟師を団長にして、午後からあらためて破壊された食肉集積所の検分が行われた。

ざわざわざわざわ
北極圏に近い村では日が短く、四時には日没してしまう。

夕方の風が、食肉集積所を取り囲む針葉樹林を潮騒《しおさい》のようにざわめかせた。

ざわざわざわ――

「村長」

猟師は、三十代のまだ若い村長を呼んだ。

「来てくれ」

「はい」

男たちは、老猟師の指揮で山の中腹の事件現場を調査した。天候は、急に曇《くも》ってきていた。生暖《なまあたた》かい風が、屋根の向こうに深く切れ込んでいる〈北のフィヨルド〉から山の頂上を越えて吹いてきた。

若い村長は雑用係のようなもので、実質的に村を治《おさ》めているのは長老連と呼ばれる老人たちであった。村長は何かを決める時には、規則に定められていなくても、必ず長老たちの意見を訊いた。シベリアの原生林で生きていくには、経験者の意見が絶対であった。

「見な」

倉庫の床は、吊るされていた食肉の血で赤く汚れていた。熊撃ち猟師は、倉庫の残きずった跡がある」

「半身《はんみ》に裂《さ》いて吊るしてあった獲物は、床を引きずって外へ持ち出された。ここに引
骸の真ん中に立っていた。

確かに倉庫の床には、大量の肉の塊《かたまり》が引きずり出されたような血の跡が残っていた。

「集積所を破壊して略奪したやつは、獲物を引きずって持ち出したのですね」

「ああ。だが、解《げ》せねえ。倉庫の外には、血の跡は残っていねえ」

「はあ。そういえば、そうです」

「あれだけ大量の肉だ。一晩で持ち出すのなら、トラックが必要だ。だがここまで車
は入ってこられない。ジープでさえあの細い登山道はのぼれないから、作った缶詰を
いつも荷車で運び下ろしているくらいだ。おかしいじゃねえか」

倉庫を襲った何者かは、肉をどうやって運び去ったのだろうか？

「じゃあどうやって、肉を持ち去ったのです？」

「――」

老猟師は、だまって頭上に顎をしゃくった。

「ああっ」

若い村長は、声を上げた。

「――屋根がない！」

　老猟師は鋭い目で、えぐり取られたような倉庫の屋根の破口を吟味《ぎんみ》した。

「一方の壁を、爆薬で吹き飛ばして侵入したかに見えたが、いくらなんでもここで夜中に爆薬なんか使えば、村まで聞こえるはずだ。かといって、建設用の重機械でも持ってこなければ、屋根をあんなふうに頭上からえぐり取るなんて不可能だ。そうだろう？」

「は、はい」

　村長は猟師と一緒に、えぐり取られた屋根の破口を見上げた。破口から覗く空は、曇っていた。この山の向こう側を地底へ深く切れ込んでいる〈北のフィヨルド〉から、ここ数日まるで夏の雨雲のようなどろどろした黒い雲が流れてきては村を襲っているのだ。

「あの屋根の破れ方は――まさかな……」

　猟師は眉をひそめたが、すぐに頭を振った。

「そんなことが、あるわけがない。そんなに大きな――ん？」

　つぶやきかけた老猟師は、ふいに何かに気づくと、めちゃめちゃに引きちぎられたような一方の壁に歩み寄った。

「なんです？」

　村長が訊くと、猟師は鉄板の壁の切断面に狩猟手袋の手を伸ばし、べっとりとついていた白濁した糊《のり》のようなものを指先でこそぎ取って見せた。

「若いの。なんに見える――?」

それはその村を襲った、恐ろしい異変のほんの始まりであった。

夕方五時、頭上を低く覆い尽くすような黒い雲の下を、男たちは下山した。歩いている途中で完全に夜になった。雲のせいで星も見えない。

ざわざわざわ――

樹海の中の獣道は、黒い闇にどっぷりと浸かった。高さ三〇メートルの杉の巨木がひしめいている間を、カンテラを手にして男たちは草を掻き分けて下りていった。男たちは、自分たちの村だ巨大な自然界の中で孤立していることを思わずにいられなかった。

村へ下りると、女たちが戸外へ出て騒いでいた。

「どうしたのだ」

村長が訊くと、

「鳥が――」と女たちは空を指す。

ギャアギャアギャア……

ギャアギャアギャアギャア……

自分たちが下りてきた山を見上げると、黒いシルエットとなった山頂の上空に、大型の鳥の大群が——おそらくは数千羽の群れだろう——舞っている。まるで空の上に真っ黒い渦が巻いているようだ。

「なんだ……？　夜だというのに」

生暖かい風に吹かれながら、男たちは空を見上げた。

たくさんの黒い点が、うぞうぞと動く黒い雲を形作って、山の上を覆って渦を巻いている。黒い点に見えるひとつひとつが、大型の鳥なのだ。

ギャアギャアギャアギャアギャア
「あれはでかいぞ。北極アホウドリだ」

目の利《き》く老猟師が言った。

「北極アホウドリですか？」

「そうだ、山向こうの〈北のフィヨルド〉の崖に巣を作って棲《す》んでいる、北極アホウドリだ。あいつら夜目が利かねえはずだのに、なんで空を飛んでやがるんだ——？」

〈北のフィヨルド〉に棲んでいるすべての北極アホウドリが、一度に舞い上がって山の上空を埋め尽くしているかのようだった。

「——何におびえていやがるんだ……？」

●アムール川　中継キャンプから二〇キロ南の川岸

パチパチ、パチ

「やれやれ――」

川西正俊は、焚き火に枯れ枝をくべながら、ため息をついていた。

「今日で四日だもんなあ、原生林を歩き続けて。いったい、いつ中継キャンプに着けるんだろ」

冬のシベリアは日が短いので、午後四時には野営できる場所を見つけてテントを張らないと、たちまち暗くなってしまうのだった。朝は八時頃にようやく陽《ひ》が昇る。陽は出てもシベリア杉の原生林が軒並み三〇メートルの高さなので、十時頃にならないと樹海の底までは太陽光が届かないのだった。

「歩ける時間が一日せいぜい六時間じゃ、日に一〇キロも進めやしないよ」

鷹西ひかるの操縦するミル24攻撃ヘリコプターが不時着したのは、ネオ・ソビエト発掘中継キャンプから五〇キロ南の川岸だった。そこに今でも、ヘリと黒焦げになった調査船の船体は置き去りにしてある。川西とカモフ博士、鷹西ひかると垣之内涼子の四人は、ヘリから無線機と非常食糧を下ろすと、発掘中継キャンプを目指して徒歩で原生林の樹海に分け入ったのだ。電波障害がひどくてネオ・ソビエトの基地に救援を呼ぶことができないので、生き延びるには発掘中継キャンプを目指すしかなかった。

（食糧は、あと三日ぶんか……三日あればキャンプに着けるだろうな――）

川西は、ヘリを離れた時にはかなり重かったリュックの中身を確かめてみた。そばのテントでは、ひかると涼子が昼間の疲れですやすやと寝ているはずだった。

（ったくもう、重い荷物は全部僕が背負って、僕が張ったテントでお嬢様がたはすやすや寝てるんだもんなあ……）

ヘリにテントはひと組しか積んでいなかった。シベリアが妙に暖かくて、テントなしの寝袋だけでも夜を過ごせるのが唯一の救いだった。調査船にも食糧や野営に使える装備はあったのだが、缶詰がガイガーカウンターに反応したので、残らず放棄しなくてはならなかった。

（――あの船……放射線を浴びて黒焦げになるなんて、いったい〈北のフィヨルド〉でどんな目に遭ったんだ――？）

調査船のただ一人の生存者・垣之内涼子は、船が急反転してフィヨルドから全速で逃げ出そうとした時、船底の研究施設の放射線遮蔽ブロックにいたため、外の様子は見ていなかったのだと言う。船が何者かに襲われて、ひっくり返った瞬間に、気を失ってしまったのだ。

「川西少尉」

川西が焚き火に枯れ枝を放り込みながら考えていると、原生林の下生えをがさがさと掻き分けてカモフ博士が戻ってきた。

「枯れ枝を集めてきたぞ。これで一晩保《も》つだろう」

「ありがとうございます」

カモフが両腕に抱えてきた枯れ枝を、川西は細ってきた火にくべた。

「まったく、雪がなくて助かるよ」

「そうですね」

川西は、焚き火を吹くのにちょうどいいものがあったと、リュックと一緒に立てかけてあった銀灰色の細いパイプを取り上げた。少しいびつに歪んだ長さ一メートルの金属製パイプは、持つとアルミ箔のように重さを感じない。しかしこれ一本をテコにして、ヘリコプターの機体を五センチ浮かせることもできるのだった。垣之内涼子が調査船の研究ブロックで放射線検査をしていた、〈北のフィヨルド〉の〈発掘品〉である。

フー、フー
パチパチパチ

「やれやれ。恒星間宇宙船の部品で、焚き火を起こすとはな」

「でも、エネルギー伝導チューブが手に入ってよかったですよ。これで〈アイアンホエール〉は、プラズマ砲が撃てます」

銀灰色のエネルギー伝導チューブは、垣之内涼子が気がついて、ヘリ不時着地点を出発する時に調査船の船底から持ち出したものだった。川西はこれを、〈アイアンホエール〉に届けなくてはならなかった。

パチパチ、パチ

シベリアの夜は、静かだった。野獣の遠吠えも聞こえず、不思議なことに夜行性の猛禽類《もうきんるい》の鳴く声もしない。まるで動物がいないみたいだ。

「なあ、川西くん」

「はい」

「ひとつ、謎があるんだよ。君は知っているか」

「謎、ですか？」

川西は、顔を上げてカモフ博士を見た。銀髪の初老の科学者は、青い目の上が禿《は》げ上がってオールバックにしており、アインシュタインにちょっと似ていた。

「星間文明の飛翔体についてですか？」

「そうだ」

博士はうなずいた。

「川西くん、われわれが星間飛翔体の残骸から融合炉を外した時、実は炉は動いていたんだよ」

「えっ？」

川西は驚いた。

「あの、一世紀もフィヨルドの底で眠っていた残骸の核融合炉が、動いていたのですか？」

「そうだ川西くん。〈アイアンホエール〉に移植するため残骸から取り外した時、炉はアイドリング状態で、出力し続けていた。炉は一世紀、動き続けていたんだよ。エネルギーを出し続けていたんだ。しかし、なんのために？」

「さあ――……」

そんなことを言われても、川西には全然、見当もつかなかった。

「僕には、見当もつきません。どうして炉は動いていたんでしょう」

まだ八時だったが、話していると昼間の歩疲れで眠くなってきた。

寝袋に入って、仰向けになって見上げると、シベリア杉のてっぺんの間から星が見えた。

ざわざわざわざわ――

無数の葉が風で擦《す》れ合う音が、暗闇を満たし続けた。

ざざぁぁぁ

（まるで潮騒のようだ――）

川西は、目を閉じながら思った。

●アムール川源流　タルコサーレ村

夜九時になると、山へ猟に出ていた猟師が数名、予定の時刻になっても戻っていないことが判明した。村長は、村の各戸から男たちを役場の集会所へ招集した。村の大事な食肉集積所が何者かに襲われて破壊され、肉が残らず持ち去られたことは皆が知っていた。

猟銃を持って集まった男たちは口々に、ネオ・ソビエトの仕業《しわざ》だと言い合った。

「あのネオ・ソビエトの連中のせいだ。あいつらの発掘中継キャンプとやらができてから、ろくなことがないぞ！」

確かに、集積所を上から屋根ごとえぐり取って、中の肉を全部さらっていくなんて、攻撃用のヘリコプターでもなければ、できる芸当ではなかった。

「そうだ！　ネオ・ソビエトのやつらが〈北のフィヨルド〉をあばいてから、ろくなことが起きてないぞ」

「この間、獲物が獲《と》れないことを抗議しにいったから、嫌がらせに倉庫をやったんだろう」

だが、ネオ・ソビエトの発掘中継キャンプからヘリが飛び立って嫌がらせをしにきたのなら、昨夜、誰かが爆音を聞いたはずだし、爆発物が破裂する音も聞こえなかった。そのうえここしばらくは、ネオ・ソビエトの中継キャンプにはヘリコプターが来ていなかった。

「そういえば――」

一番、村外れの家に住んでいる男が言った。

「夜中に、変な物音が聞こえた。かみさんが『熊が表《おもて》に来てるんじゃないか』っておびえるから、起きて窓から見たんだが――」

「何が見えた？」

「暗くて何も見えなかったよ。しかし何か、気のせいかもしれないが、獣の呼吸遣《いきづか》いみたいな――いや、雷が遠くでゴロゴロ鳴っているみたいな響きが……」

照明といえば、油のランプしかない村である。外を照らす灯《ひ》は何もなく、山は夜を迎えると真の闇の世界と化した。村には宗教はなかったが、人々は山を恐れ、獲物を獲らせてくれるが逆らうと生きては帰れない恐ろしい山を信仰していた。

「なんだ、訳がわからんぞ」


ポツポツポツ――

外には、ポツポツと雨滴が落下し始めていた。

ドロドロとした黒い雲から、大粒の雨が降り始めた。この季節に雨は、珍しい。十一月ならば雪が腰まで積もり始めておかしくない季節だ。

集会所に集まった男たちが「もっとちゃんと話せ」と文句を言った時、
ヒヒヒィーン――――！

激しい馬のいななきが、集会所にまで聞こえてきた。それは村の外れの、今、昨夜《ゆうべ》の異様な物音について発言した男の家の納屋《なや》からであった。

ヒヒヒヒーンッ！

すると間髪を入れず、村の家という家の納屋で、馬が鳴いて暴れ始めた。夏の間、耕作に使われる馬は、冬はソリを曳いてくれる大事な交通手段だった。すべての馬は口から泡を吹いて、納屋の囲いを破って逃げ出そうとし、ロープに絡まって派手に転んだ。

「いったいどうしたんだ！」

男たちは猟銃を手に手に、村の真ん中を通る道に走り出てきた。

キャン、キャン！

村中の犬が、激しく吠えだした。犬は例外なく、山のほうを向いて前脚を地面にこすりつけ、尻尾を股の下に巻き込んで口から泡を飛ばして激しく吠え続けた。

キャンキャン、キャンキャン！

「何が起きているんだ！」

ザアァァァ
雨が強くなった。

季節外れの雨は、村を白っぽい幕で包み始めた。

ザアァァーッ
キャンキャン、キャンッ！

ヒヒヒーンッ！

男たちはいきなり起こった鳴き声の大合唱に、「何が起きているんだ？」と銃を持ったまま激しい雨の中を見回すばかりだった。

ズゴロロォォ——

「おい！」

老熊撃ちがみんなを制した。

「おいみんな静かにしろ。なんだあの地鳴りみたいな響きは？」

グォログォロロ――

「ベロポリスキー爺《じい》、雷じゃないのか？」

「いやっ、違うぞ！」

ドドドドド――

勘のいい者は、地面がかすかに揺れ始めたのに気づいた。

ズン――

ズン――

「なっ、なんだ？」

遠くから、何かひどく重いものが一定のリズムを刻みながら、
ズン――

ズン――

ズン――

「な、何かが……」

大地を震わせるような、ひどく大きくて重たい何かが、山の向こうから……。

地響きの聞こえてくる山のほうを見上げた猟師が、「そんな馬鹿な――」とつぶやいた。

「山の——稜線が……！」

激しい雨に見え隠れしながら、分厚い雲に覆われた山の黒い稜線が不定形にグニャッと変形したのだ。黒い稜線が、突然、盛り上がったように見えたのである。

それは錯覚だった。山の向こうの〈北のフィヨルド〉の崖から、黒い巨大な何かが、その本体を現したのだ。

4

●舞浜　帝都東京ベイＮＫホール　21：50

アンコールの拍手が、まるで潮騒のようにホールに満ちていくのを、忍は三階最後列の自由席に座って眺めていた。

わぁぁぁぁぁ

巨大なコンサートホールのはるかな舞台の上で、白い光に包まれた純白のコスチュームの水無月美帆が両手を上げた。姉の頰から輝く汗の滴《したた》り落ちるのが、舞台に一番遠いこの席からもよく見えた。

「――」

忍は、人のいない前の座席の背に両ひじを乗せて、頰杖をついて光の溢れ返るステージを見ていた。

アンコール！
アンコール！
――『君だけなのだ』
アンコール！
アンコール！
――『水無月候補生。地球に危機が迫っている。立ち向かえるのは君だけなのだ』
わたし、ずいぶん陽に灼《や》けたかなあ……。ステージの姉を見ながら、忍はふっと思った。
うわぁあああ
二度目のアンコールに応えて、美帆がバックのバンドに『あれをやろう』と合図をする。
わぁああああっ

忍の見下ろす、巨大なコロシアムのような暗い空間を埋め尽くした聴衆が、一人残らず立ち上がって歓声を上げた。
白い光を浴びた、ステージの中の小さな美帆が、少しかすれた喉で歌い始める。

〽あなたの　温《ぬく》もりが
　掌《てのひら》から　滑り落ちる

姉の好きな、ミディアム・バラードだ。

〽出会いは　気まぐれな
　運命のたくらみなの

アリーナ席の聴衆たちが、林のように手を上げて振る。

〽何故《なぜ》　心は
　寄り添うことが出来《でき》ない

月夜のムーミン谷のニョロニョロの群れみたいだわ、と忍は思った。美帆は歓声に応えながら、マイクを持ってステージを右端へ歩いていく。

――『水無月候補生』

忍の頭の中には、今朝、空母〈翔鶴〉の甲板上で郷大佐と名乗った人物の告げた言葉が、こだましていた。

――『水無月候補生。これは異星からやってきたものだ。この〈究極戦機〉は、ある事情で君の声でしか動かなくなってしまった。この究極兵器を飛ばすことができるのは、もうこの世で君しかいない』

郷大佐は、忍が海軍のパイロット訓練生に採用された理由《わけ》を説明してくれた。

――『水無月候補生。地球に危機が迫っている。立ち向かえるのは、君だけなのだ』

〜愛を

愛を
愛を胸に
強く深く　抱き締めてる
忘れないわ
忘れないわ
これほど愛した
日々を

ついつい今朝のこと。

空母〈翔鶴〉の傾いた飛行甲板で、忍は自分の運命を知らされていた。

「葉狩真一という設計者が、この超兵器――〈究極戦機〉ＵＦＣ１００１の起動システムロジックに、君の歌ったＣＤの曲を鍵《キイ》として組み込んでしまった。われわれの技術では、それを解除することは不可能なんだ」

郷大佐の言葉に、

「――」

忍は声も出ず、背後を振り向いた。

シュゥゥ……

そこには、薄れゆく液体窒素の白煙に包まれて、甲板の破口から上半身を突き出した白銀の巨人がいた。突き出された巨人の腕の金色の五本の指は、忍の背中で命令どおりに停止したままだった。

「これが……」

ようやく忍は、つぶやいた。

「この大きな巨人のようなものが、わたしの命令しか聞かないのですか?」

「そうだ」

郷はうなずいた。

「水無月候補生、これは格闘形態です。飛行する時には、元の星間飛翔体《スターシップ》に近い形に変形をします」

井出少尉が説明した。

「水無月くん」

雁谷准将が口を開いた。

「二年前まで東日本共和国を支配していた独裁者が、膨大な量の核廃棄物を呑み込んだクジラの化け物で攻めてくる。恐ろしい核テロリストだ。連合艦隊は手が出せない。戦えるのは――世界を救えるのは、この〈究極戦機〉だけだ」

シュゥウウウ――

〈究極戦機〉は、忍の背後で静止し続けていた。忍を見下ろすヘッドセンサーに、ブルーの光点が瞬《またた》いている。この超兵器は、故障して止まったのではなく、さっきの忍の命令で強大な破壊力の行使をやめたのである。

ヘッドセンサーを見上げた忍は、郷と雁谷に向き直った。

「わたしを――海軍が採用したのは、この巨人に乗せるためだったのですね」

「う、うむ」

「実を言うと、そのとおりだ」

郷は、銀髪の頭を忍に向かって下げた。

「水無月候補生――いや水無月忍くん。きみに、頼みがあるのだ」

「頼み?」

「そうだ」

雁谷も頭を下げた。

「水無月くん、頼む。このUFCに乗って、地球のために戦ってくれないか」

忍は、息を呑んだ。

「そんな……」

「頼む!」

「頼む!」

バシッ！

目もくらむ白い花火とともに、数千本の蛍光《けいこう》スティックがコンサートホールの深海のような暗闇にばらまかれた。

わぁぁぁぁぁ！

発光するグリーンの波の向こうに、汗を光らせて最後のアンコールを歌う美帆の姿が小さく見えていた。

わぁぁぁぁぁ！

――『そんな……』

忍は、ステージの下に駆け寄ったファンから抱えきれないほどの花束を受け取る姉の姿を、じっと見つめていた。

●舞浜　帝都東京ベイNKホール　楽屋

コンサートがはねたホールの控え室に、忍はこっそりと入っていった。

がたがたがた
片づけ物をするスタッフたちの向こうの隅で、姉はパイプ椅子に座ってエビアンのボトルを手にしていた。

（あ……いた）

忍が歩み寄るのも気づかずに、美帆は白いタオルを首にかけてぐったりとしていた。

「――お姉ちゃん」

忍が声をかけると、美帆は驚いて顔を上げた。

「忍――？」

忍は笑った。

「お姉ちゃん、久しぶり」

――『水無月くん、はっきり言おう。〈究極戦機〉は、地球をおびやかすすべての脅威と戦わなくてはならない。これは命がけの仕事になるだろう。だが、われわれは――』

「忍、来てたの。知らなかったわ」

「うん」

忍は姉の隣に、椅子を開いて座った。

「当日券買って、後ろのほうで見ていたの」

「言ってくれれば、アリーナ用意したのに」

忍は頭を振った。

「いいの――ファンの人たちに囲まれてるお姉ちゃんを、見たかったから」

美帆は笑った。一夜を歌いきった美帆は、まるでドーバー海峡を泳ぎきった水泳選手みたいに汗でずぶ濡れだった。

「お姉ちゃん、喉、大事にしなよ。オペラ歌手じゃないんだから。あんなに二時間半も歌いっぱなしなんて、無茶だよ」

「止まらないのよ――ステージに立って、目の前に一万人もお客さんが集まってて、どわーってあたしを見てくるとね……フフ、エネルギーがあたしを歌わせるの。まるであやつり人形。自分の意志で歌っているんじゃないみたい――」

美帆は白いタオルで、頬を拭いた。

「――こういうの、エクスタシーっていうのかしら。わかる？」

「わたし……一万人も前にして歌ったこと、ないもん」

「そうか」

姉妹《ふたり》は、片づけられていく楽屋の隅で話をした。

「どう？　パイロットの訓練」

「楽しいよ。すっごくきついけど」

「少し灼けた？」

「わかる？」

「健康的になった」

「そうみたい」

忍は、なんだか久しぶりに姉に会うような気がしていた。それは美帆も同じみたいだった。実際は自由《じゆう》が丘《おか》の部屋でワインを飲んでから、まだ四日しか経っていない。

「――ね、お姉ちゃん」

「ん？」

忍は、大勢のスタッフが撤収《てっしゅう》作業をしている楽屋を見渡しながら、

「お姉ちゃんのいるところ――〈居場所〉って……ステージだよね」

「そうよ」

「お姉ちゃんじゃないと、歌えない歌があって、お姉ちゃんの歌を聴きに遠くからやって来るたくさんのお客さんがいて……」

「お客さんって、ありがたいよ。幕が上がってね、目の前にわーっていっぱいいてく

れると、思わず手を合わせたくなるよ」

「お客さんがたくさん来てくれるのは、お姉ちゃんが努力してるからだよね」

忍がそう言うと、美帆は笑った。


――『それは――わたしにしか、できない仕事なのですか……?』

『そのとおりだ』


「ね、お姉ちゃん」

「ん」

「今日はね」

忍は姉に向き直って、

「今日はね、お姉ちゃんに言いたいことがあって、お休みをもらってここへ来たの」

「言いたいこと、って――?」

「お姉ちゃん」

忍はちょっと目を伏せたが、すぐに顔を上げて、

「お姉ちゃん、ありがとう」

「え」

「あの時――わたしに歌わせてくれて、本当にありがとう」

「忍――？」

「お姉ちゃん、わたし、やっと見つけられた気がするの」

「何を？」

「わたしにしか、できない仕事」

「仕事？」

「うん」

忍はうなずいた。

「そう――」

美帆は忍の表情を見て、ただうなずいた。

「――そうか……」

●麻布十番《あざぶじゅうばん》　焼き肉レストラン〈すみれ家《や》〉

ジュー
煙が立ち込める深夜営業の焼き肉レストランの二階の窓際の席で、姉妹《ふたり》は焼き網を前にして向き合っていた。窓からは、真っ暗になったパティオ麻布十番の小さな公園と、路上に停《と》めた美帆の新しいクーペ・フィアットの黄色いボディが見下ろせた。

「スタッフの人たち置いて、抜けてきちゃってよかったの？」

「あんたのお祝いだもの。いいよ」

美帆は、「来た来た」と運ばれた赤いカルビ肉を皿からロースターに載せる。

「わぁ、すごい煙」

「久しぶりだね。こうやってお姉ちゃんと外でごはん食べるの」

「そうだね」

美帆は、焼き網の上で箸《はし》を動かしながら、ちらりと妹を見た。

「ねえ、忍」

「なあに」

「新しい仕事って？」

「あ、うん……」

「海軍で、飛行機に乗るんでしょ。それ以外に？」

「うん……あのね」

忍は手を止めて
「お姉ちゃん――」

「ん」

「あのねお姉ちゃん、世界中でね、わたしにしかできない〈役目〉があるの」

「役目？」

「うん」

忍は、自分の胸に手をあてた。

「世界中で、わたしにしかできない、とっても難しい役目があるの。海軍の機密で、あんまり言っちゃいけないんだけど……」

忍は自分の声が不安そうな色になると、手元の冷たいお茶をごくりと飲んだ。

「ちょっと大変だけど、わたし、がんばってみようって——そのこと、お姉ちゃんに報告しとこうって、そう思って今日は来たんだ」

忍の顔は、数日前に比べると、ぷっくりしていた白い頬がそぎ取られたように褐《かっ》色《しょく》に変わり、どこかボヤッと所在なげだった夢みるような大きな瞳は、鋭い眼光に変わっていた。それは、計器と機体の姿勢と空中の障害物を素早くクロスチェックするパイロットの目だった。

「そう——」

「お姉ちゃん。わたしね、今まで芸能界は好きだったけれど——好きだったけれど、何か違うなと思っていたの。何か——自分が生まれてきたのはここにいるためじゃないなって、わたしの胸の中でね、言うの。わたしを一番よく知っているわたし自身のようなものが、『さがせ、忍』って。今までわたしに言い続けてきたの。それはきっと、今のためかもしれないわ」

「――」

「飛行機に乗り始めて四日間で、いろんなことがあって、わたしは気づいたの」

美帆は、こんなにぎこちないけれど大人っぽく、忍が自分の内面を明かすのを初めて聞いた。

あんなにおとなしかった妹は、いつから人生をこんなに真剣に考えるようになったのだろう。

美帆はあまりにも自分の仕事に集中しすぎていて、妹が大人になったことに気づいていなかった。忍がさっき言ったように、美帆は表現者としての自分を確立するために、前だけを見て必死に努力してきた。松沢聖子《まつざわせいこ》と比べられて、天性のものは持っていないと酷評《こくひょう》されても、歯を食いしばって歌と演技の仕事を積み上げて今日《こんにち》を築いた。その間、妹の面倒を見てやれる余裕はほとんどなかった。でも考えてみれば、その自分と同じ血が妹にも流れているのだ。

忍は話し続ける。

「お姉ちゃん、人間《ひと》ってね、人間って、『自分がなんのために生まれてきたのか』っていうことを、探しながら生きてるんじゃないかって思う。

それを見つけられずに終わってしまう人も、いるかもしれない——ううん、自分がなんのために生まれてきたのか見つけられる人のほうが、少ないかもしれない。わたしみたいに二十一で見つけられた人間は、すごく幸せなんじゃないかって思う。この世でね、不機嫌で問題ばかり起こす人たちって、何も見つけられなくてキレちゃっているんじゃないかって思う。人間の人生って、長い短いは関係ないよ。わたしそう思う。生まれてきた意味を見つけられて、そのために生きられたら、それがいい人生」

忍は胸に手をあてて、笑った。

「ね、そう思わない？」

忍は、女優時代には見せたことのなかった笑顔をした。

美帆はそれを見て、

「忍——」

「ん」

「そうか……よかった——でもね」

「なあに」

美帆は、口を開きかけてやめた。

「いや……」

ＮＫホールの楽屋で見た時からなんとなく感じてはいたのだ。だがその笑顔を見たとたん、美帆は忍の新しい〈仕事〉がひどく危険なものなのだと直感した。

ひょっとしたら、妹は明日にでもその使命のためにいってしまうんじゃないか、そんな気がした。忍に『命を大切にしなさい』と言おうとしたのだが、それを口にしたら、本当に妹がそんな目に遭いそうな気がして、言えなかった。

「忍、身体——大事にするんだよ」

「うん」

妹はうなずいた。

「いい仕事見つかって、よかったね」

「うん」

美帆は不安を吹き飛ばすように、

「よし、食べよう忍。あたし死ぬほど腹ぺこ！」

「うん、食べよう」

姉妹《ふたり》は笑って、ロースターに箸をつけた。ひょっとしたらこれが、二人でする最後の食事になるかもしれない、なんていうことは妹も姉も顔に出さなかった。

「ありゃ、焦げちゃってる」

「あ、でもおいしい」

「うんおいしい。忍、カルビもうひとつ頼もうか？」
「うん！」

〈episode 11につづく〉

JASRAC 出1508140-501

文芸社文庫

水無月忍 着艦せよ 新・天空の女王蜂Ⅱ

二〇一五年八月十五日　初版第一刷発行

著　者　夏見正隆
発行者　瓜谷綱延
発行所　株式会社　文芸社
〒一六〇-〇〇二二
東京都新宿区新宿一-一〇-一
電話　〇三-五三六九-三〇六〇（編集）
〇三-五三六九-二二九九（販売）
印刷所　図書印刷株式会社
装幀者　三村淳

ISBN978-4-286-16835-7

［文芸社文庫　既刊本］

贅沢なキスをしよう。
中谷彰宏

いいエッチをしていると、ふだんが「いい表情」に。「快感で人は生まれ変われる」その具体例をあげて、心を開くだけで、感じられるヒント満載！

全力で、1ミリ進もう。
中谷彰宏

失敗は、いくらしてもいいのです。やってはいけないことは、失望です。過去にとらわれず、未来から今を生きる――勇気が生まれるコトバが満載。

フェイスブック・ツイッター時代に使いたくなる「孫子の兵法」
村上隆英監修　安恒　理

古代中国で誕生した兵法書『孫子』は現代のビジネス現場で十分に活用できる。２５００年間うけつがれてきた、情報の活かし方で、差をつけよう！

「長生き」が地球を滅ぼす
本川達雄

生物学的時間。この新しい時間で現代社会をとらえると、少子化、高齢化、エネルギー問題等が解消される――？　人類の時間観を覆す画期的生物論。

放射性物質から身を守る食品
伊藤　翠

福島第一原発事故はチェルノブイリと同じレベル7に。長崎被ばく医師の体験からも証明された「食養学」の効用。内部被ばくを防ぐ処方箋！